Cidade das Trevas

Ataque dos Vampiros

Pedro S. Ekman

Cidade das Trevas

Ataque dos Vampiros

Coleção
NOVOS TALENTOS DA LITERATURA BRASILEIRA

novo século

São Paulo 2011

Coordenadora editorial Letícia Teófilo
Revisão Thiago Fraga
Carolina P. Vicente
Projeto gráfico e composição S4 Editorial
Capa Adriano de Souza

Texto de acordo com as normas do Novo Acordo Ortográfico da Língua Portuguesa (Decreto Legislativo nº 54, de 1995)

Dados Internacionais de Catalogação na Publicação (CIP)
(Câmara Brasileira do Livro, SP, Brasil)

Ekman, Pedro S.

Cidade das trevas : ataque dos vampiros / Pedro S. Ekman. – Osasco, SP : Novo Século Editora, 2011. – (Coleção Novos Talentos da Literatura Brasileira)

1. Ficção brasileira. I. Título. II. Série.

11-09223 CDD-869.93

Índices para catálogo sistemático:

1. Ficção : Literatura brasileira 869.93

2011
IMPRESSO NO BRASIL
PRINTED IN BRAZIL
DIREITOS CEDIDOS PARA ESTA EDIÇÃO À
NOVO SÉCULO EDITORA LTDA.
Rua Aurora Soares Barbosa, 405 – 2º andar
CEP 06023-010 – Osasco – SP
Tel. (11) 3699.7107 – Fax (11) 3699.7323
www.novoseculo.com.br
atendimento@novoseculo.com.br

Dedicado à Misao-chan, cujo apoio
ao longo dessa jornada foi fundamental.

E à Suko, sem ela essa história
não teria chegado tão longe.

Um muito obrigado ao pessoal dos filmes,
por sempre contar com vocês.

A escuridão me rodeia, me seduz.

As trevas fizeram a cidade

Da cidade nascem trevas

A sombra me conduz

Para além

Para onde não há luz

Para a minha destruição

Rumo à escuridão

Que me rodeia, me seduz.

SUMÁRIO

CAPÍTULO I

VIOLÊNCIA NO ACAMPAMENTO

A neblina continuava fantasmagórica. Mesmo no bosque, aparentemente fora da Cidade das Trevas. Era escuro e frio. Não escutava ruído algum, além de seus passos desordenados e de sua respiração ofegante. Rafael Tebaldi estava com uma leve dor de cabeça e, agora, milhões de questões lhe vinham à mente. Os caninos machucavam-lhe a boca a todo instante, mas acreditava que Rapislash poderia curá-lo. Começou a refletir que a coceira nos braços e as casquinhas eram indícios de escamas, e arrepiou-se, fazendo aumentar o passo. Galhos batiam em seu rosto a toda hora. Olhava para os lados e até para trás, mas a neblina não permitia ver muito além.

Já não tinha mais certeza de nada. Talvez aquilo nem fosse o Bosque do Acampamento ou o Escuro. Talvez fosse uma parte da Cidade das Trevas em que as árvores crescessem, por algum motivo obscuro – que naquele momento era a última coisa em que queria pensar. Talvez esquecera como viera parar ali, por causa do veneno que seu pai lhe colocara. Ele o transformara... Fizera-o brigar com seus amigos. Ou fora a própria Cidade, com seu veneno diário pelo ar? O que o aliviava é que estava bem agora. Aliás, consciente. Definitivamente bem não estava. Quanto mais olhava para a paisagem sempre igual, mais tinha certeza de que nunca saíra da Cidade das Trevas. Começou a diminuir um pouco o ritmo, com medo de ter simplesmente abandonado os amigos. E fora então que teve certeza de que ainda estava preso.

Gritos e chiados fortíssimos surgiram ao seu lado e Tebas jogou-se no chão, arranhando o braço em uma raiz. Colocou as mãos no rosto, ouvindo os rugidos sobre sua cabeça, prestes a abocanhar-lhe. Iriam rasgar sua carne e arrastá-lo vivo por todo o caminho que correra. Mas, durante os segundos que pareceram uma eternidade, nada disso aconteceu. A dor no braço fora abafada, e os gritos transformaram-se em farfalhar. Farfalhar de folhas e asas se afastando. Tebas olhou para cima de relance e viu vários pássaros subindo no céu nublado, desaparecendo na névoa. Deu um tempo para seu coração desacelerar e se levantou. Percebeu, então, que permanecera o tempo todo com a Faca de Rapislash apertada em sua mão, suando fria.

Rafael voltou a correr, primeiro como se estivesse sendo perseguido, depois começou a aceitar a ideia de que poderia realmente estar fora da Cidade. E, antes que pudesse ter qualquer reação emocional quanto à suspeita, viu-se encarando a cerca que fazia a divisa entre o Bosque do Acampamento e o Bosque Escuro. Parou por um instante, mas seu corpo, seu instinto, diziam que devia continuar correndo. Pulou a barreira com uma agilidade incrível, e voltou a fugir dos fantasmas de sua mente. Ali, a mata era um pouco mais aberta. Cruzava várias clareiras. Aos poucos a neblina ia diminuindo, embora não desaparecesse. Cansou de correr, e seu caminhar foi agitado, olhando em todas as direções. Estava muito ofegante e assustado. Não conseguia acreditar que estava mesmo fora da maldita Cidade. E nem sequer fazia ideia de como isso acontecera. Se estivesse no Bosque do Acampamento, demoraria um longo tempo até sair dali. Sair dali... Para casa? Seus olhos quase se enchiam de lágrimas ao pensar nisso, assim, preferiu não alimentar muitas esperanças. Mas se fosse uma ilusão, estava sendo bastante convincente.

E, sem saber como acontecera tão rápido, o bosque já terminava. A vegetação diminuía, dando lugar a um pequeno vale verde, com algumas colinas acinzentadas pelo clima. A névoa ali estava bastante dispersa, parecendo quase apenas um dia nublado. Tebas parou antes de prosseguir, colocando a mão na boca sem saber o que fazer em seguida. Eram as colinas! Cruzaram-na embaixo de um sol terrível. Todos eles. Juntos. Depois delas, haveria os campos de futebol e chegariam ao ponto zero. O Acampamento Raiz Forte.

Outra vez, seus olhos se encheram de lágrimas por um instante, porém continuou tentando rejeitar a ideia de ter voltado. Precisava de uma prova mais concreta. Um campista seria perfeito. E se realmente visse um? E se algum campista lhe visse? Céus, não fazia ideia de quanto tempo estivera fora. Não sabia o que seus pais estavam fazendo nem como o acampamento funcionaria sem Alex. Ele havia abandonado o posto de verdade? Tudo ficara estranhamente mais distante com a ideia de ter saído da Cidade das Trevas. Era uma sensação incômoda, um emaranhado de sentimentos. Voltou a correr.

– Rapislash... – disse ofegante, fitando o objeto com cuidado. O brilho parecia ter diminuído bastante, mas estava lá.

– Tebas, não consigo manter contato com Magnum ou Mirik – respondeu a Arma. Não sabia se se sentia aliviado ou assustado. Em sua cabeça, Rapislash nunca poderia falar no "mundo real". Mas queria a companhia dele, fosse aonde fosse.

– Nada? E Jordana e Rafael Dambros? – perguntou, adentrando o vale.

– Nada. Parece que... saímos mesmo da Cidade das Trevas... – disse a Faca, como se não acreditasse nas próprias palavras.

Rafael Tebaldi parou de correr por alguns instantes, dessa vez com os olhos realmente molhados. Não sabia se tinha ouvido direito. No mínimo não fazia sentido nenhum ouvir aquilo. Esfregou o rosto secando os olhos e fungando o nariz várias vezes. Balançava a cabeça sem saber por que e então voltou a correr. A boca meneava palavras que nem ele tivera tempo de raciocinar sobre elas. E agora? Chegaria em casa e abraçaria seus pais? Deitaria no sofá e assistiria televisão? Ainda estava de férias, afinal? Tomaria um banho, enfim. Mas e Jordana e Dambros?

São apenas dois...

Sentia que seu lado sombrio continuava. Iria passar com o tempo? Não era importante agora. O importante era escolher o que fazer. Iria largar o restante de seus parceiros à morte certa? Mas se voltasse morreria também. Deveria contar para alguém? Quem? Não, de jeito nenhum. Seus melhores amigos estavam lá.

Seus melhores amigos...

Definitivamente precisava voltar. Precisava abrir mão do reencontro com os pais e da segurança estranhamente falsa do mundo real. Mas precisava equipar-se. Voltar com suprimentos. Voltar para tirá-los de lá! Mas a Cidade apareceria de novo? Não havia pensado nisso. E se não voltasse? Como conseguiu sair, afinal? Tinha esquecido dessa pergunta. Não sabia se torcia para a Cidade reaparecer ou para sumir de vez.

– Rapislash, como consegui sair? O que houve? Eu... Cara, ontem acordei em um barco e reencontrei meu pai... Hoje acordei coçando os braços e lutando com um amigo... Que dia! – perguntou, diminuindo o passo, cansado.

Depois de um tempo, Rapislash respondeu:

– Você estava virando um ser da Cidade das Trevas. Como tal, devia conseguir controlar melhor o espaço entre as duas dimensões, mesmo que inconscientemente. Com o choque das energias entre você e Dambros, devem ter fraquejado as trevas daquela região e aberto uma deixa para você.

– Complicado, mas já é alguma coisa... – disse. – Mas você está me curando, não está?

– Claro, o tempo todo.

A neblina não parecia fantasmagórica ali. Não porque estava mais dispersa, ou por ter uma visão mais ampla do local. Mas por ter certeza de estar longe de todo o peso da Cidade. Não havia esquinas para temer. Ou janelas para observar com o canto do olho. Nenhum monstro viria correndo da névoa mais espessa. Era estranhamente tranquilo. Evitava subir os morros para cortar caminho. Estava cansado. Começou a gostar de observar melhor as colinas esverdeadas. Eram tão bem desenhadas pela natureza. Nada na Cidade das Trevas era semelhante àquilo, por mais que ela, às vezes, fosse igualmente silenciosa.

Quando menos percebeu, estava chegando aos campos do acampamento. Em um dia ensolarado, poderia ver o as cabanas ao longe, mas naquele dia não. Aquele contato com os campos cheios de marcações brancas na grama, encheu-o de nostalgia e expectativa. Enfim chegara ao Raiz Forte. Haveria alguém no acampamento, afinal? Quanto o sumiço deles teria afetado as atividades de lá? Alex teria inventado alguma desculpa? E se aparecesse? Começaria a lançar feixes de Luz? Naquele mundo... Naquela dimensão... Seria possível?

Tebaldi mal se aguentava em pé. As pernas doíam, mas tinha tanto para resolver que parar era a última opção. Algo reluziu enquanto caminhava em direção às cabanas. Reluziu de novo. Tebas forçou os olhos alaranjados, que arderam. O que era aquilo no acampamento? Acelerou o passo. Não parecia nenhuma fogueira. Percebeu que eram luzes vermelhas e azuis. Logo pararam. Começou a distinguir movimento por trás da névoa. Era um carro aquilo? Com luzes... Era da polícia?! O que estava fazendo lá?

Alex...

Alex não poderia ter sido tão descuidado. Além do mais, o que fariam? Prenderiam um Mebstre? Um riso rouco morreu em sua garganta. Percebeu que estava em campo aberto. Qualquer um poderia vê-lo. Nas circunstâncias em que estava, a última coisa que queria era a polícia. Correu para direita, curvado. Havia árvores no canto dos campos. Sempre perdiam bolas nos arbustos. Tinha de ser cuidadoso. Ninguém poderia vê-lo naquele estado. E, confirmando o pensamento, espetou o lábio inferior com o canino. Pulou uma moita e voltou a correr em direção às cabanas, curvado. Teria que se esconder atrás da cabana dos meninos. Já podia vê-las àquela altura. Céus, parecia que tinha ficado fora por séculos! Distinguia movimento de pessoas. Sem dúvidas eram policiais, com aquelas roupas. Alguns observavam com atenção os campos de futebol. Fizera um bom trabalho em sair deles. Enfim, chegava à cabana dos meninos, muito próximo ao pequeno movimento de policiais e alguns civis que não pareciam campistas. Escorou as costas na madeira e sentou-se aliviado, contendo a respiração ofegante. Ouvia o murmúrio de vozes e o som de passos na grama. Nunca estivera tão feliz por estar de volta àquele acampamento. Sequer conseguia pensar no computador, no *videogame* ou em suas obrigações com dentista, médico e cursos. Começou a rir fraco, percebendo como sentiria falta no dia em que finalmente saísse do Raiz Forte.

O riso cessou de maneira abrupta ao ouvir mais um carro chegar. Afinal, que diabos estava acontecendo ali?

Acampamento Raiz Forte, 11h34.

O delegado Grégori estacionou junto com os demais carros da polícia. Enfim um caso para quebrar a monotonia daquela semana. Passara o tempo todo no escritório, estudando casos, arquivando, dando ordens. Tudo com a bunda presa.

Pisou na grama úmida com desdém. Os óculos escuros deixavam tudo ainda mais melancólico. Que acampamento longe aquele. Bem afastado da cidade. O que mais um criminoso poderia querer? Mas achava aquele um lugar sujo e simples demais. A infraestrutura era precária e a iluminação era mais ainda. Cheio de crianças burras e um matagal desgraçado ao redor; em segundos, Grégori inventou várias estratégias. Os policiais já estavam questionando o garoto remanescente. Quatorze campistas e um monitor estavam desaparecidos. Daria para se incomodar com aquilo o mês inteiro se fosse impaciente. O acampamento tinha três cabanas. Talvez fosse dividido entre meninos e meninas. A outra deveria ser dos monitores. Quem sabe?

Guardou os óculos escuros no bolso da camiseta. Ajeitou o cinto. Os outros campistas já tinham ido para casa. Assustados, pedindo explicações, aquela coisa toda. Havia apenas um ali. Disse que tinha visto alguma coisa. Depois começou a negar. Sim... Era sempre assim. No momento de pavor eles falavam tudo. Quando a coisa se aquietava e percebiam a burrada, negavam tudo. O jovem estava sentado em um tronco de madeira, perto de uma árvore caída, onde havia um pequeno balanço e alguns desenhos esculpidos na casca. Ele parecia assustado, claro. Alguns colegas tinham folhas na mão e averiguavam o local. Balançavam a cabeça para ele. Grégori balançava de volta. Percebeu que, descendo a colina, havia alguns campos de futebol. Que lugar incomum para um sequestro! Fazia parte da profissão. Com o tempo não se surpreendia mais com certas coisas.

O delegado aproximou-se do grupo ao redor do garoto. Tinha que ser rápido nas perguntas. Logo a mídia estaria ali fazendo perguntas e torrando a paciência deles com teorias abusivas. Penteou com os dedos o grosso bigode que cultivava nos últimos anos, e os parceiros abriram caminho. O garoto parecia ter uns 15 anos; um pouco mais, talvez. Era nessa idade que eles eram mais problemáticos. Estavam sempre certos e ninguém os faria mudar de ideia. Está bem, mas não para Grégori. Ele sabia de algo. E iria falar de qualquer jeito.

Grégori sentou-se ao seu lado, bufando. Fez um sinal para seus colegas se afastarem. Olhou depressa para o garoto, que mantinha a cabeça levemente virada para ele, olhando sério para o nada. Respirou fundo e começou:

– Então, garoto...Você já tem idade suficiente para contar o que viu. Só quero saber o que você sabe. Desembucha logo e saímos daqui o mais depressa possível, pois não tenho dúvidas de que você quer isso tanto quanto eu.

O garoto permanecia calado. Estava com medo. Tremia de vez em quando. Os lábios não se fechavam por completo. Os olhos negros e os cabelos rebeldes só reforçavam a insegurança.

– Qual o seu nome?

– Jéferson – respondeu ele, mais rápido do que esperava.

– Jéferson... Seus amigos sumiram. Foram sequestrados, certo? Precisa nos ajudar. Logo seus pais estarão aqui...

– Uma cidade... – disse ele, esfregando as mãos rapidamente, com os cotovelos apoiados nos joelhos. O delegado não tirava um olho só dele. Jéferson não aguentaria a pressão daquele olhar, sendo assim, não olhou. Sua boca começara a menear. – Que diferença faz falar ou não... Se as chances de você acreditar são nulas?

Grégori respirou fundo e simplesmente disse:

– Me convença.

O garoto fitou o delegado por um momento e em seguida esfregou os cabelos. Deu uma ligeira olhada nos outros policiais e continuou de cabeça baixa. Contudo, enfim, disse:

– E estávamos perdidos... Eu e os meus amigos. Era um castigo que Alex nos deu.

– Quem é Alex?

– O monitor-chefe daqui... Meus amigos... Porra! – esfregou o rosto e secou lágrimas novas que brotavam. Seu rosto já estava bastante manchado com elas.

– Não desvie... Continue contando – insistiu Grégori meneando a cabeça.

– Droga... Já disse que não vai acreditar... Ninguém vai! – o garoto balançou a cabeça. Parecia num estado de transe. O delegado o fitou desconfiado. – Um... bicho os matou – disse Jéferson, fungando.

– Um bicho? Que bicho?

O garoto parecia atordoado, e depois de gesticular bastante a boca, disse:

– Eu não sei... – e calou-se, sem encontrar as palavras certas.

– Vamos, garoto, se sabe que foi um bicho, sabe que bicho foi. Apenas me conte – disse Grégori, tentando controlar a voz.

– Meus pais vão demorar? – agora ele levanta a cabeça e olha agitado para os lados. O delegado encostou em sua perna, firme, mas sem apertar.

– Não desvie – os olhos secos dele seguraram os olhos inocentes de Jéferson por um longo momento.

– Foi... Tinha asas... E era enorme... Acredite ou não, era um monstro.

Com todos aqueles anos de profissão, Grégori nunca imaginou receber aquela resposta. Ficou olhando para o menino curvado ao seu lado, com o rosto bastante sério. Mas percebia que o garoto estava em dúvida se ele iria ou não engolir. E como poderia? Grégori ficara um longo momento com o rosto contraído, em uma cara que ninguém percebeu. Mas lhe veio em mente algo que se encaixou na conversa. O monitor que desaparecera devia ser aquele Alex. Se havia mandado os campistas em diversos castigos... Estava precisando de espaço para agir. Sem dúvidas o monitor-chefe estava envolvido.

Tebaldi respirou fundo, coçando os braços. Rapislash agora não poderia responder às suas dúvidas. Os policiais haviam descoberto alguma coisa. Tinha que ter algo a ver com Alex. Esperou até que não ouvisse passos por perto e abriu a janela de trás, empurrando-a para cima. Rastejou para dentro rapidamente e fechou a janela com cuidado. Eis a cabana dos meninos. A sua cabana. Mas estava bagunçada, algo que quase nunca tinha a chance de observar. Não por competência própria, Alex apenas tinha que ameaçar não deixá-los jogar futebol e pronto, todos arrumavam suas coisas. Lençóis pendiam perto do chão, alguns colchões estavam virados, algumas gavetas abertas. A polícia devia ter revistado ali. Mas procurando o quê?

Caminhava agachado, pois havia duas janelas na sua frente, alguém poderia vê-lo. Viu um homem alto, de bigode, juntando-se ao grupo. Não sabia se era policial, pois estava sem a roupa. Percebeu que os outros se afastavam, deixando-o a sós com... Tebaldi aproximou-se mais, espreitando as cortinas finas com cuidado. Sentaram-se perto da árvore que seus amigos se reuniram um dia depois de Alex tê-los castigado. Havia um garoto com o homem. Parecia mais novo que Tebas. Começou a reconhecê-lo... Cabelos castanhos, rosto e nariz compridos, magro. Só podia ser... Sim, era o novato que fez aniversário no dia em que foram castigados. Sua festa agitara o Raiz Forte, como todo aniversário. Seu nome era algo com... Jaime. Ou João. Não importava.

Se forçasse os olhos conseguia ver perfeitamente o rosto do novato. A visão mudava de cor de vez em quando. Podia estar virando uma aberração, mas não precisava encarar aquilo como algo desvantajoso por completo. O rosto do homem que conversava com o garoto parecia grave nas poucas vezes que conseguiu vê-lo de lado, pois ficava sempre voltado para o campista. Devia ser o delegado. Quando seu pai fora preso, ele e sua mãe falaram com um que se vestia muito parecido com aquele. Mas o que martelava em sua mente era o quanto a polícia sabia. Ou o quanto o garoto sabia. Afinal, era ele quem estava sendo questionado.

Grégori, o delegado, respirou fundo e voltou a questionar:

– Só me diga o que você viu e o que você sabe. É apenas isso – estava ficando nervoso. Não gostava daquele suspense. Pela cara do garoto não era pouca coisa, não.

Jéferson estava apavorado. Não podia acreditar no que tinha visto. Queria calar-se e pensar, e ao mesmo tempo gritar e contar tudo. Queria revelar que estavam tentando assustar as meninas mais novas. Elas estavam rindo com a brincadeira, não era motivo para castigo. Queria contar que então aparecera uma cidade, no meio do nada. Entraram pouco a pouco. Ele sabia que era má ideia, ficou um pouco para trás. Tinha dito para voltarem e contarem ao Alex. Tinha! Contudo... aquele morcego... Aquele morcego gigante os atacou! Era abominável. Abocanhou alguns de seus amigos e depois de ver isso correu. Cristo, ele tinha visto o monstro engolir a cabeça de um deles num rasante! A cabeça inteira! E fora machucado pelo maldito! Sim, na barriga! Mas não havia encontrado Alex. Não viu seus amigos o seguindo. Talvez todos haviam sido vítimas da criatura. O acampamento se agitou. Marta, a faxineira, havia dito que Alex saíra e que voltaria no fim de semana. Não havia dito aonde ia nem nada. Ela e a recepcionista tiveram que cuidar de tudo em sua ausência. Mas aí a polícia chegou. Encontraram o carro de Alex escondido em algumas árvores perto do ginásio. E ele havia falado demais. Obrigaram-no a ficar. Os pais de seus amigos tinham ido até o acampamento, no entanto a polícia os convenceram a voltar para casa. Manteriam-nos informados.

Devia realmente esperar que um policial acreditasse naquilo?

– Olha, você disse que seus amigos... morreram – disse Grégori. – Não quer que a gente encontre o responsável? Mas pra isso precisa falar comigo. Você viu. Só você. Você é a chave da vingança.

– ... Vingança? – Jéferson fitou-o por um momento maior, surpreso. – Então até policiais são movidos por vingança... – suspirou. – Estávamos na mata... E uma cidade apareceu... Não faço ideia de onde...

– Caxias do Sul?

– Sim, claro, no meio daquele mato – disse Jéferson, sarcástico, apontando para alguns matagais atrás da cabana dos meninos, aborrecido. – E dela... saiu um morcego... Ou um dragão, e ele voou baixo... Comeu alguns amigos meus... Me machucou...

– Jéferson... Jéferson! – o delegado não aguentava mais aquilo. Cidade?! Dragão?! Claro, estavam no País das Maravilhas.

– Eu disse que ele me machucou! – gritou Jéferson. – Está aqui – ele ergueu a camiseta e havia um curativo grande ali, do lado esquerdo do umbigo. Jéferson retirou o curativo e havia um corte ensanguentado. Era razoavelmente fundo. Tinha um formato estranho. Era semelhante a uma facada, só que mais largo. – Faça testes de... infecção... Ou raio que o parta, mas não estou mentindo! – insistiu Jéferson, ríspido. – Como você disse, já sou bem grandinho. Acha que não seria mais fácil inventar outra coisa?

Grégori o observou por um longo momento. E dessa vez o garoto não desviara o olhar. Aquilo incomodou um pouco o delegado, pois de certa forma, no fundo, sentia que havia algo naquela história... Algo mais do que simples história.

Um policial aproximou-se dele, chamando-o com cuidado. Grégori levantou-se devagar e foi até ele. Cochichava, mas Jéferson conseguiu ouvir tudo daquela distância curta.

– Marta... a faxineira, senhor – o policial estava bastante nervoso. – A encontramos atrás do ginásio... Estava enforcada em uma árvore.

– O quê?! – Grégori não segurou o tom. – E a secretária? Havia uma, não havia? E os cozinheiros? Falaram com eles?

– Ainda não os achamos, senhor... Ninguém atende em suas casas, mas já mandamos alguns carros atrás de seus endereços.

– Meu Deus... – tapou a boca, esfregando o bigode e olhando preocupado para o garoto. – Mostre-me a mulher. Voltarei para falar com o garoto em seguida.

Grégori acompanhou o policial, lançando um último olhar desconfiado para Jéferson. O garoto percebeu que havia policiais próximos a ele. Não dava para distinguir muito a conversa, mas também não havia chances de escapar. Bufou cansado e mergulhou o rosto nas palmas das mãos.

Rafael queria saber logo o que estava acontecendo. Tinha certeza que tinha a ver com o sumiço deles e, possivelmente, de Alex. Se saísse iriam lhe fazer milhões de perguntas. Seria suspeito por estar andando sorrateiro. Uma fresta da janela estava aberta. Agachou-

-se e colocou o ouvido bem próximo. Não ouvia nada. Apenas alguns cochichos sem nexo de outros policiais, e passos calmos. Contudo, sua audição pareceu ligar como um interruptor, ouvindo uma voz como se estivesse gritando em seu ouvido. Baixou a cabeça assustado e respirou fundo. Coçou as orelhas, tentou distinguir o que ouviu. Não tinha certeza. Mas... Tinha ouvido a conversa do delegado com o garoto?! Sim! Por um segundo, sim. Levantou-se devagar e, afastando a cortina levemente para o lado, colocou o ouvido na fresta. Concentrando-se um pouco podia ouvir a voz do garoto aumentar. E assim a do delegado. E outras vozes começaram a aparecer. Rafael Tebaldi teve que se concentrar muito para conseguir pegar apenas a voz dos dois.

E, céus!

Ele disse cidade?! Monstro?! Ele o entenderia! Ele esteve por alguns segundos na Cidade das Trevas! Jesus Cristo, se soubesse o quão sortudo era por estar vivo... Precisava falar com ele, o mais rápido possível. Porque naquele exato momento seus amigos estavam lá. Na cidade. Talvez vivos, talvez mortos. Tebaldi voltou sua atenção para a Arma Sagrada suando em suas mãos. Aquela Faca era sua única arma. Se a polícia o visse com aquilo, aí sim, não o deixariam em paz. Mas estava seguro por enquanto. A conversa entre os dois continuou e Tebaldi sentiu uma tremenda pena do garoto. Então ele havia sido machucado... Ainda assim Tebas ficara surpreso por tão pouco. E o delegado então fora chamado. Precisaria concentrar-se agora no policial que o chamara. A conversa fora bastante macabra. Alex a teria enforcado? Ou apenas a induzido? De qualquer forma, sabia que tudo ali estava ligado a ele. Ficaram de inspecionar o corpo da mulher. Era sua chance de falar com o garoto. Mas como? A colina ali era muito aberta. Havia poucas árvores. Todos os policiais estavam ligados em Jéferson. Nada se aproximaria com facilidade, sem que alguém visse.

Decidiu esperar. Precisava raciocinar melhor. Pensar com lógica, montando um plano. Sabia que iriam levar Jéferson para delegacia. Não podia deixar. Precisava contar a ele o que sabia. Saber o que o garoto sabia.

– Rafael – Rapislash chamou-o, assustando-o.

– Merda, que susto, Rapislash... – cochichou, aproximando a Arma da boca.

– Já disse que não precisava aproximar a Faca assim... – falou, divertindo-se.

– Fale, poxa!

– Qual é exatamente o seu plano? Quer falar com o garoto? Ele viu a Cidade das Trevas, sim, mas e daí? Muitas pessoas já viram traços dela em suas casas.

– O que quer dizer, Rapislash? – aquilo chamara a atenção de Tebaldi, que quase se esquecera de controlar o tom de voz.

– Vultos, sensações, vozes... – continuou a Faca. – Isso tudo são as manifestações dela. Ela faz parte do seu mundo, querendo ou não – Tebaldi meneava a cabeça, surpreso. – O que eu queria dizer inicialmente é que estou na dúvida se o que vai fazer é o melhor. O que pretende? Levá-lo junto para a Cidade?

Rafael encostou a cabeça na parede de madeira, refletindo. Bufou, esfregando os braços.

– Preciso contar... – disse ele, sua voz parecendo distante. – Ele, muito mais que eu, precisa. Ele pode ter presenciado algo que não queria contar para a polícia. Temos que fazer o quê? Fingir que não sabemos, assim como ele?

Eles ficaram em silêncio por alguns instantes, ouvindo passos lá fora, mais próximos. Eram duas pessoas conversando. O passo delas na grama fofa começou a ficar distante. Até ouvirem apenas as costumeiras vagas vozes de longe.

– Faça como achar que deve ser feito, Rafael. Estarei aqui para protegê-lo – disse Rapislash.

– Aqui... no... mundo real... – Tebas sorriu. – Essas falas de vocês, Armas, ficam... engraçadas.

– É mesmo? – Rapislash parecia realmente interessado, e sua voz descontraída e ligeira só salientava isso. – Bem, você entendeu o recado.

Tebaldi riu baixinho, e voltou a ficar de joelhos observando no canto da cortina. Jéferson continuava sentado, com aquele tique na perna movendo-se rapidamente. Esfregava o rosto várias vezes. Talvez estivesse tentando acordar daquele pesadelo. *Sei como se sente...*, pensou Rafael. Tebas precisava tirá-lo de lá. Nada do que ele dissesse seria engolido. Nem por sua família ou amigos. Avistou, então, o que achava ser o delegado. Vinha ao longe, com o policial. Vestia um coldre enquanto caminhava. E tinha o distintivo na camisa. Era ele. Achava que delegados não usavam armas... Mas iriam levar o garoto embora. Olhou para Jéferson. Ele continuava de costas, lamentando-se por ter aberto a boca. Alguns policiais começaram a caminhar em direção ao delegado, com relatórios e objetos em sacos plásticos em mãos.

Se fosse fazer alguma coisa teria de ser naquele momento. Tinha certeza de que todos estavam ali. Ao lado do delegado havia dois policiais, outros dois caminhavam em sua direção, e um terceiro estava vigiando Jéferson, de costas para a sua cabana. Usaria sua Faca? Contra um revólver? Os feixes de Luz provavelmente não funcionariam, e Tebas preferiu não apostar neles. Mas a Faca era grande... E seu corpo estava mais desenvolvido... Rafael tinha uma vaga noção do que iria fazer, e rezava para que desse certo.

Retirou a mochila das costas, deixando-a ali. Levantou-se com cuidado e foi até o meio de dois beliches onde havia uma janela. Abriu-a correndo e treinou um salto para fora, sem se apoiar em nada, executando-o assustadoramente bem. Caminhou ainda meio agachado. A grama fizera pouco barulho, e ele correu. Chegou ao vértice da casa. O policial de costas continuava na mesma e os outros pareciam distraídos demais com a história da faxineira. Estava confiante. Sua velocidade aumentara. Quem sabe a força também?

Avançou.

Percebeu que estava leve. Sabia que podia correr muito. Segurava a Faca com firmeza e não tremia mais. O policial ouviu seus passos na grama e virou-se com uma cara de vaga curiosidade. Em um rápido movimento Tebaldi decepou seu braço esquerdo, derrubando-o. Ele começou a gritar e sacudir-se na grama. Tebaldi pegou rapidamente o revólver dele. Todos ouviam a gritaria ao longe, e observou com o canto do olho a cara assustada de Jéferson.

Correndo um pouco mais, antes que os dois policiais seguintes tirassem suas armas, Tebaldi conseguiu dar três tiros. Acertou dois na perna dos policiais e o terceiro explodiu na grama. Forçando os olhos, deixando-os vermelhos, sua mira melhorava de forma assustadora. Parecia até aproximar-se. Mesmo de longe, percebeu a cara de surpresa e raiva do delegado. Sabia que ele pensava que era o sequestrador. Teria de arriscar pegar a arma de um dos policiais caídos. O delegado começara a se mexer, assim como os outros dois. Tebaldi continuou correndo nos segundos em que achava que eles miravam para ele, e então começou a mover-se em zigue-zague. Saltava com uma leveza admirável, e seus movimentos com os quadris acompanhavam o ritmo perfeitamente. Os tiros explodiam na grama e outros passavam zunindo por ele. Atirou na outra perna e em um braço do que parecia agora uma mulher ferida e tomou-lhe a arma, carregando-a no colo como se pesasse cinco quilos. Sua força realmente aumentara.

Por um momento, Grégori pensara ter visto um brilho vermelho em seus olhos. E o que eram aquelas coisas nos braços? E tinha... um facão! Iria apagar a vítima! Certamente iria. Claro, mais cedo ou mais tarde Jéferson iria falar demais. Não podia deixar aquilo acontecer. Aquele garoto era a chave. Agora tinha certeza absoluta. Percebeu que Jéferson viu o estranho. Ele e os dois policiais ao lado atiraram contra o jovem sequestrador. Mas estavam longe, era perda de munição. O delegado avançou contra Rafael. Ambos corriam na direção um do outro. Porém, ele agora continuava ferindo seus companheiros. Estava desarmando-os. Via Jéferson agachando-se atrás da árvore em que estivera sentado. E vejam só aquilo! O bandido segurara um deles como escudo nas suas costas. E desde quando um garoto largo daqueles conseguia levantar uma policial com tanta facilidade? Era Cíntia, mas ela era alta e forte. Ele largou-a quando chegou à árvore de Jéferson. O garoto correra para lá. Ele agora atirara. Acertou em um dos galhos da árvore, próximo ao ombro do bandido. Ele empurrava Jéferson para trás de uma das viaturas. Agora não fugiriam mais.

Até ali o plano de Rafael funcionara. Confiava agora na ajuda do garoto.

– Pegue – Tebas entregou um revólver para ele. – Tente não matá-los. Cuide com os coletes à prova de balas.

Notara o quanto Jéferson tremia, e o quanto piorou quando ele viu as escamas formando-se em sua pele. Os policiais atiraram mais duas vezes, inutilmente. Ouvia-os correndo em direção às outras viaturas. Tebaldi voltou a correr. Não podia deixar que o cercassem. O garoto saberia usar a arma quando fosse necessário. Tinha idade suficiente para ter visto bastante filme. Moveu-se ao longo da viatura, que já apresentava vidros quebrados. Começara a pegar o ritmo. A sensação de controlar aquele corpo era ótima... Com um tiro, acertou o ombro de um loiro que corria em direção a uma viatura mais à frente. Ele largou a arma imediatamente, caindo. Tentou pegá-la de novo, gemendo e se arrastando. Tebaldi agachou-se e rolou no chão, em direção a uma árvore menor. Parou de barriga para baixo e acertou a cabeça do policial. Ficaria pensando muito naquilo mais tarde.

Que violência fora da Cidade, hein!?

O delegado chegara próximo a uma viatura estacionada ao longe, enquanto o outro escondia-se atrás de uma árvore mais grossa que a do sequestrador. Tebaldi atirou uma vez nele, sem resultados. Precisava apenas de uma chance para correr até a próxima viatura. E aí sentiu seu ombro explodir. Conseguiu rolar em direção ao pneu da viatura, gritando. Sentia o sangue quente e o cheiro impregnou suas narinas superdesenvolvidas. Percebeu que já reconhecia facilmente aquele cheiro, depois de tê-lo visto e cheirado tanto na Cidade das Trevas. Seu ombro estava destruído, e teria agora que atirar com a mão esquerda. Sabia que ele se aproximava e que ambos ficavam sem munição. Ouviu tiros. Mas estavam próximos dele. Atrás dele! Tebas viu o policial caindo com um ferimento na coxa. Em seguida, o delegado atirava de volta. Jéferson o ajudara! Olhou para a viatura de trás. Não o avistou. Não devia preocupar-se com ele agora, tinha que terminar logo com o delegado. Já devia ter chamado ajuda.

Grégori nunca vira nada parecido em seus quinze anos de profissão. Fora um ataque tão repentino e dera incrivelmente certo. Mas havia algo de estranho... ele movia-se rápido demais. E tinha certeza de que vira seus olhos brilharem! Atrás da viatura ele ficaria tão protegido quanto o inimigo. Carlos estava fazendo um bom trabalho atrás da árvore. Conseguira acertar ele. Precisaria apenas cercá-lo. A viatura do inimigo estava em uma posição ruim e enquanto tentava avistá-lo ouviu um tiro. Carlos caiu ferido, mas não conseguia ver onde. Por sorte tinham os coletes à prova de balas. *Filho da puta! Como pode ter uma mira dessas?!* E nem o viu atirando! Será... *O garoto?! De jeito nenhum. Nunca atiraria em um policial. Nunca. Ele era a vítima da história. Não cúmplice... Ou era?*

Continuou olhando sorrateiramente à procura de Carlos. Podia ouvir seus gemidos. Não conseguia avistar o inimigo. Sumira por completo. Entretanto, passos agitados aproximavam-se, vindo de uma direção diferente da viatura do adversário. Era o garoto! Jéferson! Corria até ele com as mãos para cima. Parecia bastante assustado. Olhava para os lados, preocupado e agachava-se nervoso. Levantou a camiseta de imediato para mostrar que não havia armas, olhando para ele, suplicante. Continuou correndo. Grégori procurou o sequestrador de novo. Um tiro explodiu na janela de sua viatura, fazendo-o agachar-se e arranhar o ombro.

– Delegado! Por favor! Socorro! – foram essas as palavras que Grégori ouviu depois que o som do tiro sumiu. O sequestrador ainda estava lá. Mas por que estaria interessado no garoto?! Poderia tê-lo matado, mas estava segurando-o... Para quê?

Jéferson apareceu ao seu lado, caindo de joelhos e engatinhando.

–Venha, rápido! – chamou.

O delegado agarrou-o, sentando-o com força atrás do pneu.

– Fique aí!

Grégori voltou a espiar. Podia ver os cabelos negros do jovem atirador na viatura ao longe. Podia ver os olhos cheios de fúria dele. E novamente algo colorido reluziu naquelas pupilas. Via também Carlos arrastando-se até eles. Esticou o braço, mirando. Deixaria o sequestrador se mover. Ou ele atiraria e ficaria sem balas, ou atiraria e Grégori contra-atacaria em cheio. Ao longe ouvia os outros policiais gemendo de dor e aquilo o encheu de ódio. Jéferson se mexia demais ao seu lado.

Concentre-se...

De repente, algo dera uma pancada forte e rápida em sua mão, e a arma de Grégori fora jogada longe. Jéferson! Ele tinha um revólver na mão! Devia ter guardado nas costas, mas... Dera uma coronhada nele! No delegado! Jéferson mirou em seu ombro, mas acertou um pouco mais para baixo, no braço. Grégori caiu de lado, apoiado no outro cotovelo gritando. Jéferson aproximou-se de joelhos, dando a chance de Grégori dar-lhe um chute na bochecha, jogando-o para trás. Grégori gemeu mais um pouco e voltou a pensar no sequestrador. *Porra, o garoto está metido! É cúmplice! Cúmplice!* Tinha que achar sua arma. Estava ali, jogada ao lado dele. Arrastando-se, ele foi em direção ao revólver. Não demorou muito para ouvir passos, mas estavam terrivelmente próximos dele. Como eram leves e rápidos! Grégori esticou a mão para pegar a arma, chegando apenas a poucos centímetros dela. Bufou frustrado. O sangue saía com rapidez e ele estava ficando com medo. Ergueu-se de novo com a ajuda do cotovelo direito, no entanto uma explosão em suas costas o derrubou outra vez. Jéferson atirara em seu colete. Merda! O suor fazia com que os ferimentos ardessem infinitamente mais. Percebeu que sua mão agora se encostava ao revólver. Bem a tempo. Pois o sequestrador aparecera na sua frente, com aquele facão. Sua mão tremia e ele demorou mais de cinco segundos para ajustar a arma no punho. O jovem adversário levantou seu facão e Grégori, o seu revólver. Segundos antes de Tebaldi descer a Faca com toda força, Grégori viu duas chamas vermelhas no lugar dos olhos, iluminando em um tom infernal aquele céu nublado e escuro. E logo lembrou-se do olhar que Caio Tebaldi lhe lançara quando fora denunciado e preso. E então tudo minguou, com o som do disparo.

Rafael Tebaldi dirigiu-se a Jéferson, que permanecia sentado no chão, assustado e boquiaberto. Largara o revólver e seus olhos denunciavam que ele agora sentia o peso do que fizera. Percebeu que ele não parava de olhar para a sua Faca cheia de sangue. Sangue que jorrou do ombro do delegado no golpe final, quando levara um tiro dele de raspão no braço. Mas tudo aquilo terminara. O estrago estava feito. Não podiam perder mais tempo do que já haviam perdido. Rafael Dambros e Jordana podiam estar na pior das enrascadas naquele momento. Embora soubesse que Magnum e Mirik estariam com eles até o fim.

Aproximando-se mais um pouco, Jéferson arrastou-se para trás, ainda sentado.

– N-Não!... saia! – gritou ele, com sua bochecha avermelhada e um pequeno corte no lábio. Seus cabelos castanhos e levemente ondulados o fazia lembrar-se ligeiramente de Guilherme.

– O quê...? – murmurou Tebaldi levantando as mãos por instinto. Mas em seguida lembrando que estava com a Faca cheia de sangue na mão.

– Vo-você... Seus olhos...! E... Essas... Coisas na pele! – gritava cuspindo sangue e gaguejando. – Veio daquela cidade! Tenho certeza de que veio!

Tebaldi fitou-o por alguns instantes, parado. Era valente, sem dúvida. Suspirou e disse:

– Infelizmente, sim, guri... Infelizmente sim...

CAPÍTULO 2

REENCONTRO NO ESCURO

Gotas de sangue caíam do teto e estouravam no chão produzindo um eco nefasto aos seus ouvidos. Mirik iluminava incrivelmente bem o caminho deles, enquanto a Luz do Bastão de Magnum mostrava-lhes a direção. O cheiro forte de sangue trazia más lembranças. Tinham receio de que o túnel voltasse a encher-se de sangue, mesmo com as Armas ali. Estava bastante abafado, muito ao contrário da última vez. Rafael Dambros e Jordana seguiam a passos curtos. Um silêncio pesado caíra sobre eles e os acompanhou durante boa parte do trajeto. Mirik continuava sem conseguir localizar Rafael e Rapislash, e parecia que não tinham intenção de procurar. Sabiam apenas que estavam indo atrás do corpo de Carlot. E talvez, quem sabe, de outra Arma Sagrada. A presença de um e outro está fraca demais, era o que Mirik dizia.

Dambros procurara policiais mortos durante as quase duas horas em que caminharam. Não avistara nenhum inteiro. Minutos atrás avistaram uma perna decepada no meio do túnel. Estava podre, secando e virando pele e osso. Jordana controlou-se para não gritar e conter os inúmeros gemidos abafados por sua mão. Entretanto, ele queria um policial para revistá-lo. Quanto mais Armas seria melhor.

– Inúmeras batalhas ocorreram na Cidade das Trevas – disse Mirik, de repente. – Policiais provavelmente acharam que esconder-se no túnel seria a melhor opção... Os que não foram destruídos, espero que tenham tido a sorte de unirem-se ao Espírito do Bem...

– No caso, vocês, certo? – indagou Jordana.

– Certo...

Sentiam que o túnel começara a subir. Desejavam apenas que não continuassem daquele jeito por muito tempo. A fraca Luz mostrava silhuetas de canos de porcelana quebrados e o sangue pingando. Além das paredes, dos dois lados, manchadas em tons avermelhados.

Jordana começara a cantar baixinho, hora com a letra, hora com assobios. Rafael Dambros reconhecera imediatamente. Era a música de abertura do *animê* Pokémon.Virou o rosto para mandá-la calar a boca, não estava em clima de escutar aquelas músicas infantis. Ela mexia em suas unhas, com a cabeça abaixada, concentrada. Estavam sujas e ficando compridas. Sob as longas franjas que lhe caíam na face, Dambros viu um vago sorriso torto em seus lábios, sempre que chegava ao refrão. Achava que ela estivesse preocupada e neurótica com a perda de Tebaldi. Mas via seu rosto iluminado – e mal notou que estava sujo e com grandes olheiras. E a luz não vinha da estrela que os guiava ou das Luvas. Era de algo muito mais profundo. Dambros colocou as mãos nos bolsos e pensou em uma música mais agradável para cantar em pensamentos.

– Essa é a última fruta, Rafael, pegue – disse Jordana, estendendo a ele metade de um caqui.

– Justo essa... – resmungou ele, aceitando.

O túnel parara de subir, voltando a ficar em linha reta, e às vezes com algumas dobras no chão, parecendo pedregoso. As tampas de bueiro no teto haviam ficado cada vez mais raras de se achar. O caminho agora ficara em forma de cruz, e a Luz lhes dizia que o caminho era para esquerda, e assim foram.

– Magnum disse que as Armas poderiam retardar nossa fome... – falou Jordana, mastigando devagar, tentando saborear aquela metade ao máximo. – Mas não saciá-la... O que faremos?

– Vamos achar o resto das Armas e sair daqui – respondeu ele.

– Droga, Rafa... Essa resposta não servirá quando estivermos passando fome...

– O que queria como resposta, afinal? – bufou, irritado. – Sei lá como iremos comer, é por isso que quero andar logo.

Jordana apenas balançou a cabeça, odiando o próprio medo do escuro por fazê-la andar mais próxima dele. Sentia falta de conversar com Tebas. Continuou a comer sua fruta, com calma. Sua garrafa de água ficara vazia, mas sabia que Mirik podia enchê-la com o passar de algum tempo. Quem dera fizessem comida...

Agora ela começava a sentir um cheiro diferente do sangue costumeiro. Um odor vinha de dentro do túnel, fedorento e nojento. Era o legítimo esgoto. Jordana jurava que eram fezes e urina. Começara a olhar para o chão com receio de pisar – ou simplesmente ver – um daqueles dejetos. Quase segurou o braço de Dambros, mas com uma grande força de vontade, cruzou-os. Contorcia o nariz conforme a intensidade e não viu sequer um rastro de excremento no chão.

– Puta que pariu... – murmurou Dambros tapando o nariz inutilmente. Engoliu rápido o restante do caqui, assim como Jordana. – Cuide dos pés... – disse a ela.

E ela realmente cuidara, por muito tempo, até que o cheiro começou a diminuir. Com o tempo, misturou-se com o odor acre do sangue seco e formou um odor menos forte. Era ruim, mas suportável.

Jordana então voltou a prestar atenção na escuridão em que estava, sem fruta alguma para desviar-lhe atenção. Era normal perder-se em pensamentos e depois voltar à realidade – àquela realidade –, mas assim mesmo era sempre um choque para ela. Ouvia apenas o passo dela e do amigo quase se arrastando pelo túnel, ecoando junto com as gotículas de sangue e, de vez em quando, algum barulho indistinguível muito distante; provavelmente muito mais do que imaginavam. A Luz que flutuava parecia extremamente fraca naquele negrume absoluto, empalidecendo cada vez mais. Ela esperava a todo o momento que olhos brilhantes e rosnados demoníacos surgissem do escuro repentinamente, por isso andava sempre um passo atrás de Dambros. Era uma tortura psicológica desgastante, mas que era impossível para ela se livrar.

– Rafa-kun... – chamou Jordana, já esperando que ele não fosse educado.

– Cú é este lugar, não o meu nome... – disse ele. – Não entendo por que coloca isso nos nossos nomes.

– Você pede pra eu não falar muito, mas sempre arruma um jeito de complicar a conversa – comentou Jordana, com um vago sorriso nos lábios.

Dambros não respondeu, e ela continuou:

– Vocês brigaram há poucas horas atrás... Não acha que o Tebaldi pode estar escondido... E nos seguindo? Se ainda estiver possuído poderia estar tramando algo contra você e...

– Que imaginação, hein? – disse ele.

– Mal suporto ficar esperando que algo apareça na nossa frente, só não quero me preocupar com as minhas costas também! – suspirou ela, balançando a cabeça e colocando as franjas suadas para trás.

– Jordana – começou Dambros, para surpresa dela –, não temos como saber que resultados a briga entre nós teve sobre ele. Mas, caso a Cidade das Trevas tenha alimentado um pequeno orgulho em seu coração corrompido, ele pode estar simplesmente querendo ficar sozinho por um tempo. As Armas disseram que não fazem ideia de onde Rapislash está e isso me assusta, mas também não consigo juntar todas as peças, né.

Os lábios de Jordana não se moveram, mas por dentro ela suspirava aliviada. Estava surpresa e satisfeita por ainda restar algo centrado dentro daquele líder, e não apenas uma carcaça ranzinza e vil. Afinal, não tinha dúvidas de que eram palavras de consolo vindo dele.

Uma hora depois, sentaram-se escorados na parede circular para descansar. Dambros teve que dividir o resto de sua água com Jordana, pois Mirik ainda não tinha enchido a garrafa dela por completo.

– Andamos... Andamos... E continuamos sem chegar a lugar algum – disse Jordana, quase que para si mesma.

– Bem-vinda à Cidade das Trevas... – murmurou Dambros, levantando-se, ainda escorado no paredão de concreto.

Ficaram sem conversar por alguns instantes, atentos aos sons mais longínquos. Vez ou outra ouviam algum eco que morria em alguma parte do túnel; outras, ouviam barulhos nos encanamentos. Jordana, às vezes, jurava que eram vozes sussurrando, e para Dambros eram sons animalescos e demoníacos.

– Mirik – Dambros quebrou o silêncio.

– Estou ouvindo, Rafael – responderam-lhe as Luvas, mais baixo que Dambros.

– Disse que eram seis Armas, certo? Sete?

– São seis – corrigiu Mirik.

– E temos você, Magnum, Rapislash... Carlot foi riscado da lista... Quem falta?

– Chamam-se Criopus e Maucor – respondeu Mirik. – Não tenho nenhum contato forte com eles no momento, embora sinta a presença deles todo o tempo.

– Certo, certo... – ele meneou a cabeça devagar, olhando fixo para o negrume ao lado, vidrado. – E para onde estamos indo?

– ...Atrás do corpo de Carlot, já decidimos isso antes.

– Não, vocês decidiram – retrucou.

A Arma ficou quieta um momento, e puderam ouvir um eco distante, se perdendo na imensidão dos túneis.

– Rafael... – começou Mirik, até ser interrompido por ele.

– Porra, odeio quando fazem essas pausas! – disse ele, controlando a voz. – Parecem sempre que estão de olho na gente... No que dizemos, como agimos, o que pensamos... É como se fôssemos uma droga de... experiência instável!

– Sinto muito que se sinta assim – falou Mirik, embora sempre sério, naquele momento parecera ainda mais.

– Ah, tá bom... – bufou ele. – Mas não terminei. Por que diabos estamos indo até o corpo daquele joão-ninguém antes das Armas?

Viu Jordana virar-se para ele com olhos de indagação e meneando a boca confusa, mas sem dizer palavra alguma. Levantou devagar, também escorada na parede, levantando as mãos.

– João-ninguém... – murmurou Mirik, talvez para si mesmo.

– Dispenso que cite as qualidades dele – falou Rafael. – Mas ele não passa de uma Pseudoarma com alguns poderes malignos. Duvido que se atreva a nos incomodar, e até já consegui me livrar dos Buracos Negros.

– Aqueles Buracos são muito mais perigosos do que você supõe – disse Mirik.

– Por que foge tanto da pergunta inicial? – indagou Dambros, com um fino sorriso seco nos lábios.

– Rafael, quando Carlot apareceu ontem, nós, Armas, começamos a sentir duas presenças muito parecidas com a dele – continuou Mirik. – Uma daquele que estava à nossa frente, e a outra, parada, que acreditamos ser o seu corpo. Estamos tentando seguir o rastro dessa última, pois está mais perto do que as outras, mas que já fica no caminho de Criopus ou Maucor. Em breve sairemos do túnel e faremos contatos com algumas Luzes para nos posicionarmos melhor. Não há um jeito mais rápido ou fácil, sinto-lhes dizer.

Dambros cruzou os braços um momento. Preferia estar falando com o Bastão em sua cintura.

– O que acha, Jordana? – perguntou.

– Eu? Bem... Que outra escolha temos? – concluiu ela.

– Que outra escolha temos... – repetiu Dambros deixando de se escorar da parede e balançando a cabeça. Jordana jurava que tinha visto um sorriso, mas ele virou-se rápido demais. A Luz voltou a mover-se e logo em seguida os dois estavam de volta a andar.

Encontraram espécies de ratos correndo freneticamente, alguns minutos depois. Tinham os olhos pretos, e um vago brilho avermelhado. E, embora pequenos, puderam notar uma coluna vertebral saliente por cima dos pelos, semelhante à dos jacarés. Estavam amontoando-se ao redor deles e arranhando seus calcanhares. Contudo, bastou Jordana apontar as mãos para o chão e as Luvas brilharem, que todos os ratos se agitaram, correndo para o negrume às suas costas. Chiavam e gritavam enquanto eram engolidos pelas trevas, as mesmas de onde saíram.

Depois do ocorrido, Jordana passou no mínimo meia hora com as mãos abertas apontadas para o chão da frente, dos lados e, de vez em quando, de trás. Descansaram novamente, sem trocar nenhuma palavra. Não almoçaram naquele dia, tendo que se contentar com a própria saliva, embora se esquecessem disso mais tarde, com o efeito das Armas. Obviamente ocorria em menor quantidade em Rafael. Já começavam a discutir a possibilidade de colocarem fora as mochilas. Seus ombros estavam doloridos e desgastados, mas tinham alguns objetos que tinham medo de se desfazerem; sacos de dormir, kit médico, fósforos, corda, e um último pacote de salgadinho. Começaram a carregá-las com as mãos de vez em quando, e gostaram da ideia, pois era extremamente leve. E assim revezaram, entre os ombros e as mãos, durante um bom tempo.

O que arrepiou os dois campistas veteranos não foram simplesmente os lamentos seguintes, ecoando no túnel em tom de sofrimento e dor, vindo de algum lugar inimaginável, mas sim a voz de quem dava esses gritos. Começaram baixos, vindos da frente, e depois de trás e até do teto. Tinham até impressão de que muitos vinham dos encanamentos furados e quebrados. Aos poucos foram ficando mais altos, parecendo cruzar por eles numa velocidade incrível. Passando da frente para trás e de trás para frente, fazendo-os dar voltas ao redor de si mesmos. Eram simplesmente desesperadores. Jordana começou a gemer e dar gritos roucos. Agarrou-se no braço de Dambros, que tentou soltar-se inutilmente. Ele também estava tremendo e hesitava entre parar assustado ou correr assustado. A Luz parecia normal, mas era obrigada a esperar por eles. Fora então que os gritos indecifráveis tornaram-se as piores palavras que poderiam ouvir naquela situação.

TROVÕES!

Jordana começou a gritar prolongadamente. E por incrível que pareça, mesmo estando encostada em Rafael, os gritos do túnel ficaram ainda mais fortes que os dela. Trovõõõees! A voz de Guilherme, gorgolejante de sangue, penetrava em seus ouvidos e começava a ecoar em suas mentes. E o eco ganhava força, tornando-se mais nítido e sendo exatamente igual ao do amigo.

– Dambros! Dambros! Oh, Rafael... – gemia Jordana assustada, ainda presa nele, olhando ao redor, vendo nada mais do que a escuridão e as paredes sujas. Em seguida, encostando a testa no ombro dele, com os olhos apertados desejando que aquilo terminasse.

– Mirik! – gritou Dambros, transformando o medo em raiva.

– São apenas gritos – dizia a Arma, sendo abafada pela gritaria. – Não temam. Alimentar ódio, tristeza e dor são as piores coisas que podem fazer!

TROVÕES!

– Guilherme... Oh, Guilherme... Pare, por favor... – Jordana apertava Rafael cada vez com mais força.

Áááááhhhh!

– Vamos correr, Jordana! – gritou Dambros.

Ele saiu em disparada, livrando-se dela. Jordana corria como se estivesse fugindo dos próprios Mestres das Trevas. A Luz acompanhava-os o tempo todo, parecendo ficar um pouco mais agitada. Os gritos ficaram mais frequentes, cruzando-os como um carro em alta velocidade.

Trovões! Trovões! TROVÕÕÕEES!

Abaixavam a cabeça, como se o fantasma de Guilherme gritasse por cima deles. Achavam que conseguiriam vê-lo dando rasantes sobre eles, mas só viam o negrume costumeiro. Começavam a ficar ofegantes e cansados, preferindo, muitas vezes, fechar os olhos do que ficar eufóricos esperando verem algo que nunca veriam. As canelas e os tornozelos estavam acabando com eles, mas o terror era mais forte e lhes fazia continuar. Trovõões! E foi quando Jordana virou-se para trás por um instante, e Dambros baixou a cabeça, que em uma fração de segundos os gritos cessaram. De repente ressurgiu exatamente na frente deles, e com o brilho da Luz, Guilherme surgiu no escuro, com olhos pretos e penetrantes, encharcado de sangue, rugindo como um louco para Dambros.

Trovõõõõees!

Nesse instante, Dambros pulou para trás gritando com as mãos na frente. Jordana gritou e caiu sentada, quase tendo uma parada cardíaca se não fosse por Mirik. Ele tirou do cinto o Bastão de Magnum imediatamente. A Luz afastou-se um pouco, deixando uma sombra maior ao redor do fantasma de Guilherme. Seus pés eram transparentes, podendo ser visto apenas do joelho para cima. Os gritos agora se repetiam apenas em suas mentes, como fantasmas brincalhões. Estavam hipnotizados de horror vendo o velho amigo pingando a sangue na frente deles. Perceberam o quanto sentiam falta, principalmente Jordana. Os cabelos cacheados, o rosto jovem, as roupas de verão. Dambros aproximou-se dela, que continuava ao chão, boquiaberta. Guilherme levantou uma mão caída em direção a eles, fazendo um som aguado enquanto pingava ainda mais no chão. Seus ombros estavam caídos e sua cabeça também, embora os glóbulos negros parecessem fitá-los o tempo todo por entre os cachos molhados.

–Vocês me deixaram lá... – gemeu ele, e uma quantidade enorme de sangue escorreu de seus lábios, manchando seu queixo. Jordana estremeceu. A voz era igual, fazendo-os acharem tudo mais aterrorizante, mais real. Dambros tentou dizer alguma coisa, mas a voz morreu na garganta e continuou apenas com o Bastão apontado, trêmulo.

– Me deixaram desesperado...! – sua voz esganiçava, em um misto de raiva e indignação. – Tiraram Jéssica de mim! ...Levaram ela embora!

Os olhos pretos e manchados lhe davam um aspecto monstruoso e intimidador. Não conseguiam ver a sua alma, sua essência espelhada naqueles pontos pretos, apenas uma cópia demoníaca do que um dia fora um grande companheiro. Dambros ajudou Jordana a se levantar, e ela apontou as Luvas em sua direção. Tremia bastante e lutava para ficar séria e não ouvir aquilo.

– Irão todos morrer... Morrer como eu morri – falou ele, cuspindo mais sangue. – Sofrerão no além, como eu sofri!

– Jéssica ficou com você o tempo todo! – disse Jordana, agora ela que esganiçava terrivelmente. – Ela teria entrado lá... E ficado de mãos dadas com você até o fim...

– Jordana... Não é ele – murmurou Dambros.

Guilherme deu alguns passos bambos para frente, flutuando desajeitado. Seus lábios tremiam molhados e ele gritou:

– Eu pedi ajuda! Ninguém me ajudou! Vocês também não a terão!

Ele aproximou-se mais. A Luz parecia incomodá-lo, fazendo-o levantar a mão no rosto.

– Suma, Guilherme! Suma! – gritou Dambros, agradecendo mentalmente por Tebaldi não tê-lo visto gritar anteriormente.

– Trovõõõeeess! – gritou, avançando em cima deles, com dentes apodrecidos e ensanguentados.

O raio avermelhado das Luvas de Mirik foi como a visão do sol lá dentro. Explodiu ao lado de Rafael Dambros e chocou-se contra o fantasma, cobrindo-o por completo sem deixar rastros, abafando seus gritos. Antes que terminasse, Dambros olhou para Jordana, e viu um olhar de raiva surpreendente no rosto iluminado dela. Por fim, o feixe de Luz se apagou e tudo ficou estranhamente silencioso de novo, deixando-os imóveis. A escuridão caiu sobre eles como uma grossa cortina.

Jordana ofegava, ainda com as sobrancelhas franzidas e seu rosto nervoso. Aos poucos fora baixando os braços, que continuavam tremendo. As franjas caíram de novo para os olhos. Não ouviam mais nenhum eco vindo do túnel, apenas o sangue de alguma goteira próxima. Dambros aproximou-se dela e pousou a mão em seu ombro. Ouvia os dentes dela tremendo e Jordana sequer virou o rosto.

– V-vamos – murmurou ela fungando, rouca, afastando-se da mão de Dambros até a Luz começar a se mover.

Não falaram nada sobre o ocorrido. Nem era preciso.

O túnel começara a fazer várias curvas, fazendo-os achar que estavam dando voltas em um labirinto. Mirik teve de garantir três vezes que estavam indo pelo caminho certo para pararem de fazer perguntas, e ainda assim não acreditavam totalmente. A Luz mostrou-lhes uma linha preta no chão, e Jordana quase atirou nela achando ser uma espécie de cobra. Era de metal, preso ao chão. Do outro lado havia uma igual, paralela.

– Trilhos? – perguntou Jordana.

– É o que parece – respondeu Dambros.

– Não estávamos em um esgoto... Ou algo assim?

– Antes no metrô do que no esgoto...

Começaram a sentir uma leve brisa, fresca e gelada. O cheiro de sangue e mofo começara a enfraquecer de maneira gradativa. Cerca de dez minutos depois, encontraram a plataforma do metrô. Era fracamente iluminada pela luz tênue da superfície que descia as escadarias ao longe. Mirik disse para seguirem a Luz, que os guiou subindo a plataforma. Ambos se ajudaram. As bilheterias à esquerda estavam com todos os seus vidros quebrados e as paredes manchadas e destruídas. O plano agora era seguir pela superfície. Precisavam falar com algumas Luzes e encontrar o lugar em que destruiriam o corpo de Carlot.

Pularam as catracas e seguiram pela escadaria. Um corpo estava estirado de cabeça para baixo, no canto dela. Vestia-se como algum funcionário do metrô. Estava sem uma das mãos e um pé. Mas o sangue que o cercava dizia que acontecera muito mais. Saíram no meio da Cidade com a mesma neblina acinzentada de quando entraram lá embaixo. Estavam de frente para uma rua bastante larga, com fileiras de carros estacionados. Mas a surpresa mesmo eram os postes de luz acesos. Ao longo de toda a rua, e da outra que fazia esquina com esta, estavam todos acesos, com exceção dos quebrados e derrubados. A sensação claustrofóbica passara por alguns momentos, por mais que a Cidade em si fosse um caixão.

Melhor do que lá embaixo... Aqui está ótimo...

A escuridão me rodeia, me seduz.

Por alguns segundos, a brisa cortante cessara totalmente. Suas roupas não se moviam, nem seus cabelos, nem nada na rua. Podiam apenas sentir/ouvir fracamente a névoa densa. Tudo ficou estranhamente quieto.

– Santo Espírito... – gemeu Mirik, de repente, e sua áurea baixou por completo, ficando quase tão sem vida quanto o Bastão de Magnum.

Quase como em uma explosão, uma rajada de vento enorme surgiu de trás deles, rugindo por toda a rua e levantando os cabelos de Jordana com uma fúria incrível. Ouviram alguns guinchos longínquos e olharam ao redor procurando saber o que estava acontecendo. Foi quando ouviram o som rasante em cima de suas cabeças, e uma sombra enorme cobrir a pouca luz solar que penetrava na aragem. Olharam para cima protegendo-se do vento, e viram a silhueta de asas negras gigantes, em forma de morcego, voando em alta velocidade. Pertenciam a um corpo não tão grande a ponto de acharem que era uma espécie de dragão, mas que em segundos desapareceu no céu fosco, levando a ventania consigo. E enquanto estiveram paralisados de medo, puderam ouvir o rugido distante da criatura, talvez de raiva, talvez de triunfo. A brisa voltara, fraca, tímida, mas estava lá.

Voltaram a erguer as cabeças devagar, não conseguindo tirar os olhos do vasto céu que a rua larga lhes proporcionava. Estavam chocados e assustados. Mirik demorou mais um pouco para voltar a ter o brilho normal, e quando voltou, sussurrou em tom de preocupação:

– Acabaram de ter o vislumbre de Flydiblo, um dos seis Mestres das Trevas. Se Rapislash estivesse aqui, não sei se teríamos conseguido disfarçar...

O que realmente incomodava Mirik era a direção seguida pelo Mestre. Ele tinha um forte palpite, mas não ousou revelar aos humanos.

CAPÍTULO 3

JÉFERSON

Não fora simples acalmar o garoto assustado. Fazer com que acreditasse nele não foi tão difícil, era só olhar para os seus braços e ouvir a voz de Rapislash, a Faca. Mas era como se o mundo de Jéferson tivesse desabado diante de seus olhos. Suas crenças, seus medos, suas convicções... foram todas abaladas. Não exatamente com a história de Tebaldi, de como ele entrara na Cidade das Trevas e por algum milagre saíra, mas assim que viu o gigante alado que decapitara seus amigos e lhe fizera um corte na barriga atirando-o longe. Saíra de alguma fábula, alguma parábola satânica... Tentava explicar para si mesmo de diversas formas, mas restava apenas tentar digerir aos poucos o que Rafael lhe contara; e tentar não enlouquecer.

Rapislash conseguira fazer com que os policiais feridos desmaiassem, em algum sono profundo, do qual horas depois seriam despertados no hospital Pompeia de Caxias do Sul. Rafael permanecia sentado sobre o tronco de árvore no qual Jéferson estava na hora do interrogatório, com os cotovelos apoiados nos joelhos e com a cabeça baixa, sentindo o peso do olhar do garoto à sua frente. Seu ombro ardia pelo tiro de raspão, molhando todo seu moletom velho. Jéferson ficava dando voltas, olhando assustado para ele, às vezes esfregando os cabelos, outras com a mão na cintura e outras mordendo as unhas, mesmo que não as arrancasse.

– Pretende... Pretende mesmo...Voltar pra lá? – indagou Jéferson, ficando parado com dificuldade.

– Se fossem seus amigos, você não voltaria? – indagou Tebas, sem levantar a cabeça. – Depois de tudo isso que eu te contei...Viraria as costas e pronto?

– Esse Rafael... Dâmbros...

– Dambrós – corrigiu.

– É, ele... Deve estar bravo, não? Digo, se estão mesmo ficando mais agressivos com o tempo... – ele gesticulava com as mãos, intercalando as vezes que roía – podem querer te atacar... E se resolverem entregar as Armas para os... os Mestres, isso?

– Isso não vai acontecer, cara – falou Rapislash. – As Armas podem andar sozinhas. Mas por enquanto precisamos esperar que a energia maligna cresça dentro deles para camuflar a nossa.

– Jesus... – ele parou com a mão na boca, ainda assustado vendo o facão falante.

– Vão nos deixar ficar malignos para salvarem a si mesmos? – o tom da pergunta de Rafael fora debochado, mas os três sentiam uma ponta de extrema seriedade nela.

– Estamos juntos até agora, Tebaldi – disse Rapislash. – Nem brinca, só não podemos arriscar sermos rastreados.

Tebaldi colocou a mão no ferimento do braço, onde lhe dava pontadas de dor.

– Tenho que ir buscar alguma coisa pra enfiar aqui... – disse limpando nas calças o sangue da mão.

Jéferson não respondeu, ficou apenas olhando. Perceberam então o silêncio do Raiz Forte àquela hora do dia. Mesmo nublado e melancólico haveria crianças correndo e brincando de esconde-esconde. Era estranho demais aquele silêncio pesado, sem a adrenalina anterior, ou os policiais gemendo. Definitivamente a realidade deles havia mudado.

– Me ajude em uma coisa – disse Tebaldi levantando-se, gemendo. Observou calado o olhar desconfiado de Jéferson. – Vou levar comida, roupas, e outros utensílios comigo. Mas me dei conta de que há itens aqui mesmo, no pátio.

Jéferson deu uma breve olhada ao redor.

– Quero que junte as armas pra mim. Esse machucado aqui tá sangrando demais e preciso ir até a cabana do Alex... fazer alguma coisa. Pegue a minha mochila para ajudar, deixei ela dentro da cabana dos meninos.

– Ok... – respondeu ele, apressado. – Não fuja! – Jéferson disse rápido demais, mas há muito tinha esse receio, desde que ouvira a história sobre voltar. O que estava acontecendo? Queria que ele esperasse para levá-lo junto?! De volta para o morcego alado, negro e berrante?! Não era isso, era só que... Simplesmente achou que seria melhor dizer do que não dizer. Pensaria melhor quando estivesse catando os revólveres.

– Digo o mesmo pra você – e assim, se separaram aos poucos.

Jéferson acompanhou Rafael se afastando por um momento, em seguida dirigiu-se até a cabana dos meninos. Os policiais haviam revistado todas as cabanas, sentia-se desconfortável entrando ali. E aquela história do Alex?! Sinistra demais, a digestão ainda estava em andamento. Achou a mochila dele próxima à janela, por onde devia tê-lo espionado com o delegado. Sentiu-se envergonhado. Saiu da cabana e dirigiu-se ao primeiro policial, que Tebaldi havia cortado as mãos. Contudo, assim que se abaixou sentiu uma dor ardente na barriga, no machucado feito pelo monstro. Caiu de joelhos controlando a voz para não preocupar Rafael. Sentiu uma leve ânsia de vômito, mas em seguida a dor sumiu, tão rápido quanto apareceu. Procurou respirar fundo, com os olhos fechados. Pegara a arma do coldre do policial, estava bastante gelada. Achou-a ainda mais pesada que antes. Queria ter tido uma contra o morcego dragão. Fábio, Jonas e Bruno foram mortos a sangue frio, provavelmente pensando que o mundo iria acabar com o ataque de morcegos assassinos saídos, literalmente, do inferno; talvez com uma fúria escondida, a mesma que sentia agora, mas que fora coberta pelo medo; ou, ainda mais provável, pensando em absolutamente nada, mergulhados em horror e desespero, e segundos antes da execução, teriam balbuciado um fraco "Mas que diabos...?" e mortos sem completar o raciocínio. Jéferson apertou o revólver e começou a chorar, batendo-o com força no chão, três vezes.

Rafael Tebaldi sentia o peso dos corpos que deixava para trás. Lembrava-se dos rostos de todos os policiais, machucados e deformados a sangue frio. Teria sido por influência de sua transformação, ou fora uma decisão exclusivamente sua? Era fácil colocar a culpa na transformação, mas sua consciência não o deixava em paz. O que o fez se distrair de tais pensamentos, fora o braço que lhe dava descargas constantes de dor e o sangue que escorria e o fazia ficar com medo? Chegando à cabana de Alex, ficara com um misto de receio e perplexidade. Aliás, antes mesmo de saber a dura verdade, sempre que se aproximavam de lá o sentimento era esse. Mas obviamente havia algo diferente, talvez mais profundo que antes, ou simplesmente de diferentes formas. Esperava que Rapislash dissesse algo, mas não houve sequer uma palavra. Entrou rapidamente, bloqueando qualquer receio em segundos. E ali estava, tudo conforme lembrava. A mesa de mármore, de frente para a porta, encostada na parede do lado direito, o armário cinza do lado esquerdo, e atrás da mesa a estante de troféus e medalhas de disputas com outros acampamentos, ou jogos entre escolas. Ao lado do armário de troféus, e atrás do armário cinza, havia uma porta de madeira. Um lustre velho pendia do teto e um tapete verde cobria o chão de tábuas de madeira. A mesa estava mais bagunçada, e o armário cinza, aberto. Imaginava que fosse a polícia o motivo. Esperava algo diferente. Depois que viu a verdadeira face por trás dos óculos do monitor-chefe esperava no mínimo algo... diferente, além da bagunça. Apressou-se até o armário cinza metálico, procurando a caixa de remédios. À primeira vista achou as raquetes de madeira, quatro bolas coloridas de futebol, uma de basquete, bolinhas de tênis, caixas de madeira e papelão e algumas pastas coloridas. E entre papéis espalhados, parecendo sair de dentro das pastas, estava a caixa transparente de remédios. Era simplesmente bizarro acreditar que aquele monstro pudesse cuidar de tudo aquilo.

Tebaldi colocou a caixa de remédios em cima da mesa, procurando o mercúrio, algodão e esparadrapo.

– Acho que estou conseguindo fazer parar de sangrar – falou Rapislash, de repente.

– Ficaria mais feliz se fizesse a dor parar... – respondeu, tirando o moletom com dificuldades, gemendo. A manga de sua camiseta estava bastante ensanguentada para um ferimento de raspão daqueles, e Rafael a tirou a blusa com dificuldade.

Ficou um tempo olhando para o seu corpo. Tinha uma barriga um pouco arredondada e gorduras nos cantos, mas sua altura fazia com que disfarçasse. Notou algumas saliências nos braços, indícios de escamas. Contudo, notou também, com facilidade, os quilos que perdera nas caminhadas da Cidade das Trevas. Sentia seus antebraços mais duros e a barriga encolhia mais facilmente. Há muito não tirava a roupa daquele jeito. Sequer ficara pelado para um bom banho. Era bom andar sem camiseta, mesmo que muitas vezes tivesse receio em tirá-la. Fitou o corte, agora sem nada para atrapalhar. Estava bastante feio, e tudo indicava que por milímetros a bala não tinha entrado com tudo em seu braço. Teria que lavar aquilo logo. Levou o mercúrio para o banheiro, apressando-se. A imagem de seus amigos voltara em sua mente, e ele não podia se dar ao luxo de ficar admirando seu lindo corpo fofinho e ensanguentado.

Atrás da porta, ao lado do armário, havia um pequeno corredor, com um banheiro à direita e seguindo mais dois passos estava o dormitório de Alex. Rafael passou pela porta, levemente curioso, pois nunca sequer havia pensado em entrar ali, via apenas a porta aberta de vez em quando. E pensou então que, se houvesse algo estranho naquela cabana, devia estar ali atrás. Entrou no banheiro apressado e não viu (ou sentiu) nada de estranho. Rapislash também não fez sequer um comentário. Era pequeno e apertado, igual ao dos campistas. Colocando o mercúrio em cima da pia, ligou a torneira rapidamente, fez uma concha com a mão, acumulando água. Começou a jogá-la no ferimento, gemendo de dor. Deu alguns gritos abafados e continuou lavando. O sangue misturado com a água escorrida por todo o seu braço, manchando sua barriga e respingando na calça. Estava ofegante, mordendo os lábios.

– A energia deste lugar é pesada... Nossa – comentou Rapislash, enquanto Tebaldi gemia e bufava de dor.

Em menos de dez minutos, Jéferson separara seis revólveres com um cartucho reserva cada, tirara os coletes à prova de bala de todos os policiais, assim como suas algemas. Não usara a mochila, sem saber se ele iria querer aquilo tudo; portanto, simplesmente amontoara tudo no gramado. Sabia que ele ia querer levar comida, mas não iria até a cozinha sem ele. E, aliás, como ficaram naquela cidade tanto tempo com o pouco de comida que levaram? Devia estar morrendo de fome.

Agora que seu trabalho estava feito, ele olhava ao redor, o tanto que a neblina lhe permitia. A grama continuava verde e bonita, mesmo pálida, assim como as árvores em volta.

Imaginava os seus pais preocupados com ele. Sentia falta de olhá-los e de ouvi-los ao telefone. Uma vez por semana todos os campistas ligavam para suas famílias. Tinham um limite de quinze minutos, estipulado por Alex. Alguns chegavam a ultrapassar de vez em quando; outros, dependendo da agitação do dia, não passavam de dois minutos. Ele, em geral, aproveitava os exatos quinze minutos. A mãe de Jéferson gostava de contar o que acontecia com toda a família; não como uma fofoca mesquinha, mas carismática, alegre com cada plano que fazia com sua tia, por menor que fosse. Jéferson, tendo ciência da exaltação de sua mãe, tentava manter-se parelho, embora poucas vezes com sucesso. Mas sabia que sua mãe sempre ficava feliz em vê-lo contando as pequenas novidades, como jogar a bola de futebol na fogueira, e até que os veteranos tinham urinado na porta do monitor-chefe.

Respirou fundo, esfregando a barriga. Sentia algo estranho. Não sabia dizer se era físico ou espiritual, mas sabia que estava lá. Talvez fosse a percepção de que havia algo muito mais profundo nas dobras dimensionais daquele universo em que estava acostumado. Aceitava perfeitamente que pudesse ser a sua mente, que se acostumava aos poucos com tudo aquilo. Ou o contrário, estava cada vez mais perturbada e confusa. Contudo, a agitação terminara, pelo menos momentaneamente. A tranquilidade daquele instante, sem ouvir ruído algum de Tebaldi dentro da cabana (o que o assustava um pouco), era única e relaxante. Toda a história de Rafael lhe veio à mente em segundos, não todos os detalhes, dos quais ele se atrapalhou em alguns, mas vinha de forma natural. A choradeira que tinha feito minutos atrás parecia ter sido há, no mínimo, um dia. E foi observando os revólveres jogados na grama, a pilha de coletes e algemas, que Jéferson percebeu o que acontecia em sua mente. Ele já tinha uma noção da Cidade das Trevas (ou achava que tinha), e a história de Rafael o dera mais segurança em relação a isso. Não era mais novidade. Não era mais um ataque de *aliens* ou Satã vindo para a Terra. Ganhara também a percepção de como terminar aquilo, a esperança estava espalhada por lá, segundo Tebaldi, naquelas Armas. Era uma oportunidade única, e ele se arrependeria pelo resto da vida se ficasse ali esperando alguém buscá-lo. E não seria criativo suficiente para explicar aquilo, além do mais, os policiais o viram fugindo, e até atirando. Não podia ficar ali de jeito nenhum. Não tinha mais dúvidas; ele iria voltar com Rafael Tebaldi para a Cidade das Trevas.

Dirigiu-se até a cabana de Alex com a mochila de Rafael em mãos, sem perceber como seu passo estava ligeiro. Não ouvia nada vindo dela e tratou de abrir a porta em um rápido impulso. Rafael estava sentado atrás da mesa de Alex, e notou os olhos arregalados dele em sua entrada súbita. Olhou-o confuso sem a camiseta, mas não demorou para compreender tudo. Ainda estava sujo de sangue, porém o ferimento já estava com um belo curativo.

– Calma, cara, não me assusta mais assim – falou Tebaldi ajeitando o esparadrapo. A Faca estava em cima da mesa, evocando tanto poder quanto um revólver, se estivesse em seu lugar.

– Já... Juntei tudo que me pediu – disse Jéferson, aproximando-se devagar.

– Pegou todos os revólveres? Estão aí na mochila?

– ...Aqui na mochila não, mas juntei todos sim, e mais algumas coisas que eu achei serem úteis.

– É, e o que são? – indagou, juntando a camiseta que estava no chão e vestindo-a com cautela. Gemeu várias vezes.

– Bem, tem... Algemas e coletes à prova de balas... Munição, claro.

– Coletes? Ótima ideia! Valeu – Tebas levantou agarrando a Faca, dando a volta na mesa. – Tenho que trocar de roupa, sem dúvidas tenho. Vai ir junto?

– Vou – respondeu sem hesitar, diferente dos outros comentários. Entregou a mochila para o dono e saíram dali.

Enquanto caminhavam até a cabana dos meninos, Jéferson lhe apontou onde estavam suas coisas. O cenário visto de longe era, talvez, ainda mais assustador. A neblina sobre os corpos adormecidos fazia-os parecer pior, como se estivessem mortos e fossem levantar como zumbis.

Chegando à cabana, Rafael procurou sua bolsa, embaixo de seu beliche. Retirou algumas roupas de lá, escolhendo de moletons quentes a mangas curtas, embora separara algumas poucas peças. Jéferson observava tudo a distância, escorado na parede, sem perceber que coçava levemente o seu ferimento na barriga.

– E seus pais? O que acha que vão dizer disso tudo? – perguntou Tebaldi, de repente.

Jéferson, mesmo olhando-o de maneira fixa, e levemente desconfiado, demorou a entender a pergunta.

– Eles... Acho que vão demorar para bolar alguma teoria – respondeu pensativo. – Não consigo prever, sei lá. Você consegue?

Tebaldi deu uma rápida risada e disse:

– Passei longas noites na Cidade das Trevas tentando... Sempre me veio a mesma coisa... Choradeira... Teorias malucas, desespero... Acho que é isso, somos muito unidos lá em casa. Sinto falta da minha mãe, mas sei que está bem. Infelizmente ela não sabe nada sobre o meu estado.

Infelizmente?

Jéferson limitou-se a balançar a cabeça e quase disparou a notícia de que iria junto. Achou que seria melhor simplesmente largá-la na conversa, mas acabara ficando presa em sua garganta. Não sabia se devia pegar uma bolsa também. Estava muito bem agasalhado, se fizesse calor na tal Cidade, seria só tirar uma peça da roupa.

– Pronto, terminei – disse Tebas fechando sua mochila. Vestira um moletom marrom de lã, feito por sua tia, e uma calça jeans bastante larga. O cinto que achara na Cidade das Trevas ainda estava lá, com a Faca guardada nele. – Acho que Jordana não vai se importar em usar alguns dos meus moletons... – murmurou em seguida.

Tebaldi disse que faltava apenas pegar comida no refeitório. E assim foram eles, atravessaram o gramado das cabanas, cruzaram as árvores em cima do morro, passando pelo parquinho e entrando no imenso galpão. Ver a recepção vazia daquele jeito lhes deu um tremor na espinha, fazendo-os parar por um instante. Era uma sensação um pouco nostálgica, mas substituída pelo medo. Nenhum dos dois comentou nada, pois não era preciso. Seguiram até o final daquela sala e entraram no refeitório. Era realmente grande, embora antigo e sem maiores decorações. Atravessaram todo ele, no meio de duas das longas mesas, com seus igualmente longos bancos. Havia três delas, dando bastante espaço para todos os campistas. Ao fundo, ficava a porta para a cozinha, por onde entraram. Era razoavelmente grande, com vários armários no teto e no chão. O fogão era enorme, assim como a pia. Agora ela estava bastante bagunçada e um pouco fedida, um misto de queimado com temperos. Ambos sabiam onde procurar, pois todos no acampamento eram amigos do Sr. Arno, o cozinheiro negro de meia-idade, aparentando dez anos a mais. Sempre o visitavam, embora Alex não aprovasse campistas entrando e saindo da cozinha, teoricamente sujos de terra, vermes e doenças. Jéferson ouvira rumores de que Arno tinha sido atropelado após o desaparecimento de Alex, porém preferiu não comentar nada.

Separaram um pote com pedaços de bolo de cenoura, um saco de nozes sem casca, um vidro com azeitonas, dois sacos de pães que teriam de ser comidos logo, três grandes pacotes de bolachas doces coloniais e três de salgadas. Tebaldi separou também fósforos e tirou das mochilas as panelas que estavam penduradas.

– Uau, não sei dizer se é muito ou pouco – comentou Tebaldi, mais para Rapislash que para Jéferson. – Não sei quanto tempo ficaremos lá nem quão intenso é esse... retardo que vocês fazem em nossos estômagos – em meio àquela escura cozinha, os olhos de Rafael piscaram avermelhados de novo, sem que Jéferson notasse. Isso o assustou um pouco, mas o fizera perceber que estava ficando menos frequente.

– Eu quero ir junto, Rafael – soltou Jéferson.

Tebaldi ficara parado um instante, olhando para o balcão em que colocara as coisas, e em seguida levantou a cabeça com uma expressão indiferente. Em seguida, mudara para uma expressão confusa e receosa, mas logo tratou de balançar a cabeça.

– Na-não...

– Já me decidi, vai ter que me deter à força – Jéferson temeu que ele usasse a Faca, mas preferiu afastar esse pensamento.

– Jéferson, não precisa fazer isso – insistiu Tebaldi, e notou um breve tom avermelhado em sua visão, que ardera em um instante. Pelo olhar de Jéferson, ele havia notado. Ficara feliz; pelo menos em sentir que seus caninos não lhe espetavam mais o lábio. Achava-os levemente pontudos ainda, mas esperava que fosse só paranoia sua. – Já me ajudou muito aqui. É perigoso demais lá. Não vai querer fazer isso com seus pais.

– Aquela coisa matou meus amigos e vou fazer o que eu puder para acabar com ela – disse ele, apertando o ferimento na barriga com mais força. – Não é exatamente por isso que está voltando, Rafael?

Tebaldi olhou-o mais profundamente, com um sorriso de pena nos lábios, percebendo que ele havia ganhado nas palavras. Nunca conseguiria convencê-lo do quão perigosa era a Cidade. Além do mais, haveria outras Armas Sagradas para ele. Só esperava que fosse forte o bastante para proteger o garoto até conseguir a próxima. Não sabia como iria encontrar Dambros e Jordana novamente, nem como conseguiria voltar para a Cidade das Trevas. Mas decidiria uma coisa de cada vez.

– Rapislash? – chamou.

– Jéferson, o morcego que te atacou... Era negro e tinha uns três metros de altura, tendo asas exatamente como as de dragões e braços grossos e fortes? – indagou Rapislash. – Ele chegou a falar alguma coisa?

Jéferson olhou confuso para o objeto, mas tratou de responder:

– Ele era... exatamente assim, mas não disse uma palavra... acho. Era rouco demais, parecia um rugido, só isso.

Rapislash fez uma pausa e disse:

– Se é isso que você quer, mesmo depois do que passou e ouviu de Rafael, ninguém irá impedi-lo.

Jéferson deu um leve suspiro de alívio, sem ânimo para dar um sorriso. Rafael aproximou-se dele colocando a mão em seu ombro.

– Vamos guardar tudo isso e partir de uma vez – disse.

Colocaram todas as comidas na mochila de Rafael, e saíram da cozinha em silêncio. Apressados, já estavam atravessando o parquinho e chegando ao gramado das cabanas de novo. Desviaram das viaturas e aproximaram-se da pilha de armas e acessórios.

– Belo trabalho – comentou Tebaldi.

– Então agora posso ficar com uma – falou Jéferson sorrindo, agachando-se e pegando uma das pistolas.

– É toda sua – disse Tebas tirando a mochila e agachando-se também. Guardou o restante delas ali, com todas as munições e algemas. Cada um pegou uma arma e guardou no elástico de trás da calça. – E agora... Os coletes. Sempre quis saber como é usar um desses.

Ambos pegaram um e vestiram. Era razoavelmente pesado, mas não esperavam menos. Rafael teve que trocar as armas de lugar, colocando-as nos bolsos da frente da mochila, para conseguir guardar o de Jordana e de Dambros em meio a roupas e comida.

– Ficou legal, hã? – disse Jéferson dando socos no seu colete.

– Espero que não precisemos testá-los... – Tebaldi deu uma risada nervosa, que Jéferson mal reparou.

Levantaram-se e Jéferson perguntou se Rafael não queria ajuda. Ele respondeu que não, dizendo que levar outra mochila e dividir as coisas aumentaria as chances de perdê-las.

– Jéferson, ainda pode voltar atrás... – insistiu Tebaldi de novo, vendo o garoto já balançando a cabeça. – Olhe ao redor. Seus pais estão lá fora! Primos, tios, irmãos, sei lá.

Jéferson parou um instante e realmente olhou ao redor. Passou pela cabana dos meninos, indo até a do Alex e das meninas, olhando mais ao fundo o parquinho e ainda mais ao longe o paredão de tijolos do ginásio e do refeitório. Imaginara os carros passando lá na rua, os quais não podiam escutar dali, e visualizava seu lar em Caxias do Sul.

– Meus pais são separados – disse de repente, sem nenhum tom melancólico na voz. Aliás, estava com o olhar duro para a neblina, embora sua voz estivesse devidamente controlada e normal. – Talvez se unam um pouco assim. Não me entenda mal, não é por isso que estou fugindo, já faz anos que se separaram. Mas não tenho dúvidas de que aquele cabeça-dura do velho estaria fazendo o mesmo no meu lugar.

– Está indo lá por vingança – disse Rafael. – Não é o melhor sentimento para se cultivar lá...

– Então por que você está voltando, senão para vingar os que perdeu também? – a voz de Jéferson continuava normal e aparentemente calma, mas seus olhos pareceram ficar ainda mais duros, com franjas onduladas pairando sobre eles.

– Estou voltando para ajudar a tirar de lá os que ainda estão vivos – respondeu Tebaldi, com uma serenidade tão impressionante quanto à de Jéferson. – Não vou lá para caçar ninguém.

– É irônico falar isso com tantas armas – e antes que Rafael pudesse pensar em responder, Jéferson acrescentou: – Então me deixe ir junto para ajudar a trazer os seus amigos, já que não pude fazer nada pelos meus.

Ambos continuaram se olhando, sabendo que não era para aquilo que Jéferson queria ir. De qualquer modo, tinha esperanças de conseguir cuidar dele até que achassem uma nova Arma, e assim ele seria bastante útil, beneficiando as duas partes. Rafael desviara o olhar de Jéferson, tendo seu momento de olhar para aquele terreno, pelo que poderia ser sua última vez. Nem por um segundo deixou de sentir o peso do olhar do garoto.

– Vamos, estamos perdendo tempo discutindo parados – bufou virando-se, sentindo a primeira rajada do que parecia ser chuva se aproximando. Pôde sentir a respiração acelerada que Jéferson tentou conter, denunciando sua empolgação. Esperava que fosse medo, e não desejo de vingança. Mas isso só descobriria com o tempo.

Desceram a colina das cabanas, chegando ao gramado de futebol. Havia alguns papéis e garrafas jogados no chão, deixando Tebaldi com desdém. Simplesmente odiava quando os novatos jogavam lixo no chão.

– É no Bosque... Escuro, isso? – indagou Jéferson.

– Isso.

Assim que Rafael Tebaldi lembrou-se de que não sabia como entrariam na Cidade de novo, antes que pudesse comentar com Jéferson, uma voz conhecida ecoou em sua cabeça. Era Rapislash.

– *Não diga nada, Rafael, apenas me escute.*

– Ra-Rapislash...?

– Não conseguiríamos voltar para a Cidade das Trevas apenas pelo fato de me ter em mãos. Não estou ligado à Cidade, não posso controlar sua aparição.

– Entraremos... Com essa minha infecção... mutação?

– Se fosse mais cedo, e se você tivesse um companheiro para brigar com uma Arma Sagrada gerando outra explosão, talvez.

– Droga, como vou saber, então?

Observou o garoto com o canto do olho, temendo que ele o estivesse vendo mexer os lábios ou emitindo algum som. Percebeu que estava silencioso. Jéferson estava perdido demais com sua excitação, mal contendo as pernas de sair correndo atravessando aquelas quadras e colinas o mais rápido possível.

– É aí que entra nosso mais novo amiguinho. Quase mandei você calar a boca e pedir pra parar de insistir pra ele ficar, precisamos dele.

– Co-como...?

– O ferimento feito em sua barriga pelo morcegão é o nosso ingresso. Infelizmente tenho quase certeza absoluta de que foi feito por um dos Mestres. Esse garoto não sabe a sorte que tem.

– Por um Mestre?!

– Sim, chama-se Flydiblo, parece um morcego gigantesco, exatamente como ele descreveu. Conheceram algumas de suas crias indo para a Fortaleza de Armorte... Lembra? Naquela praça...

– Nossa, nem lembrava mais!... Mas e o que tem a ferida dele?

– Flydiblo costuma atacar com a boca e as mãos, sem depender tanto de raios como nós e os outros Mestres. Suas garras e seus dentes, quando penetrados na carne de um ser humano, podem dar um efeito parecido com o veneno que seu pai lhe colocou...

Agora Tebaldi ficara engasgado com um "O quê?!" na garganta, pigarreando para disfarçar. Haviam terminado as quadras de futebol, chegando à linha vermelha que marcava o limite do Raiz Forte. Começariam a cruzar os pequenos vales da região, rumo ao Bosque do Acampamento.

– Chamavam-nos de vampiros no passado... E pelas imagens que tenho em sua mente, a coisa não mudou muito.

– Ele vai virar um vampiro?!

– Mantenha a calma, Tebas. Com aquela "semente" de Flydiblo plantada nele, a Cidade das Trevas aparecerá com certeza. E não espere vencê-lo com aquela cruz que Jordana carrega no pescoço ou com alho, caso tenha pegado algum da cozinha. Estarei aqui o tempo todo, e posso avaliar o corpo dele agora, mantendo-o informado. Achei apenas que devia saber.

– Ele vai... perder o controle de repente?

– Mais ou menos... Ele terá consciência de tudo que fizer, mas seu instinto estará tão forte que é provável que não consiga se controlar. Vou tentar retardar isso o máximo que eu puder. Tente não agir estranho.

– Puta que pariu...

Rafael pôde sentir a voz de Rapislash se esvaindo de sua cabeça, como se levado pelo vento violento que começara a soprar das nuvens que ficavam carregadas. Parecia vir dos bosques. Observou a Faca, balançando junto com sua perna no cinto, sem nenhuma mudança aparente. Em seguida, fitou Jéferson, perplexo. Não era à toa que ele não parava de coçar aquela barriga. O garoto virou-se para ele, olhando-o por um instante.

– Que foi? – indagou Jéferson, com cara de nojo.

– Nada... Só queria ver se já não estava cansado logo no começo – suspirou ele.

– Qual é, esses dois anos de diferença entre a gente não quer dizer nada – disse Jéferson balançando a cabeça.

Tebaldi sorriu e balançou a sua também, com a voz de Rapislash ecoando em seus pensamentos. Ajeitou a mochila, que era ruim de carregar com o colete. As fortes rajadas ficaram constantes, dando lugar a um vento gelado, que chacoalhava violentamente os arbustos pelo caminho.

– Está vindo uma tempestade daquelas, hein! – disse Jéferson sorrindo, coçando a barriga.

CAPÍTULO 4

MORTUAL

Encontrar Luzes vagantes estava cada vez mais raro, há tempos não encontravam grupos delas. As Armas Sagradas estavam realmente agitando o mal daquela Cidade. Tiveram que vagar meia hora seguindo a Luz indecisa de Magnum, antes que Mirik encontrasse outra para conversar. Não ouviam uma palavra do que Mirik ou a Luz diziam, mas sabiam que algo estava sendo dito. Por fim, a Luz afastou-se sorrateiramente, entrando em um dos pequenos prédios dali. Mais alguns instantes, e a Luz que os guiava voltou a flutuar, guiando um novo caminho.

– Estamos indo à Mortual – disse Mirik.

– Mortal? Ótimo – comentou Jordana.

– Mortual, Jordana – corrigiu a Arma. – Peguei o que pude das memórias daquela Luz, mas não veio muita coisa. Mas é lá que encontraremos o corpo de Carlot.

– Acha que ele vai estar lá nos esperando? – perguntou Dambros.

– É provável, já que foi ele próprio quem nos avisou – falou Mirik. – Estejam alertas.

– Aquele Mestre que passou voando por nós... Fly-alguma-coisa... – disse Jordana. – Acha que está indo para lá? Podem estar se reunindo...

Rafael Dambros fitou-a disfarçadamente, impressionado.

– Flydiblo... Talvez esteja... – falou Mirik, um pouco mais baixo. – Ainda sinto sua presença, mas há algo estranho em sua aparição... Ele não parecia estar nos procurando pelo caminho.

– E isso quer dizer...? – indagou Dambros.

– Não faço ideia... Como eu disse, estejam alertas.

Embaixo de um dos postes, por entre a névoa, iluminada agora pelas luzes acesas, estava uma bicicleta deitada. Passaram por ela em seu ritmo devagar, Dambros mal a olhou, diferente de Jordana. Achara bonita a cor amarelo-clara dela, embora parecesse sujo o estofado. Tinha uma cesta preta na frente e podia até distinguir a buzina.

– Ei, Rafa-kun, olha só – falou ela, correndo até a bicicleta. Aproximou-se dando pulinhos baixos, perguntando-se como aquela poderia ser a única bicicleta que viram até agora. Ergueu-a e percebeu que tinha o tamanho perfeito. Ela sorriu, soprando a poeira dela e percebeu que havia adesivos rasgados no guidão.

Dambros aproximou-se sem maior interesse, com um leve tom aborrecido que dizia: "Estamos perdendo tempo...".

– Acha quê...?

– Os pneus estão extremamente murchos – disse Dambros. – Não vai aguentar nem até o final da quadra.

Jordana fitou a bicicleta com um sorriso bobo ainda plantado em sua face. Um dos pneus, no canto, de frente para ela, tinha um buraco enorme. Ela largou a bicicleta, que caiu violentamente contra o poste.

– É, não aguentaria – fungou duas vezes e afastou-se dela, esbarrando em Dambros.

– Estes pneus estão murchos sim...

– Já disse que não sinto diferença, Jé.

– Acho que isso estraga...

– O quê?

– Sei lá... – e as duas riram.

Jordana e Jéssica subiam uma estrada de chão, cada uma em sua bicicleta. A de Jéssica era roxa com uma cesta atrás e um farol na frente, uma buzina ficava colada no guidão, e a de Jordana tinha a cesta na frente e sem faróis. O sol estava alto no céu, e elas voltavam para casa do tio de Jordana, depois de um passeio matinal. Jéssica estava passando aquelas férias com Jordana, um ano antes do castigo no Bosque Escuro.

– E voltando àquele assunto... – disse Jéssica, um pouco nervosa. – Quer continuar?

– Tudo bem, Jé, valeu – falou Jordana, bufando de alívio ao terminarem de subir o morro. – Acho que está tudo certo comigo – sorriu.

Jéssica fitou-a por mais um momento, sentindo que ela iria falar algo mais.

– Aconteceu meio rápido, só isso – continuou a amiga, com olhar e sorriso fracos, distantes. – Em plenas férias... Não esperava isso dele.

– Essas coisas acontecem sem avisar, algumas vezes – disse Jéssica. – Às vezes eles simplesmente... perdem a vontade. Idiotas.

Jordana balançou a cabeça, tirando as franjas dos olhos, que naquela época eram bem menores, na altura das sobrancelhas. Jéssica não a vira choramingar ou algo do gênero desde que ela lhe contara, por isso estava ali com ela, dando-lhe apoio.

– E o Guilherme? – indagou ela, com um largo sorriso de repente.

– Ele sabe que estou aqui te ajudando – disse Jéssica, com um olhar de saudades – falou que sente muito e se quiser conversar, ele está disposto também.

– É ótimo ver vocês dois assim tão bem! – disse ela esticando a mão e esfregando o ombro de Jéssica. – Quanto tempo faz? Três meses?

– Três e meio.

Ao lado delas haviam longos terrenos de áreas rurais, com várias plantações de milho. Uma brisa chegou até elas e Jordana abriu os braços recebendo-a de olhos fechados, equilibrando-se nas pedaladas vagarosas.

– Mas dessa vez, a reunião é só das meninas! – suspirou ela. – Jéssica-chan... Já que falou tanto nos meus pneus... – voltou a agarrar o guidão – aposto que aguento ir até a casa do tio antes de você.

– Qual é, Jô? Não é nem meio-dia... – resmungou ela, com um sorriso cansado, colocando as longas franjas escuras atrás da orelha.

– Acho que os meus pneuzinhos furados chegarão antes da sua uva com rodas – Jordana começou a acelerar e em seguida Jéssica fez o mesmo.

As duas pedalaram fundo e o vento jogou seus cabelos para trás. A bicicleta de ambas tremia bastante nas pedras, mas nenhuma parecia diminuir. Jordana, enfim, começara a notar o esforço a mais que fazia por causa do pneu realmente murcho. Com o canto do olho distinguia Jéssica colada nela. Era fácil imaginar o ex-namorado e descontar os sentimentos confusos fazendo força nas pernas. E ambas levaram um susto quando, por entre os arbustos, um bicho caminhou até a estrada, no lado de Jordana. Freiaram rapidamente, deslizando ao lado do animal assustado.

– Kuso – bufou Jordana.

– Nossa, olha que lindo, Jô!

Era um pequeno cachorro, marrom-claro, bastante peludo. O pelo caía na frente dos olhos e as orelhas se mexiam. O cachorrinho ofegava, parecendo olhar para elas.

– Muito lindo – concordou. – Sabe a raça?

– Não entendo disso... Nunca tive.

– Nem eu – Jordana olhou ao redor, esperando ver ou ouvir algum dono.

– Tem alguma casa por aqui? – indagou Jéssica.

– Não mesmo... – murmurou Jordana, descendo da bicicleta. O cachorro agitou-se, com a língua ainda mais rápida para fora. Ela observou ao redor, por entre as árvores finas das quais o animal saiu e avistou apenas colinas e cercas.

– Não vejo nada – disse ela. – De onde você veio, amiguinho?

O cachorro latiu três vezes, fazendo as duas sorrirem. Jordana agarrou o bichinho levando-o até Jéssica e assim fizeram carinho nele juntas.

– Vou levá-lo para casa... – falou Jordana pensativa. Olhou ao redor mais uma vez.

– Sério?

– É... Podemos ficar com ele pelo menos hoje... Só não quero largar ele aqui na estrada sozinho – explicou ela. – Está quente demais... Meu tio não vai reclamar se dermos só água, né? – sorriu.

Colocou o cachorro na cesta de sua bicicleta, montando nela. O cachorro latiu de novo e Jéssica buzinou duas vezes. Voltaram a andar, deixando a corrida de lado. O cachorro latiu mais duas vezes. Jéssica repetiu com a buzina, e o cachorro a imitava. E assim foram, rindo durante todo o trajeto.

A casa do tio de Jordana, "seu Alceu", como era conhecido por aquelas bandas, ficava atrás de um aglomerado de árvores nativas. Como biólogo e ecologista, ele se recusara a cortá-las, mesmo a menor delas. Para sua tristeza, fora obrigado a abrir uma passagem, estreita, por entre elas, para o carro chegar até a casa. Fizera uma estrada em forma de "S", protegendo algumas Canelas, mas mesmo assim, arrependia-se amargamente daquela estrada. "Fiz pela patroa", dizia ele. No quintal, ele organizara sua própria permacultura, com a ajuda de amigos biólogos. A casa tinha dois andares, com imensos vidros circulares no teto dos fundos, para que pudessem aproveitar o máximo da luz solar. A chaminé da lareira e do fogão subia, atravessando o quarto do casal e o banheiro, servindo como calefação. Herdara dos imigrantes italianos esse costume, mas que seu irmão, pai de Jordana, considerava antiquado demais. Em seus banheiros, construiu um mecanismo que usava a água do chuveiro para dar a descarga no vaso, usando um filtro de bambu para segurar o xampu. Alceu e sua mulher, Janice, sentiam-se ótimos daquele jeito. As despesas eram muito menores que a de seus falecidos pais, que ouviram reclamando por toda infância. E gostavam bastante das visitas de Jordana em véspera de acampamento.

As amigas pedalaram através da estrada em S, avistando Alceu arrancando algumas mangas das árvores que plantara ao lado da casa, em sua permacultura. Era um homem bastante magro, que aparentava jovialidade. Usava um chapéu redondo de palha e óculos escuros, manga curta e uma calça comprida de algodão.

Jordana fez sinal para Jéssica buzinar, e ela assim o fez. O cachorro, é claro, repetiu. Alceu acenou com uma manga na mão e uma cesta na outra, e perceberam a surpresa dele ao notar o animal. Pedalaram com força pela grama e desceram a meio caminho do tio, apoiando as bicicletas ali mesmo. Jordana agarrou o cachorro e foram até ele.

– Ora, sabe que não me importo quando rouba caquis dos vizinhos, mas acho que nesse ritmo vai se dar mal, guria – disse Alceu, sorrindo e retirando os óculos. Por mais magro que fosse, seu rosto era estranhamente largo e seus olhos eram azuis e grandes. Fitou o cachorro rapidamente, tentando lembrar se já o tinha visto por aquelas bandas.

– Ele cruzou na nossa frente do nada – disse Jordana, abraçando-o. – Não tinha ninguém por perto, nem identificação. Pode ficar aqui só por hoje, tio?

– Não acha que é muito cedo para ter outro relacionamento? – riu, arregalando ainda mais os olhos. Jéssica olhou-a preocupada.

– Não vou ficar chorando por aí, né, tio! – disse ela, tirando uma manga da cesta.

– Talvez ele tenha razão – murmurou Jéssica, com um sorriso forçado.

– Faz só um dia, Jô – disse ele. – Não vi você triste nem por um segundo. Quieta, um pouco... Mas entende...

– Blé pra vocês, vou brincar com ele, não namorá-lo – falou ela, largando-o no chão. Estalava os dedos na frente do rosto do animal, enquanto ele ofegava rapidamente com a língua para fora. – Deve estar com sede... Vem, Jé.

Alceu piscou para Jéssica e ela seguiu a amiga sem maiores preocupações. Era bom vê-la feliz. Não queria, nem conseguia imaginar a reação que teria caso um dia perdesse o seu Guilherme. Era incrível como um menino podia tornar-se tão importante em sua vida.

– Acho que vocês também precisam de uma água! – ouviram-no gritar. – Como suaram nessa voltinha!

Jéssica ficou com o cão ali fora, enquanto Jordana entrara para pegar água. Foram até os fundos, onde tinha uma porta de correr que dava para a cozinha. Ela voltou com uma tigela grande, mas rasa, cheia de água. Assim que colocou na frente do animal, ele quase mergulhou nela de tanta sede.

– Uou, na mosca! – sorriu ela, agachada, dando um tapinha em sua coxa. Levantou satisfeita, ambas olhando o cachorro atônito.

– Que fofo – comentou Jéssica.

– Quer continuar vendo Dragon Ball? – indagou, tentando distraí-la quanto às questões amorosas.

– Nem... acabamos de achar ele, Jé – disse Jordana. – Vamos até o córrego lá atrás, depois do almoço, que tal?

– Certo – subestimou-a, ela realmente não conseguiria prestar atenção no anime.

Ficaram no pátio tentando ensinar truques para o cachorro, como sentar, rolar e fazê-lo buscar um graveto. Ele não aprendeu nada, mas sempre que jogavam o graveto corria atrás. Tia Janice chegou pouco tempo depois, e levou um susto com o cachorro, achando que Alceu o tinha comprado. "Deus do céu... ele é um amor, mas... Alceu!" Elas explicaram a história toda e minutos depois o almoço da tia estava pronto. Frango grelhado com batatas cozidas temperadas, arroz, salada e suco de manga. O cachorro ficara do lado de fora comendo um frango, fitando-os pela porta de correr transparente, com seus olhos escondidos pelos longos pelos.

– E o Acampamento... Raiz Forte, né? – indagou Janice, servindo-se de salada.

– É – respondeu Jéssica.

– Que nome estranho... – disse ela. – É semana que vem ou na outra?

– Semana que vem – respondeu Jordana enchendo a boca de batatas. – Vai ser ótimo, será o segundo ano na turma de veteranos!

Jéssica sorriu, mastigando.

– Ótimo, velhinhas! – disse Alceu. – E tem alguma data para terminar?

Jéssica abriu a boca para responder, mas percebeu Jordana apoiando a cabeça com a mão, com um sorriso seco em seu rosto. Janice cutucou-o e protestou:

– Ela acabou de perder o namorado e você quer saber datas de... término! Poxa, hein.

– Epa, mas eu não tinha nem relacionado! – respondeu ele. – Foi uma pergunta inocente – Jordana sorriu e balançou a cabeça, como um "tudo bem". – De qualquer modo, foi sem querer, desculpe – disse ele.

– Qual é? Tudo bem, vai. Terminou, bola pra frente – suspirou ela, bebendo.

– Não tem um prazo para terminar... – explicou Jéssica. – Mas acho que saindo do colégio e entrando na faculdade, teremos que sair, sim.

Alceu ergueu o copo em direção a ela.

– Obrigado, Jéssica. Respondido – bebeu tudo.

Jordana sorriu, passando a mão no braço de Janice, que balançava a cabeça.

Depois do almoço, começaram a notar nuvens bastante negras cobrindo aquela região. Fora realmente rápido e Janice já tirara a roupa estendida de fora. Jéssica ficara subindo nas árvores do fundo do quintal várias vezes, pulando e convidando Jordana para se juntar a ela. Mas a amiga não largava o cachorro. Deixava-o dar mordidas leves no braço e enchia-o de cócegas na barriga. O sol diminuíra e um vento agradável veio com as nuvens, então ficaram um bom tempo daquele jeito. Deitaram na grama e conversaram, com o cachorro subindo na barriga das duas.

– Vou ligar para Guilherme... Sinto saudades – disse Jéssica, envergonhada, levantando-se e tirando o celular do bolso.

– Vai fundo – respondeu Jordana, apertando ainda mais o cão e fazendo-o se contorcer. – E essa carinha envergonhada, Jé-chan?... – as duas riram.

Jordana retirou seu celular do bolso, percebendo que o havia esquecido desligado. Enquanto a amiga namorava por telefone, ela ligou-o vendo duas mensagens na caixa postal. O cachorro latiu, e ela teve que insistir para ele parar.

– Jô, o Guilherme te mandou um abraço! – disse ela, ainda na linha.

– Mande outro!

Jordana começou a rir com as mensagens e assim que Jéssica desligou, aproximou-se.

– Que foi, Jordana? – indagou, curiosa. Pensou que poderia ser o ex-namorado, mas o sorriso era amigável demais, não romântico demais.

– Os guris estão mandando mensagens – disse ela, ainda com o largo sorriso no rosto. – Olhe esta: "Jordana-kun, Guilherme contou tudo. Deixe de chorar e vá ver animes. Te vejo no acampamento. Ass: Jhonny".

Jéssica riu e Jordana falou:

– "Kun" é para meninos, Jhonny Paulo! – esfregou o cachorro mais um pouco, que correu até alguns arbustos próximos, cheirando-os.

Enquanto as duas respondiam às mensagens, o cão ficara dando voltas no jardim, agitado. Latia de vez em quando, mas não rosnava e seu rabo continuava balançando. Parecia bastante saudável. Minutos depois ele atravessou os fundos pulando a cerca, e correu para as colinas.

– Aonde ele vai?! – disse Jordana preocupada. – Essa não...

– Jordana, calma – falou a amiga. – Ele já volta, deve estar assim por causa da chuva.

– Mas... – ela calou-se e olhou para cima. As nuvens já cobriam tudo, e o vento estava aumentando. Era mais assustador do que na cidade, notara isso no acampamento também.

Naquele instante, Alceu saiu pela porta de correr, com um guarda-chuva em mãos. Aproximou-se e disse:

– Puts, deixei os caniços de pesca lá no lago esta manhã, achei que iria voltar. Não vou correr o risco de perdê-los com o riozinho enchendo.

– Depressa, hein – disse Jordana. – O cachorro correu pelas colinas lá do fundo. Se achar ele mande-o para cá.

– Deve ter voltado para o dono, Jordana – chegara à cerca, atravessando-a. – Não deixem nada no pátio, viu.

Alceu corria com um ritmo engraçado, afundando na grama fofa dos campos atrás de seu terreno. Não demorou dois minutos e a chuva começou, bastante violenta. Ao longe, viram Alceu erguendo as mãos e uma perna, em uma pose engraçada, reclamando. Podiam até jurar que ouviam seus xingamentos, abrindo o guarda-chuva desajeitado. As duas ficaram ali na chuva, e decidiram tomar um banho. Correram em círculos, com os braços abertos, rindo e gritando para o céu. E quando trovejava, gritavam mais ainda. Chacoalhavam os cabelos e pulavam, de mãos dadas e sozinhas. Jéssica, por dentro, estava chocada com a espontaneidade de Jordana e isso lhe deu mais forças ainda. Ficaram daquele jeito por um bom tempo.

– Gurias! – gritou Janice da porta de correr, com um sorriso bobo em sua face, num misto de preocupação e graça. As duas viraram rapidamente, dando risada. – Vão ficar doente!

– Agora já ficamos! De que adianta sair? – gritou Jordana dando uma estrelinha, escorregando e caindo de bunda no chão. Jéssica gargalhou, abafada pela chuva.

– E aquele seu tio...! Háhá, quero só ver... – riu Janice, fechando a porta.

Segundos depois e já avistavam Alceu voltando, cheio de coisas nas mãos, correndo com as pernas abertas. Jordana deitou na grama, sujando-se de terra molhada.

– Não vou me deitar aí... – disse Jéssica.

– Tá bom... – Jordana atirou-lhe um punhado de terra, acertando a barriga dela. Jéssica gritou e começou a jogar na amiga também, voltando a dar altas gargalhadas, perdidas por entre as trovoadas.

Alceu pulou a cerca dos fundos e aproximou-se. Carregava o guarda-chuva e o caniço em uma mão, e uma caixa de iscas e... algo mais na outra. Ele aproximou-se com uma cara fechada, e Jéssica fora a primeira a entender o motivo. Jordana, ainda sentada, suja de lama, com as mãos apoiada atrás de si, viu o rosto de Jéssica, preocupada. Olhou para o tio aproximando-se e seu queixo caiu imediatamente.

– Encontrei ele na água, Jô... Eu... Ele deve ter caído... – o cachorro peludo e agitado que lhes acompanharam naquela tarde, jazia em seus braços, molhado e magro. Morto.

Jéssica fitou a amiga. Os olhos dela estavam vermelhos por completo, e não sabia se o rosto molhado era de lágrimas ou da chuvarada. Sua boca começou a tremer e então começou a chorar de verdade, sem tirar os olhos do animal no colo do tio. Jéssica aproximou-se da amiga, que começava a fazer um escândalo socando as mãos no chão. Abraçou-a com força, entendendo tudo. Era o momento de ela descontar tudo o que guardara, não só pelo cão. E Jordana chorou por muito, muito tempo, nos braços de sua velha amiga.

– Que horas são, Mirik? – indagou Dambros.

– É perto das 4 horas... – respondeu.

– Da tarde, certo?

– Certo.

Ele mexia em seu anel compulsivamente, girando-o no dedo, tirando e colocando de volta. No começo estava ciente disso, mas naquele momento não mais. As luzes acesas na névoa, deixavam-no talvez ainda mais apreensivo. E quando alguma Luz passava por debaixo de um poste aceso, sempre parecia que era um inimigo.

– Esse Tebas... Mas que coisa – bufou Jordana.

– Está resmungando por causa dele faz tempo... – murmurou Dambros. – Acho que tem alguma coisa aí...

– Acho que tem alguém com ciúmes... – pigarreou ela.

– ...Vai crente, gracinha – sua mão parou de remexer o anel, mas ainda o segurava apertado, e Jordana não notou por um segundo sequer.

Alguns minutos de silêncio depois, observando a mudança na estrada, que se tornava estrada de ladrilhos, Jordana indagou:

– Quer contar alguma história, Rafa-kun? Já que tocamos no assunto... Já teve alguma menina nesse coraçãozinho frio? – ela aumentou o passo, pois ainda caminhava atrás dele. Queria ver a expressão de seu rosto, mas pareceu que Dambros havia aumentado o passo também. Parara de mexer no anel, baixando as mãos e mexendo os dedos, nervoso.

– Se quer tanto puxar assunto, por que não me conta você uma história sua? – disse ele, com tom de voz controlado. – Com uma personalidade dessas não pode ser tão difícil achar algo pra contar...

– Eu perguntei primeiro, Ra-faaa... – disse ela, com um leve sorriso, surpresa por ele não ter gritado. As trevas deviam deixá-lo aborrecido, aquilo não estava certo... Ou pegara uma parte íntima dele...?

Huhuhu, quem diria...

– Uma vez eu tive um cachorro – disse ela, bastante despreocupada, com o tom de voz que fez Dambros se lembrar do começo daquela viagem, quando ainda estavam nos bosques.

– ...Ah é?

– Ele... Nossa, não dei nem nome pra ele – bufou ela, esfregando a cabeça, olhando para a calçada.

– Chamava-o de quê? "Cachorro"?

– Fiquei com ele por um dia... E aí ele morreu – disse, voltando a olhar para o companheiro. Dambros pensou um pouco e falou:

– ... E a que conclusão chegamos com essa história?

– Se me contar a sua, quem sabe eu explique a minha... – ela sorriu para ele, sabendo que mesmo que ele não virasse, Dambros estaria ciente de sua expressão, e era isso que importava.

– Você fala demais, Jordana... – e não disse mais nada.

Ela ficara boquiaberta, pois era uma das raras vezes em que ele dissera seu nome de forma tão despreocupada. A ausência de Tebas até que estava dando resultados. Mas havia um limite para aquilo, e ela sentia estar chegando lá.

Chegaram a uma área de grandes condomínios, onde a estrada tornara-se asfalto. A névoa era mais dispersa em certos pontos, fazendo-os enxergar até o décimo andar de alguns prédios. Outros de trinta andares enxergavam só até o quarto. As árvores mortas nos quintais decorados lhes davam arrepios, muito mais que os armazéns costumeiros. Observavam guaritas abandonadas com marcas de garras, portões de garagens abertos, mergulhando em trevas, piscinas com alguns cadáveres caídos na borda. Estavam descendo um morro em que os postes de luz ficavam mais dispersos, e em alguns andares mais altos viam Luzes flutuando de um jeito macabro, como almas passando só para poderem ser vistas. Em outros andares ainda mais altos, borrados pela aragem, avistaram corpos escuros. Alguns pareciam ter penas e/ou pelos. Paravam nas janelas e ficavam olhando para eles. Raramente viam o reluzir do olhar deles, mas sabiam que não era exatamente para eles, e sim para as Armas. Elas os perturbavam, sabiam disso. Como um mosquito zombeteiro em uma noite de verão.

– Kuso... – gemeu Jordana.

Quando o primeiro deles uivou de uma janela próxima, os dois campistas pararam, e a Luz teve de esperá-los. Seguindo o uivo da primeira aberração, outros gritos vieram, de outros condomínios das redondezas. Em alguns seres, podiam ver faíscas saindo de sabe-se lá onde, e Luzes sendo destruídas em um piscar de olhos. E ficaram uivando, gritando e chiando prolongadamente, fixos em suas janelas.

– Vamos aumentar o passo – disse Dambros. E assim o fizeram, descendo o morro, agitados, olhando para os lados e para trás.

Chegando às 5h30 da tarde, descendo outro morro de grandes condomínios, Rafael e Jordana avistaram luzes coloridas na névoa mais distante. Elas piscavam sem parar, borradas. Pareciam vermelhas, talvez com um pouco de verde. Ficaram com receio e apenas trocaram olhares, com Mirik dizendo que não sentia maiores presenças. As luzes foram ficando mais nítidas, e enfim perceberam que as sinaleiras, de todas as ruas, começaram a piscar daquele jeito. Algumas apenas com uma ou duas cores, ou piscavam e desligavam sem sinais de que iriam retornar.

Na próxima parada para descansar, encostaram-se em um Ford 1975, depois de verificar se estava tudo certo com ele. Não a aparência, mas os possíveis passageiros. Sentaram-se no capô, largando as mochilas. Ambos pegaram suas garrafas, agora cheias, e resolveram lavar-se. Cada um foi para um lado do carro, retirando as camisetas e as blusas. Molharam-se bem devagar, a água estava morna e lhes fizera muito bem. Retiraram as calças, Jordana sentou atrás de um pneu, não confiando plenamente em Rafael. Abriu o sutiã e lavou-se o mais caprichado possível. Molharam os cabelos esfregando-os com força. Pegaram os moletons guardados em suas mochilas e usaram como toalha. A sensação de umidade passaria rápido e estavam satisfeitos por terem tido aquela ideia. Voltaram a se reunir no capô do carro e deitaram no para-brisa. Um ao lado do outro, sentiram-se pouco à vontade no começo, mas o cansaço os fez esquecerem um do outro por um tempo.

Jordana esperava ansiosa ouvir a voz de Rafael Tebaldi gritando por eles, surgindo de alguma rua próxima, balançando a Faca de Rapislash. Enquanto Dambros refletia sobre o mundo fora daquela Cidade, e como estariam as coisas por lá. Ficaram deitados por vinte minutos, sem ouvirem nada além de suas respirações e do vento costumeiro. Espreguiçaram-se, levantando, juntando suas coisas e voltando à jornada.

Estavam começando a achar que não chegariam à Mortual naquele dia, pois a pouca luz solar começava a empalidecer mais ainda, mesmo em lugares abertos com os constantes morros. Enfim, chegaram a partes mais planas, mas com um visual destrutivo que lhes fez querer deixar de seguir a Luz. Casas inteiras estavam no chão e prédios estavam cheios de buracos, como se uma chuva de pequenos asteroides tivesse caído ali. Fogo crepitava em carros, jardins e escombros de todos os tamanhos. As Luzes começaram a desaparecer gradativamente, sem que eles se dessem conta.

– Aqui sim houve uma batalha... – comentou Jordana.

– Mirik, algum sinal de Rapislash? – perguntou Dambros.

– Nenhum.

Os postes ali estavam mais destruídos que o normal, deixando o lugar mais escuro, ainda que iluminado pelas pequenas fogueiras.

– Os últimos fogos que vimos flutuavam e criavam gelo... – murmurou Dambros. – Pelo menos estes parecem naturais...

Naturais...?

A rua abriu-se em uma grande alameda morta e, ao longe, enquanto se aproximavam, avistavam a silhueta de algo bastante comprido. Mas não parecia ser nenhum galpão ou construção do gênero.

– Não façam barulho – disse Mirik. – Chegamos ao nosso destino. Mortual.

Jordana aproximou-se de Dambros e cerrou os punhos, tentando relaxar para baixar a energia das Luvas. Aproximando-se, começaram a avistar um portão de grade, muito comprido. Atrás dele avistavam algumas poucas árvores, que foram aumentando conforme diminuíam a distância. E junto com arbustos secos, distinguiram pequenos templos e capelas, com cruzes em cima.

– Não acredito... – murmurou Jordana. – Vamos entrar em um cemitério nesta cidade?!

– Já que não temos outra... – resmungou Dambros.

Aproximando-se mais, distinguiram desenhos nas grades do portão que cercava o lugar. Havia vários humanos e símbolos que não lhes era familiar, feitos com várias formas geométricas. Enfim, ficaram de frente para o portão principal do cemitério, observando a grama seca, com pedras e gravetos, além dos vários túmulos que se perdiam na cerração. A luz dos poucos postes de pé que viam ao redor mal chegava até ali, deixando tudo ainda mais acinzentado e morto, como era quando os postes não tinham sido acesos.

– Então isso é Mortual? – falou Rafael. – Achei que fosse maior... Mais legal...

– Mais legal? – sussurrou Jordana.

A Luz que os guiava entrou no Bastão de Magnum e ele acendeu pálido, do mesmo jeito que as Luvas estavam.

– Os guiarei em voz baixa – disse Magnum. – Vamos fazer isso sem que eles nos atrapalhem.

– Não vou nem perguntar quem são eles... – falou Jordana, olhando ao seu redor, tendo certeza de que ninguém os seguia.

O portão era fino e sem tranca, fácil de abrir. Exceto o rangido longo e agudo, que os fez olhar para todos os lados em alerta. Entraram. Observaram algumas capelas ao fundo destruídas, e algumas outras quase. A grama e a terra estavam mais macias do que pensavam. Começaram a seguir a voz de Magnum, desviando das placas de metal que havia no chão, nas sequências de túmulos irregulares. Jordana pensou ter visto alguma coisa se mexendo na névoa. Devia ser apenas impressão, pois não escutavam absolutamente nada. Rafael, que agora andava na frente parou, obrigando Jordana a fazer o mesmo.

– Espere. Olhe bem – fez um sinal com o dedo.

Jordana não viu nada. A névoa cobria tudo, não conseguia ver muito além da Luz de Magnum e de Mirik. Ela pensou ter visto outro vulto por um instante. E do seu lado, outro. Quando deu por si percebeu milhares de silhuetas aparecendo e desaparecendo na névoa, mas sempre que virava o olhar de uma para outra, elas desapareciam. Silhuetas pretas, distantes, davam alguns passos e sumiam na névoa mais intensa. Olharam ao redor. Estava acontecendo por toda a parte.

Jordana estava a ponto de gritar.

– Mirik – sussurrou ela.

– Eu sei. Vamos nos apressar – disse a Arma.

– ... Credo.

Percebeu que Rafael já estava voltando a caminhar. Foi em seu encalço rapidamente. Agora ela caminhava encolhida e olhando para todos os lados, o tempo todo. Os punhos fechados e erguidos, contando com a ajuda de Mirik. Nenhum fantasma iria pegá-la desprevenida. Não mesmo.

– Há Luzes que dizem que só com a luz do sol é possível parar os Mortuanos daqui... – comentou Mirik.

– Mortuanos?... Essa foi ótima... – murmurou Dambros.

– O dia que tivermos luz solar aqui... – bufou Jordana.

O cemitério era bagunçado, e maior do que pensavam. Por um tempo, Jordana se esqueceu dos vultos e começou a contemplar as capelas, e certas tumbas decoradas. Estavam destruídas em algumas partes, mas usando a imaginação podiam criar coisas muito bonitas.

– Jordana, olha aqui – chamou Dambros.

Ela virou-se com cautela, podendo ver uma grande capela. Enorme, com uns quatro metros de altura. Era muito bonita. Tinha uma porta de pedra, com desenhos esculpidos. Havia uma placa dourada, presa na pedra, ao lado da porta, com inscrições em vermelho. Mais acima havia duas gárgulas de pedra polida, negras. Tinha o corpo de gente e cara de dragão. Asas cobriam as costas delas, fazendo uma curva e cobrindo os ombros. O topo ia ficando mais fino e, acima das gárgulas, havia um anjo esculpido. Fora desenhado com as mãos nos olhos e uma boca aberta, como de espanto.

– E eu que até gostava de construções góticas... – disse ela.

Rafael se aproximou da placa dourada, ao lado da porta. Passou a mão para tirar a poeira e os gravetos.

– Aqui jaz Carlot Bringul, portador da Semente do Mal, cavaleiro e morador da Cidade das Trevas. Que sua alma nunca descanse, e sirva aos Mestres por toda eternidade. Assim será, pois nas trevas nasceu, nas trevas jazeu e nas trevas perdurará – leu – Fim.

– Semente do Mal? Ah, sim... – balbuciou Jordana. – Foi assim que traiu vocês.

– Este templo foi feito especialmente pelos Mestres – disse Mirik. – E esse Carlot ainda entrou na brincadeira... Hum, vamos terminar o serviço.

Jordana foi até a porta ao lado. Dividia-se ao meio. Parecia bem grossa e pesada, difícil de abrir. Jordana forçou com as mãos. Nem se mexeu. Rafael continuou lendo e relendo a escritura vermelha.

Um barulho fez os dois olharem um para o outro. Vinha de cima. Deram passos para trás e olharam. Da boca das gárgulas e do anjo estava queimando fogo azul. Crepitando e fazendo as estátuas parecerem vivas.

– Será que essa chama é fria igual na...? – murmurou Dambros, seco.

– Ele está aqui – disse Magnum.

Uma explosão bem atrás deles os fez virarem-se em um pulo. Uma pressão muito forte e uma rajada de vento acertou-os em um piscar de olhos. Foram prensados contra a porta. Estava doendo, não conseguiam se mexer. Um redemoinho negro formou-se na frente deles, como um tornado violento de boca para eles, afastando a névoa ao redor. Jordana não viu nada, ficara de olhos fechados o tempo todo. Logo ele se apagou e, sem terem visto exatamente como, surgiu Carlot.

A dupla de humanos afastou-se da porta, ofegantes, empunhando suas Armas. Rafael encarava-o com frieza. Odiava a cara maliciosa daquela Arma.

– Isso foi um Buraco Negro...? Droga, perdi! – disse Jordana ao seu lado, ajeitando os cabelos. – E esse deve ser...

– Garotos! – pronunciou-se Carlot abrindo os braços, virando-se em uma reverência. – Magnum... Mirik... – acenou com a cabeça. – Prazer, moça, não fomos devidamente apresentados, eu sou...

– Carlot – completou Jordana, quase que para si mesma, e ele balançou a cabeça.

– ... E se não me engano havia mais um, não é? O que aconteceu? Morreu? Perderam Rapislash também? Bom, isso facilita muito o meu trabalho.

– Eles não morreram – falou Jordana ríspida.

– Então onde estão? Não posso deixar de cumprimentar meu velho Rapislash. Embora não goste muito dos modos dele, era um fiel aliado, e eu o respeito por isso – disse ele ajeitando seu terno listrado bordô e branco. Passou a mão, com delicadeza, nos cabelos penteados.

Rafael continuava apenas encarando-o, sem mostrar interesse nenhum em falar.

– Não sabem? – indagou Carlot aparentemente bastante surpreso. – Não podem senti-lo? Bem, eu não posso... Mas lembro de ter sentido um choque de energias mais cedo.

Antes que Jordana pudesse responder, Rafael falou:

– Não é da sua conta, bigodinho.

– Moleque atrevido. Não mudou nada mesmo. Manterei minha promessa de acabar com você antes de Magnum. Fico triste em ver a postura de vocês diante de mim. Poderiam estar aqui, ao meu lado. Estamos no mesmo jogo há séculos, milênios, mas não precisamos estar em lados opostos do tabuleiro – disse Carlot, sem retirar o sorriso leve e malicioso, esfregando o bigode.

– O que pretende aqui? – falou Jordana.

– O que acha que eu pretendo? Vieram ao meu humilde lar, mexer em algo que não lhes diz respeito... Precisam de um anfitrião.

Jordana bufou, fitando-o cuidadosamente, como o companheiro.

Essa ironia dos homens...

– Vamos acabar com você aqui mesmo – avisou Magnum. – É uma pena ter que destruir meu próprio parceiro. Ficarei com muito remorso, não consigo esquecer os momentos bons que todos nós, Cavaleiros do Bem, tivemos.

– Poupe-me, Magnum. Não se rebaixe tanto assim, não me faça perder o pouco de respeito que ainda tenho por você – disse ele, olhando sério pela primeira vez. – E Mirik! Lembro-me que você era muito forte. Talvez seja por isso que o Espírito do Bem o transformou em punhos! É uma pena que tudo tenha que acabar assim... Vocês estão sempre de mau humor, que chato.

– Suma de uma vez – Dambros apontou o Bastão de Magnum e, em seguida, começara a ouvir rosnados próximos. Gemidos roucos e longos, perdidos no cemitério. Voltaram a avistar vultos na névoa, mas agora pareciam saber exatamente onde estavam indo. Ouviam o barulho de terra próxima e corpos levantando-se, surgindo de trás das lápides e dos pequenos templos. Ao lado deles, uma mão ergueu-se, fazendo Jordana soltar um pequeno grito.

– Eles não vão deixá-los sair daqui nunca – sorriu Carlot.

– Eu os seguro, Dambros – Jordana correu atrás da lápide mais próxima e agachou-se, não querendo ser vista pelos mortos-vivos. Iria atacá-los de surpresa.

– Vamos lá, fedelho – chamou a Arma. – Sabe fazer alguma coisa com esse pau na mão ou só obedecer ordens?

Rafael Dambros correu até ele, balançando o Bastão. Era hora de terminar aquilo de uma vez por todas. Teriam uma Arma a menos, mas fazer o quê? O Bastão de Magnum reluziu e passou próximo à cabeça de Carlot, jogando fagulhas em seu rosto, desmanchando seu sorriso. Ele se abaixou e enterrou o punho na barriga do mortal, fazendo Rafael cair de joelhos abraçando a barriga.

– Pelo santo Espírito do Bem... É isso? Um golpe e já está babando no chão? – zombou, afastando-se.

Dambros curvou-se, quase encostando a testa no chão, tentando respirar. Ele tinha o soco realmente pesado. Ouvia sua voz zombeteira afastando-se. Estaria fugindo de novo? Não... Não dessa vez. Ele levantou-se rápido, gemendo, mas mantendo a guarda. Viu que Carlot atravessava a mão na parede de seu próprio templo, fitando-o. Logo fez uma cara de surpresa como se tivesse encostado em algo do outro lado, e depois voltou ao sorriso malicioso, retirando a mão. Carlot trouxe um pequeno objeto. Não podiam ver o que era daquela distância. Vestiu-o no dedo.

– O Anel Sagrado de Carlot – disse Magnum. – Aquela é a Arma!

O Anel brilhou muito, não tímido como as Armas Sagradas estavam ao entrarem em Mortual. Era como se tivesse uma chama em mão.

– Agora somos um só – falou Carlot, parecendo aliviado. – De corpo e alma.

Jordana avistava os mortos ficando mais nítidos e aumentando de número. O cemitério devia ser ainda maior do que pensavam. Agachou-se atrás de sua lápide e viu Rafael ser nocauteado por Carlot.

Não seja burro! Use o Magnum!

Ergueu-se de novo, espiando por cima da pedra. Cinco túmulos adiante e já havia mortos levantando-se, retirando as mãos violentamente do chão. De repente, luzes piscaram na névoa distante. Jordana soltou uma exclamação assustada. Era como um trovão silencioso. E então mais dois piscaram. Jurava ter visto alguns vultos na luz. Mais um, iluminando mais. E outro. Como se as nuvens de uma violenta tempestade estivessem pairando baixo, servindo como névoa.

Voltou a acompanhar aqueles que estavam se levantando. Alguns derrubavam suas lápides, outros ficavam vários minutos tentando erguer-se. Avistava as roupas esfarrapadas, caindo-lhes pelos ombros, alguns até sem. Era uma visão simplesmente infernal, e os raios continuavam a piscar com certa frequência, sem barulho, a não ser o gemido hediondo dos Mortuanos.

Fora então que, da frente de sua lápide, uma mão se ergueu agarrando sua testa rapidamente. Jordana gritou e seu coração acelerou em instantes. Apertou sua testa com força e ela sentia unhas arranhando-lhe. Fora um dos maiores sustos de sua vida. Agarrou o punho que a segurava, com as duas mãos e ele começou a queimar. Os dedos se contorceram e a soltaram de imediato. Ela caiu de bunda e concentrou-se em respirar fundo. Enfim, os zumbis haviam chegado até ela.

Línguas parecendo fogo, rosadas, cobriram Carlot por completo, desaparecendo em meio às chamas. O fogo subiu como uma serpente, cresceu chegando até em cima de uma gárgula. Logo sumiu de novo deixando Carlot nas costas da estátua.

– Já te mostrei tantos truques... Quando vai começar a fazer o mesmo? – disse ele.

Rafael rangeu os dentes.

Carlot observou-o mirar seu Bastão. Não seria um garoto daqueles que iria estragar seus planos. Isso era um completo absurdo. Ele era mais poderoso, superior a Magnum! Tinha compartilhado os poderes dos Mestres. Uma dádiva dada a ele. Junto com os poderes do Espírito do Bem. Continha em si os dois lados do jogo.

Rafael Dambros atirou feixes azuis contra o telhado, Carlot rebateu quase todos, dois deles acertaram o anjo, quebrando sua cabeça e as mãos que ficavam em seus olhos. Ela caiu no chão e despedaçou-se, apagando o fogo azulado. Carlot juntou as duas mãos na frente do corpo, esticadas com as palmas abertas. Raios estalaram ao redor delas, como acontecia com as Luvas de Jordana, e saíram em direção ao adversário. Dambros desviou, mas o raio estourou no chão bem próximo de suas costas, explodindo de forma violenta e derrubando-o de joelhos outra vez.

Como?!... Lutando contra Tebaldi não senti quase nada... Agora sinto minhas costas ardendo... Será que ele conseguiu mesmo juntar as duas energias?... Que filho da...!

Jordana tremia ao ver aquelas pessoas se levantando. O cadáver que a agarrara já estava de pé. Havia um pequeno corte em sua testa feito pelas unhas dele. O zumbi tinha o rosto seco, com parte do crânio aparecendo. Avistava outros chegando, próximos a ela, gemendo baixinho; alguns apenas andavam com a boca aberta. Os dentes eram escuros e sujos, alguns quebrados e outros caídos, até pendurados. Nem todos caminhavam mancando, apenas lentamente. Os tipos variavam, de múmias secas a cadáveres estranhamente conservados; mulheres e crianças havia tanto quanto homens. A maioria careca, alguns com fios pendentes e chumaços prestes a cair. Os rostos eram secos e sem glóbulos oculares, todos já estavam encolhidos em suas órbitas. As peles eram acinzentadas e marrons, algumas manchadas, algumas outras com longos cortes. Outros com corpos amputados. Jordana avistou um casal com um furo atravessando o peito de cada um, e virou o rosto depressa. Sentia o fedor de todos dali, era quase tão terrível quanto o rio de sangue no subterrâneo.

–Você deixou largarem ela no rio...Viva... Largaram-na viiiva... – foi exatamente isso que o zumbi à sua frente gemeu. A voz parecia de um idoso, fraca, mas nítida. Jordana fixou o olhar nos buracos da face do cadáver por mais tempo do que imaginaria ser capaz. Por alguns segundos, esqueceu-se por completo da imagem dele em si.

– O quê? – foi o que ela conseguiu gemer.

– Ela definitivamente não gostou... – o cadáver pulou a pedra de seu túmulo desengonçado, com as mãos erguidas para frente. – Ela... Ela sentiu-se traíiida...

– Cale a boca! – gritou Jordana, apontando as Luvas para o zumbi. Escutava às suas costas os feixes de Dambros e Carlot chocando-se, embora não ousasse tirar os olhos daquele cadáver.

Ele enfiara o comprido dedo em um corte que tinha no crânio, movendo-o com força lá dentro. Puxara para fora, trazendo consigo resíduos avermelhados e marrons, como um chiclete esticado, arrebentando. Jordana nunca esquecera o som dele se partindo.

– Jéssica... Jê... Sentiu-se tão traíída quan... quanto Guilherme sentiu-se.

Com os olhos fechados, conseguiu lançar o feixe de Luz no adversário, derrubando-o em pedaços, misturando-se aos galhos secos do chão. Suspirou aliviada, mas continuava com os olhos apertados.

Dambros mirara no telhado, não mais no adversário, e dera certo. Com a explosão, Carlot quicou no telhado, esbarrando em uma das gárgulas e ficando pendurado na ponta. Ele lançou outro raio, mas, logo, o inimigo soltou-se, caindo no chão desajeitado, e Rafael correu até ele. Pegara impulso suficiente para um bom golpe, mas Carlot, mesmo com os joelhos ainda dobrados por causa da queda, virou-se rápido e Dambros não teve tempo de reagir. O golpe acertou-lhe o lado da bochecha esquerda e ele caíra no chão bruscamente.

Dambros contorcia-se de dor, sem soltar o Bastão de jeito nenhum. Sentia que precisava contra-atacar logo. Contudo, logo que tirou as mãos do rosto, sentiu outra pancada acertando-lhe o queixo. Essa foi bem mais forte, fazendo-o cair de bunda e gritando de dor. Já sentia o gosto de sangue enchendo-lhe a saliva.

– Vamos lá, garoto – disse Carlot esfregando o Anel em seu dedo. – Pode lançar raios, mas tem que, no mínimo, mirar direito.

Rafael levantou-se impulsionado pela raiva. O queixo doía demais e seu nariz sangrava. Quase caiu para trás de novo. Sem pensar duas vezes, lançou em Carlot um feixe de Luz, acertando a barreira que o envolvia. Carlot foi arrastado para trás, mas não caiu. Viu que o garoto estava correndo em sua direção. Resolveu fazer o mesmo, para mostrar o quanto era superior em tudo. Acertaria sua cara e quebraria aquele nariz de uma vez.

Rafael pensava em acertar o pescoço de Carlot. O que aconteceria se quebrasse? Morreria? Era o que iria descobrir, com seu próximo e veloz ataque.

Carlot praticamente lançou o punho contra a cabeça de Dambros, que por sua vez quase jogou o Bastão em cima de seu adversário. Carlot segurou a mão de Rafael antes que pudesse acertá-lo. E Dambros segurara seu pulso antes de chocar-se com seu nariz. Um estava contendo o outro.

Rafael forçou a mão com o Bastão com esperanças de acertá-lo, mas Carlot era muito forte. Ainda tinha que se preocupar com o punho dele, que quase o acertara e que era extremamente pesado em termos de força. Carlot enfiara o joelho na barriga dele, fazendo-o explodir de dor. Dambros soltou seu pulso e abraçou a própria barriga. Em seguida, com os olhos fechados e apertados, sentiu o punho dele acertando um soco do outro lado de sua face, derrubando-o mais uma vez.

Em meio à sua tontura, podia escutar as risadas de Carlot mais distante do que realmente estava. Escutava os gritos de Jordana e com o canto do olho via luzes vermelhas piscarem. Devia estar com problemas. Avistava trovões muito distantes, em meio à névoa. Ficou surpreso. Percebeu uma estranha movimentação por perto. Quantos mortos-vivos! Jordana não daria conta de todos. Era praticamente um exército. Se Tebas estivesse ali...

Droga, por que some sem avisar?!, pensou Dambros.

Iria se preocupar com isso depois. Agora tinha que cuidar de Carlot. *Esse bigodinho maldito está me dando uma surra...! Nem está se dando ao trabalho de usar os seus feixes contra os meus...*

Enquanto levantava-se, viu Carlot virando-se. Dando as costas para ele. Só podia estar brincando! Caminhou em direção ao seu pequeno templo. Com um rápido movimento das mãos as portas pesadas e grossas se abriram, causando uma pancada violenta nas paredes de trás.

Rafael viu-o ir até o templo. Mas que diabos queria? Fugir?! Não... Não Carlot. Talvez ganhar tempo... Para quê? Seja para o que fosse, não iria deixá-lo. Deu um passo à frente, mas logo hesitou. Sua barriga estava ardendo bastante e percebeu que o lábio estava cortado. Cuspiu o sangue e lambeu o resto. Precisava verificar a situação de Jordana antes de entrar lá no templo sozinho. Ela lançava seus raios violentamente, derrubando algumas crianças, e pensou ter ouvido vozes dos zumbis. Ela parecia estar melhor do que ele pensara anteriormente. *Menina escandalosa...! Preferia quando era calma no começo...*, pensou ele.

Estava demorando demais para agir. E se Carlot quisesse fugir mesmo? Já estaria bem longe dali. Correu logo até o templo. A porta fechou-se bruscamente atrás dele.

Jordana estava muito cansada. Eram tantos ao seu redor! Haja agilidade. Quebrara o pescoço de vários, mas eles conseguiam invocar uma força tremenda e acertarem-na socos violentos.

– Maldita! – gemiam os zumbis. – Deve morrer! Deve morreeer para se redimir!

Estava desesperada e com medo. Só quando um menino arranhou seu braço por inteiro, que ela se deu conta do quanto as unhas de todos eles eram compridas. Olhou para o garoto sem dentes e com sangue seco no corpo todo, tendo pena dele. Lembrava Vinícius e não teve coragem de acertá-lo, apenas empurrá-lo fazendo-o tropeçar em uma menina ainda menor.

Virando-se, via alguns mortos se aproximando de Rafael e lançou seus feixes neles. Percebeu que a velocidade deles aumentava de forma gradativa. Tinha que segurá-los até a luta terminar. *Termine logo, seu convencido de uma figa!*

A neblina ao redor fazia-a ficar com mais medo daqueles seres do inferno. Desviando de um ataque de crianças zumbis, Jordana tropeçou em um túmulo caindo no chão e arranhando o cotovelo. Lágrimas saíram de seus olhos e ela achava que tinha quebrado o braço. As crianças pularam em cima dela com surpreendente agilidade. Uma delas mordeu seu braço e outro segurou seus cabelos, enquanto a terceira arranhava seu rosto. Jordana gemia e gritava, choramingando de vez em quando. Não era apenas assustador, mas nojento. Eles fediam demais. Tinham uma pele mole e gosmenta.

Em um reluzir das Luvas, as três crianças foram jogadas longe, caindo em cima de outros mortos-vivos que se aproximavam.

Levantou-se o mais rápido que pôde, esfregando os ferimentos. O braço estava bom, fora só a dor da pancada inicial. Teve vontade de vomitar vendo a saliva da mordida do zumbi impregnada em seu braço. Sua cabeça doía bastante, e esfregando-a, um chumaço de cabelos caiu.

– Jordana, eles estão aumentando em número, força e velocidade – disse Mirik. – Tem que conseguir controlar o seu medo ou eles irão dominá-la facilmente.

Ela balançou a cabeça concordando, frustrada. Parara de ouvir os feixes de Dambros e procurou-o imediatamente. Avistou-o correndo para o templo. Devia estar indo atrás de Carlot. Sentia que precisaria da ajuda dele. Nunca quis tanto ouvir a voz de Rafael Tebaldi correndo até ela. Sabia que não aguentaria muito tempo se fosse dar soco nos mortos. Eles ficariam ágeis. Precisava correr. Não sabia se aguentaria muito tempo correndo, mas foi a primeira ideia que lhe veio em mente. Deu uma cotovelada em um zumbi que a agarrara pelas costas e enfiou o outro punho em sua orelha, derrubando-o. Começou então a correr. Desviando das inúmeras lápides, pulando e contornando. A névoa atrapalhava bastante, o que a fazia esbarrar em várias. Arranhou a perna com força, e ganiu. Olhava para trás de vez em quando. Muitos eram apenas silhuetas perdidas na intensa neblina. Precisava esconder-se. Escutava os lamentos dos mortos-vivos se afastando. Estava ganhando velocidade. Logo chegaria ao limite. Por um momento, a névoa à sua frente pareceu aumentar drasticamente. Resolveu correr mais para livrar-se logo daquela parte intensa. Funcionou. A densidade da neblina diminuíra um pouco. Não ouvia mais os zumbis. Não ouvia nada. Por um momento percebeu o quanto alta estava sua respiração. A corrida fora comparável às competições de bicicleta com Jéssica.

Deve morrer para se redimir!

Apoiou as mãos nos joelhos e procurou descansar um pouco. Talvez estivessem se escondendo. Teriam inteligência para tal plano? Se podiam falar, talvez...

Olhou ao redor. Lápides. Monumentos. Estátuas. Os trovões haviam parado. Um templo à sua frente chamou-lhe atenção. Havia algo nele... Não podia ser... Era... Era igual ao templo de Carlot! Mas havia corrido... E bastante. Olhou melhor. Procurou a inscrição na porta. Estava lá! Mas... Como? Olhou ao redor. A névoa nas redondezas parecia mais intensa do que onde ela estava. Não avistou nada. Logo os ferimentos começaram a arder. Percebeu o quanto estava ferida. Mordidas, arranhões, socos, chutes. Uma garota não devia ser tratada daquele jeito... Não precisava passar por tudo aquilo! Escutou um barulho. Algo nas sombras ao redor. Deslizando na pedra. Percebeu um par de olhos cintilantes surgindo da névoa. Mas não deviam ter olhos! Olhou para os lados. Para as costas. Por todo o redor. Milhares de pares de olhos demoníacos. Seguidos por presas podres e amarelas. Jordana estava apavorada. Queria gritar por socorro. Não conseguia emitir nenhum som. Lembrou-se do templo. Talvez lá dentro estivesse segura. Era pequeno, mas apostava como eles não conseguiriam entrar. Correu até a porta. Ficou imaginando o quanto grossa ela seria. Impossível de arrastá-la e de abri-la. Os zumbis estavam cada vez mais perto. Agora já podia ver o corpo inteiro deles, e o brilho nos olhos começara a diminuir. Agarrou a argola gigante que servia de maçaneta e a puxou. As Luvas brilharam intensamente. Teve um pouco de dificuldades, mas logo a abriu. Entrou apressada. Agarrou a maçaneta do lado de dentro e fechou rapidamente. As Luvas lhe davam uma força extra. Ali dentro estaria segura. Não ouvia mais um só gemido, tudo calou-se junto com a batida da porta. E ela esperou.

CAPÍTULO 5

DE VOLTA ÀS TREVAS

A paisagem que observava era tão bonita. Mesmo com a neblina aumentando, Jéferson aprendera apreciar dias como aqueles. A melancolia naquilo trazia consigo um ar poético, e ele não entendia por que tantas pessoas não gostavam. E segundo Rafael, a Cidade era sombria e fria. Estremeceu.

– Meus amigos estão lá agora – falou Tebaldi de cabeça baixa. Jéferson olhou-o. – E eu estou aqui caminhando lentamente – riu sozinho. – Sei que devemos poupar energia, mas pergunto-me o que está acontecendo lá. Se os conheço bem, estão se acertando com Carlot, aquela Arma Maligna que te falei. Talvez os Mestres estejam se reunindo para atacá-los...

– Poxa, para de se lamentar... – disse Jéferson cutucando-o com o ombro. – Temos revólveres agora. Vai funcionar. E pelo jeito faltam poucas Armas Sagradas, não?

– Sim... Mas lembra que os revólveres não os matam permanentemente? Não sei se trazê-los foi uma boa ideia ou se vai só criar peso.

– Você que pediu e está desistindo? – Jéferson virou o rosto para o lado oposto, balançando a cabeça com um sorriso amargo.

Tebaldi teria pensado em algo para dizer, se Rapislash não tivesse lhe interrompido antes:

– O que ele está querendo dizer, Tebas, é que você está pensando demais. Jéferson também perdeu amigos e está fazendo o que pode para controlar-se emocionalmente. Você está começando a se dispersar...

Rafael Tebaldi fitou Jéferson, que por mais sério que estivesse, ainda mostrava indícios de sua curiosidade infantil pela Arma falante, em um sorriso quase apagado nos finos lábios. As últimas palavras dele o fizeram lembrar-se de Rafael Dambros, mas, observando-o melhor, nunca deixara de ser o garoto assustado e confuso que vira pela primeira vez sentado ao lado do delegado. Estava querendo lhe dar uma força e ele estava agindo como o monstro da sua mutação. Se tinha alguém que devia agir com confiança e motivação era o portador da Faca de Rapislash, não o jovem que sobrevivera ao ataque de um Mestre por pura sorte. Seus olhos piscaram avermelhados mais uma vez e ele sacudiu a cabeça, esfregando os cabelos para disfarçar, como se estivesse com sono. Com o canto do olho notou Jéferson coçando rapidamente o ferimento embaixo do colete à prova de balas, e teve um arrepio.

O vale que seguiam por entre as colinas baixas terminara, e chegavam agora ao Bosque do Acampamento. Rafael Tebaldi tivera uma nostalgia terrível lembrando-se da primeira parada que tivera com os falecidos amigos. Não havia necessidade de comentar isso com Jéferson, ele devia ter tido seus devaneios ao longo do caminho.

– Quer descansar? – indagou ele.

– Por mim, não... Mas se quiser... – respondeu Jéferson.

– Vamos continuar.

Rafael sentia falta de sua velocidade aumentada, que usara para sair da Cidade. Sentia aquela energia indo embora com o passar das horas, junto com seus caninos pontudos, sua visão avermelhada e seus braços escamosos. Não descartava a possibilidade do espaço em si, ter distorcido naquela hora e diminuído a distância, mas ele realmente estava rápido lutando contra os policiais. Teve outro arrepio ao lembrar-se do sangue jorrando do delegado. Precisava voltar a eliminar os sentimentos negativos. E, como se tivesse lido seus pensamentos, Jéferson disse:

– Acho que os policiais já estão acordando... Feridos...

Tebaldi balançou a cabeça, relaxando o olhar preocupado que predominava, e lançando ao parceiro um olhar de indiferença, mas de compreensão.

– Nunca vi o Bosque do Acampamento tão sombrio assim... – sorriu Jéferson, e Tebaldi pensou o mesmo. Exatamente como notara no barco de Caronte, estava mesmo perdendo a capacidade de sorrir. E, de fato, o bosque estava mais sombrio; não conseguiam ver as clareiras de longe, quando chegavam nelas eram escuras, o céu de nuvens negras estava cada vez pior e a neblina parecia subir acima de suas cabeças, sufocando-os.

Ao longo do trajeto, cada um comeu uma maçã. Tebas finalmente sorriu, emocionado, reconhecendo os lugares em que Jordana e Jéssica pararam para colher plantas comestíveis. Jéferson notara, e indagou sorrindo confuso:

– Que foi?

– Nada, Jéferson... – e seu sorriso alargou, fazendo com que o amigo não se sentisse mal pela falta de resposta.

Logo encontraram a cerca com a linha vermelha no chão. E a placa: "Oh, vós que aqui entrais: perdei toda esperança". Jordana disse que era escrita na porta do inferno. Agora fazia sentido.

Pularam a cerca e seguiram no Bosque Escuro. Era a primeira vez de Jéferson ali. Era ainda mais incrível para ele, pois estava muito mais denso e escuro. Os galhos crescendo em direção à estrada pareciam perturbá-lo bastante, seus olhos denunciavam isso. Ele apoiara a mão em uma árvore próxima e disse bufando:

– Minha barriga...

– É o corte? – indagou Tebaldi, mais depressa do que gostaria.

– Não... Acho que não... Sinto-a embrulhada. Merda! – disse abaixando a cabeça e dobrando os joelhos. Bebera um pouco de água e Tebas então teve certeza absoluta de ver os olhos dele piscando na névoa. Apenas uma vez, rapidamente, saliente, talvez apenas por causa da névoa. Tebas começara a ficar com verdadeiro receio dele. *Ótimo... Parece até que estou passando meus poderes adiante...*

Jéferson disse que a dor parara subitamente. Tebaldi não acreditou, mas seguiu adiante mesmo assim.

A travessia ao Bosque Escuro parecera mais comprida dessa vez, e eles tiveram que parar para descansar. A chuva enfim começara, para a infelicidade dos dois. Com todas aquelas árvores era fácil se cobrirem, mas isso diminuía a velocidade da caminhada e os fazia sentirem-se incômodos. As gotas caíam em grandes quantidades, forte e com trovões distantes.

– Chegar na Cidade das Trevas assim... vai ser épico – resmungou Tebaldi, ajeitando os cabelos molhados.

– Espero que o morcegão voador tome um raio... – bufou Jéferson.

– Estamos chegando... – alertou Rapislash. – Sinto a energia maligna aumentar de forma gigantesca a cada segundo. Sem dúvida a Cidade está poucos passos à frente. *E graças ao meu mais novo amigo...*

A névoa misturada com os grossos pingos formava um verdadeiro manto em meio àquelas árvores e, ao invés de aumentarem o passo, diminuíram. Os dois tinham motivos suficientes para o receio, por mais que suas vontades de ajuda e vingança dissessem para correr.

– Por que não tivemos a brilhante ideia de trazer um guarda-chuva? – comentou Jéferson. Tebaldi riu, e pensando um pouco, comentou:

– Fico pensando... Agora não tem mais volta – estava com a roupa completamente encharcada, colada no corpo. – Aposto que se dermos meia-volta, a Cidade vai aparecer atrás de nós mesmo assim – riu, abafado pelo longo trovão que explodira em um clarão de luz.

– Essa foi nossa decisão, certo? – disse Jéferson, colocando os cabelos rebeldes para o lado. Sentia pontadas de dor em seu machucado, mas achara que era normal. – Vamos achar logo mais Armas falantes assim... E em seguida saímos.

Tebaldi apenas balançou a cabeça, com uma expressão confiante forçada. *Já tive minha época de achar que era simples assim...*

Dois longos trovões explodiram, e a chuva forte ficara ainda pior, fazendo o chiado do Bosque ficar mais violento. Parecia estar gritando com eles. E, atravessando uma das camadas de névoa mais densa, colocando alguns galhos para o lado, avistaram o primeiro prédio. Haviam chegado à Cidade das Trevas. Tebas aproveitou o barulho para choramingar disfarçadamente, e a chuva forte no rosto disfarçava muito bem sua expressão. Jéferson olhava a todo instante para o céu, paranoico. Entraram por uma parte da Cidade cheia de edifícios enormes, com a estrada de asfalto surgindo de repente no Bosque. Rafael desanimou muito ao voltar a ver aquela paisagem. Teve uma vontade imensa de sair correndo dali. Era tarde.

– Cara... é aqui mesmo? – indagou Jéferson, surpreso, pisando no asfalto, abafado pela chuva e vento. – Uma cidade no meio do nada...

– O quê?!

– É aqui mesmo?!

– Infelizmente, garoto... Bem-vindo de volta.

Pra você também, Tebaldi.

Rapislash quem dissera isso em sua mente. Tebas teve de se controlar para que Jéferson não percebesse.

– *Pelo fato dele ter sido envenenado por Flydiblo, a Cidade reaparece em um lugar próximo ao Mestre.*

– *Já teremos uma batalha?!*

– *Não posso afirmar... Mas há algo de estranho com esse Mestre...*

– Há algo estranho com tudo isso... Qual é, Rapislash!

– *Calma, Tebas, também tenho boas notícias.*

–Vamos entrar, então? – disse Jéferson, fitando-o ansioso e assustado ao mesmo tempo.

– Sim... Sim, mas vamos devagar – disse Tebas, o mais centrado possível.

– Não precisamos daquelas... coisas que nos guiam?... Que guiaram vocês...

– Sim, as Luzes... – Tebaldi tinha dito que elas saíam de dentro das Armas, o garoto realmente prestara atenção.

– Antes de a Luz sair de dentro de mim... – começou Rapislash, para a surpresa dos dois – tenho uma notícia que pode animá-los. Minha voz está ficando mais grossa de novo!

Rafael sorriu frustrado e Jéferson, confuso.

– Qual é, não brinca assim! – falou Tebas.

– Desculpa, mas tenho uma realmente boa: há uma Arma Sagrada a alguns passos daqui – declarou Rapislash.

– Arma Sagrada?! – Jéferson exaltou-se empolgado. – Será minha!

– Isso é ótimo! – sorriu Tebas, percebendo que coçava os braços. Fitou-os e percebeu que havia pouquíssimas escamas, logo não haveria mais nada.

– Sinto algo estranho, garotos... Mais do que o normal, por favor, tenham cuidado – aconselhou a Faca, e então a Luz saiu dela.

Jéferson fitou-a tão impressionado quanto fizera da primeira vez que vira a Arma falante. Tebaldi demorou a notar e, quando notou, abriu um largo sorriso. Então era assim que eles estiveram no começo da jornada...

– Nossa... – murmurou Jéferson.

E assim começaram a segui-la, em meio ao temporal, que perdera um pouco da força inicial, mas que estava longe de parar completamente. Já estavam chegando a uma área com edifícios mais comerciais, placas de restaurantes, livrarias, bazares e lojas diversas.

– Se eu voltar agora, não encontrarei mais o Bosque? – indagou Jéferson, mais curioso do que preocupado. E Tebaldi certificou-se disso antes de responder.

– ... Não.

O garoto balançou a cabeça, e lançou um olhar frustrado para a calçada. Olhava tudo com cuidado, todos os vidros quebrados, portões derrubados, móveis atirados na calçada e no meio da rua – sofás, bidês, computadores, geladeira. De vez em quando trocava olhares com o Tebaldi, mas a expressão era sempre algo como: "Viu só? Não falei?".

Passou a mão pelo rosto molhado e pensou o quanto era bom caminhar na chuva em meio a uma cidade grande.

Minutos depois, por entre a neblina, Jéferson distinguia a silhueta dos carros, graças à Luz do primeiro poste que viram aceso.

– Um poste aceso? – disse Tebaldi, e olhando mais adiante uma sinaleira piscando. – Que diabos aconteceu enquanto estive fora?

– Não estavam, é? – perguntou Jéferson. – Cara, que chuva desgraçada... Estou ensopado.

– Realmente... – Tebas percebia que o passo deles diminuía muito com aquela chuva. – Acha que devemos parar e esperar passar?

– Forte do jeito que está, acho que vai demorar... – constatou ele. – Você que sabe...

A neblina já começava a soar sobrenatural para Jéferson, deixando-o perturbado e ansioso por sua Arma. Não sabia o que decidir, Rafael que conhecia o lugar melhor que ele.

– Rapislash, a que distância estamos da Arma Sagrada? – indagou Tebaldi, balançando a Faca. A Luz voltou e entrou na Arma Sagrada, dando-lhe vida.

– É difícil dizer com certeza absoluta, Rafael – respondeu Rapislash imediatamente. – Às vezes as ruas mudam, lembra? Temos que dar várias voltas de vez em quando.

Rafael então bufou e disse:

– Vamos fazer uma pausa. Consegue fazer contato com Magnum ou Mirik?

– É estranho dizer isso, mas está difícil. Parece que estão em algum lugar que bloqueia... Como posso dizer... Parecido com a Fortaleza de Armorte. O que posso dizer é que estão tendo trabalho...

– Será o Mestre? – perguntou Tebaldi.

– Mestre? – indagou Jéferson, surpreso. – Que Mestre?

Rafael Tebaldi esquecera que a notícia de Flydiblo estar por perto fora anunciada apenas em sua cabeça. Controlou-se para não parecer perturbado, aproveitando a neblina e o temporal, mas antes que pudesse responder, Rapislash o interrompeu:

– Quando Rafael saiu da Cidade, havia um Mestre muito próximo do grupo. Foi nisso que ele se referiu.

– Tebas, preste atenção, por favor!

– Foi sem querer...

– Humm, e esse Mestre não tem nome? – indagou Jéferson. – Vocês precisam me informar direito, poxa. Não quero ficar boiando nas conversas, vim aqui pra ajudar.

– Tem toda razão – respondeu a Arma, em meio a alguns relâmpagos. – Chama-se Magma. É um Mestre com aparência de fogo. Creio que este não seja o melhor tempo para ele, então descarto a possibilidade de o grupo o estar enfrentando.

– Pode ter relação com a Arma Sagrada, não pode? O sumiço dos seus amigos... – continuou Jéferson.

– Acho que não... Pois posso sentir essa Arma, e até me comunicar brevemente com ela, algo que está difícil com Magnum e Mirik.

Jéferson esperou alguma resposta de Rafael, que apenas meneava a cabeça, pensativo e preocupado. *Pelo visto resolveram dar o troco pelo meu sumiço e sumiram também...*

Ele apenas pareceu voltar a si e disse:

–Vamos nos abrigar, vamos...

Entraram em uma padaria próxima, mas só a reconheceram como tal lendo a placa que surpreendentemente ainda estava colada em sua fachada. O balcão do caixa estava vazio e as prateleiras todas viradas no chão e arrastadas para a parede, formando uma pilha. Não havia vestígios de objeto algum no chão, apenas algumas pedras e galhos perdidos.

– Nossa, como fede! – gemeu Jéferson, esfregando o rosto molhado.

– Rapislash pode nos ajudar quanto a isso...

– Estou tentando, não se preocupem – disse a Arma.

E ambos sentaram-se em algum canto do estabelecimento, encharcados, colocando suas mochilas ao lado. Rafael Tebaldi estava muito chateado vendo-se sentado novamente em um daqueles prédios podres e empoeirados, cheios de fendas escuras. E, além da neblina, agora contemplavam uma violenta tempestade. Ao contrário de Rafael, Jéferson estava morrendo de curiosidade. Olhava para todos os lados daquele pequeno lugar, e para a rua, esperando ver algo na névoa.

– Quando vamos achar alguma... coisa? – indagou.

Tebaldi fitou-o confuso, com a mão apoiada na Faca em seu cinto.

– Que foi? Procurando alguém em especial...?

– Claro, o morcego.

Rafael soltara uma exclamação e não soubera o que dizer a princípio. Ele estava só brincando, não esperava uma resposta daquelas.

– Cara, o morcego que te atacou era um Mestre. Um Mestre! Não sei direito o que você pensou com a história do Mestre do Gelo, mas foi realmente terrível... Por favor, não deseje encontrá-lo.

Jéferson calou-se um momento esperando os trovões estourarem e disse:

– Ele matou meus amigos, Rafael. Rapislash disse que encontraremos outra Arma... Achando os seus amigos serão quatro no total. Vou encontrá-lo e matá-lo custe o que custar.

Tebaldi parou e voltou a fitá-lo, sério. O olhar dele mudara bastante, ficando rígido e sequer piscava, fazendo-o parecer mais velho.

– O problema é que não sabemos nem se essas coisas... morrem. Veio para me ajudar a tirar meus amigos daqui ou não?

– Claro.

– Então é só nisso que você vai se concentrar – disse Tebaldi esfregando os cabelos com força. Nenhum dos dois pretendia trocar de roupa, não tão cedo. Rapislash estava acelerando o processo de secagem.

Alguns minutos de silêncio depois, esperando que o barulho da chuva tamborilando nos telhados cessasse, Jéferson indagou:

– Rapislash, esses monstros... morrem?

Tebaldi ficara realmente impressionado com a pergunta. Afinal, eles haviam matado Armorte? Matado alguém sem vida? Era vida o que aquelas coisas tinham? Teriam tirado a vida de alguém que nascera das trevas mais profundas e antigas da Humanidade? Foi isso que haviam... matado?

– Definitivamente nada aqui morre pra sempre – e a resposta da Arma causou um arrepio em Rafael, fazendo seu queixo cair, mas sem intenção de falar nada.

– Então meus amigos... – exaltou-se Jéferson.

– Não, eles morreram – continuou Rapislash. – Suas almas podem vagar por aí, mas se estas forem destruídas, aí sim acaba de vez. Uma alma humana é frágil demais, desintegram-se fácil. Mas sua essência acumula-se no Centro das Trevas e fortalece o lugar, para futuramente criar mais casas, mais criaturas e mais resistência aos Mestres das Trevas. É um ciclo sem fim.

Ambos ficaram calados, apertando seus joelhos com força, lembrando do que tentavam esquecer. Perceberam então que o fedor enfim diminuíra, ainda estava lá, mas diminuíra. Suas camisetas molhadas e calças ainda estavam coladas aos seus corpos, e seus cabelos escorridos.

– Já tentaram usar um desses? – falou Jéferson apontando para um veículo preto estacionado em frente, borrado pela aragem.

– Duvido muito funcionar. E nem chave nós temos – falou Rafael.

– Se mexermos nos fios, embaixo do painel, poderemos ligá-lo – disse Jéferson.

– Não adianta. Nada funciona aqui, nem o seu relógio, olha.

Ele assim o fez e viu que realmente não funcionava. Tirou-o e atirou em direção ao carro. O relógio quicou perto da porta e parou no meio da calçada, sem se encostar no veículo.

– Droga, Jéferson, não faça coisas desnecessárias assim! – exaltou-se Tebas. – Céus...

– Desculpa... E aqueles telefones públicos? Funcionam? – indagou Jéferson.

– Supõe-se que não, né... Algum sinal dos outros? – indagou Tebas, bocejando.

– Nenhum – respondeu a Faca.

Acabaram deitando e ficando ali por um tempo. Mas não souberam dizer quanto, e nenhum dos dois perguntou à Arma. Viam o dia lá fora escurecendo, mas a chuva diminuindo. A padaria começava a ficar coberta pelas trevas, e Rafael já meditava em levantar-se e voltar a caminhar. Estava deitado já há algum tempo; Jéferson, no entanto, não fizera isso por um momento sequer. E enquanto olhava fixo para a chuva lá fora misturada com a névoa, sua visão ficara avermelhada e seu ferimento ardera por um instante. Jéferson soltou uma exclamação, mas Tebaldi não notara. Por alguns instantes, pôde ver os carros estacionados do outro lado da rua... e algo mais. Eram pessoas, sim, eram. Estavam remexendo no carro de vidros quebrados. Mas estavam peladas, uma mulher e um menino. Tinham os corpos deformados, um seio muito maior que o outro e uma barriga estranhamente arredondada. O menino tinha os braços extremamente magros e lhe caíam até a metade das canelas. Andava curvado e tinha pouquíssimos fios de cabelo. Ambos tinham olhos pretos e narizes amassados, com sangue seco. A sua visão avermelhada durara pouco tempo e pareceu até aproximar-se. E enquanto isso acontecia, jurou ter ouvido vozes dos dois. Estavam conversando! Mas o som era estranho, como se alguém estivesse aumentando e diminuindo o volume em algum fone de ouvido invisível em sua cabeça.

O momento terminara. Depois do morcego gigante, aquelas foram as criaturas mais bizarras e horrorosas que Jéferson já vira, e, assim mesmo, um sorriso nervoso brotava em seus lábios, fazendo-o dar risadas contidas.

Tebaldi enfim percebera, e voltou a se sentar, encarando-o curiosamente divertido. Olhou para a rua, para onde o amigo olhava. Não via nada.

– É você, Rapislash? – indagou Jéferson virando-se para a Faca, com um sorriso ainda maior.

– Como? – falou a Arma.

– A visão vermelha... Os sons... Foi você, não foi? – disse ele.

– Não, Jéferson, eu... – balbuciou.

Tebas começara a olhar ainda mais assustado para ele, e o esforço em disfarçar fora o dobro. Jéferson enfim cruzara olhares com ele, e disse:

– Como não? Acabei de... ver até do outro lado da rua – sorriu confuso, e em seguida baixou o tom de voz. – Não façam barulho, tem coisas lá.

– Viu?... Avermelhado, é? – disse Tebas, lançando rápidos olhares para a rua.

– Sim... – Jéferson agora começara a mostrar sinais de preocupação. – Quê...? Acha que pode ser alguma coisa relacionada à Cidade?

– Lembra de mim, não lembra...? – disse Tebaldi esfregando os braços. Finalmente não raspara em nenhuma escama. Sua doença sumira por completo. Estava muito contente, mas muito apreensivo por ela estar se materializando em seu mais novo companheiro.

– Disse que foi por causa de algo que seu pai fez... Como eu poderia? – falou Jéferson, fitando-o sério.

– Não faço ideia, Jéferson... Simplesmente não – disse ele.

– Vou fazer o possível para passar, assim como fiz com Rafael – falou Rapislash.

– Passar? Mas... – ele calou-se, interrompido pelo forte trovão. Pensou um pouco, olhando para a rua e voltou a falar: – Não ficamos parados tempo demais?

– Acho que sim... – concordou Tebaldi. – Vamos andar logo. Quero encontrar o resto da turma o mais rápido possível.

Levantou-se e torceu a ponta da camiseta molhada. O colete atrapalhava, mas continuava gostando de tê-lo consigo. Estendeu a mão para o amigo e ajudou-o a levantar-se.

– Consegue... Consegue ver se tem alguma coisa na rua? – indagou Tebas.

– Não... Por mais que eu force... – disse Jéferson, cerrando os olhos inutilmente.

– Rapislash?

– Estão mais distantes, sigam silenciosos ou falando baixo, pela calçada – respondeu a Faca. – Estamos na região de Mortual. Poderão encontrar diversos seres parecidos com humanos, nada muito diferente disso.

– Foi o que eu vi... – falou Jéferson, trocando olhares com Tebaldi.

– Eles podem falar, e quando querem falam bastante – continuou a Arma. – Cuidado com o que eles dizem e não se deixem atrair, evitem se concentrar nas conversas, eles sabem que podem ser ouvidos e são traiçoeiros.

– Claro... – confirmou Tebas.

Os dois saíram da padaria mergulhando na chuva e na neblina novamente, mas notando o quanto ela havia diminuído. Parecia uma chuva normal agora, sem trovão algum. A Luz da Faca voltou a guiá-los e Jéferson tentava testar seus poderes cada vez mais. Tebas, às vezes, puxava assunto apenas para tentar notar algum tom diferente em seu olhar, mas sem sucesso.

– Estou ficando com fome... – murmurou Jéferson, colocando a mão na barriga, mais precisamente no ferimento.

Rafael Tebaldi arrepiou-se e desejou do fundo do coração ouvir a voz de Jordana conversando com Dambros em alguma esquina próxima.

CAPÍTULO 6

CASOS POLICIAIS

A paisagem era indescritível. O solo era bonito e verde vivo, mesmo na tempestade era possível distinguir isso. O cheiro de chuva naquelas plantas todas afastadas da cidade era revigorante. Avistava árvores bem cultivadas, altas e fortes. Colinas começando a se apagar com a chuva recém-caída e pelo manto de névoa. Mas tudo isso era manchado pela visão do inferno. Os carros da polícia haviam sido baleados. Os policiais ainda estavam desmaiados, com membros amputados espalhados, e algumas marcas de tiros. A grama fora totalmente manchada pelo excesso de sangue que espirrou de seus corpos. Suas partes jaziam no chão como um filme de terror *trash*. O comissário de polícia, Mauro Trazze, nunca vira nada parecido. Talvez até imaginasse ver algum dia, mas não em um acampamento para jovens. E não estavam todos mortos... Que espécie de ataque era aquele? Nem mesmo aqueles que sangraram bastante pareciam ter simplesmente parado de sangrar. Ele estava muito abalado e inconformado. Um dos policiais que viera com ele ligara para a ambulância cinco minutos atrás, e parecia ter sido há vinte. Chegaram ali antes da tempestade e correram para coletarem pistas antes que a chuva as destruísse.

Alguns órgãos do Departamento Estadual de Investigações Criminais (DEIC) já haviam sido comunicados. Mas quem estava ali era parte da força da Delegacia de Polícia de Investigação de Homicídios e Desaparecidos (DHD). O comissário segurava firme seu guarda-chuva, observando seus homens auxiliando os feridos. Entretanto, caminhando mais um pouco viu algo que nunca, nem em pesadelos, poderia imaginar. Se alguém lhe contasse iria rir e chamá-lo de louco. Apressou o passo e parou em frente a uma viatura baleada. Sob seus pés, jazia o velho amigo Grégori, com um corte terrível do pescoço até o peito, destruindo o colete que usava. Resolveram matar com cortes pelo menos um, e justo o chefe. Eles, a quadrilha, os justiceiros, seja lá o que fossem os bandidos, pareciam saber o que estavam fazendo. Já ouvira rumores sobre atividades ilegais de Grégori, nenhum comprovado. Sempre considerou bobagem, pois era um homem realmente sério. Até assustador, às vezes. Mas pelo visto alguém estava a fim de fazer justiça com as próprias mãos.

– Fora feito com um objeto cortante... – disse alguém às suas costas. Mauro fitou-o brevemente, era um dos policiais mais jovens, de boné. – E para atravessar um colete a prova de balas... Não consigo nem imaginar como fizeram isso.

– O chefão abatido com a arma mais improvável... – murmurou Mauro para si mesmo.

– Os outros foram cortados pelo que parece ter sido o mesmo objeto – falou o policial, fazendo seu guarda-chuva preto estremecer. – Como alguém conseguiria? Estavam todos armados.

– Perguntaremos quando eles acordarem... – disse Mauro. – Por que não acordam? – virou-se para ele.

– Já tentamos... Não adiantou nada. Parece que estão desmaiados – falou o policial.

– Homens fortes como esses... Lutando até o fim... Começo a tremer imaginando o tamanho do grupo que estamos enfrentando – disse Mauro, com a voz baixa e a chuva dificultando ainda mais o entendimento.

Balançou a cabeça, ajoelhando-se em frente ao corpo do delegado Grégori. Ouvira o policial às suas costas afastando-se, murmurando qualquer coisa. Pela primeira vez Mauro começou a pensar que sua hora poderia chegar a qualquer momento. Naquele instante, por exemplo. Sabia que Grégori nunca imaginaria algo assim. Ele sempre fora cuidadoso e meticuloso em suas investigações e operações.

Levantou-se devagar, com relâmpagos o acompanhando e, se acreditasse em Deus, teria feito um sinal da cruz. Esfregou o rosto sentindo a barba por fazer. Tinha olhos castanho-claros e um nariz estranhamente fino para um rosto tão largo. Os cabelos eram castanhos lisos, curtos, fazendo seus 40 anos passar por 35. A pele era bronzeada e era maior que Grégori, só que um pouco mais magro. Estava molhado pela chuva, mas naquele momento queria largar o guarda-chuva de vez.

Ouviu passos atrás dele novamente, e virou-se, tentando ficar o mais sério possível.

– Não há nada de estranho nas cabanas e no refeitório, senhor – disse o policial, com um guarda-chuva preto. – Não conseguimos falar com nenhum funcionário ainda, mas estamos tentando.

– Nenhum? Estranho... E o que eles levaram?

– ...Até agora não vimos nada. O cofre no armário da cabana do dono está intacto, e os documentos revistados achamos que foram pelo delegado Gregori, e não pelos ladrões.

– Não levaram nada? – Mauro cerrou os olhos nos dele. – Fichas dos alunos? Troféus? Móveis ou eletrodomésticos?

– Nada.

Mauro não sabia o que pensar, era a coisa mais estranha do mundo. Havia sido uma mera... vingança pessoal?

– Já estamos checando as impressões digitais do lado de fora das viaturas e de pistolas abandonadas.

Pistolas abandonadas... Acha mesmo que uma quadrilha capaz disso tudo faria tamanha cagada?, pensou o comissário.

– A propósito, encontramos barro dentro das cabanas. E nos últimos dias tinha feito um sol desgraçado, então fizemos o teste de gradientes de densidade e o barro não é o mesmo daqui. Viera de outro lugar, e junto, por incrível que pareça, havia partículas de sangue.

Mauro fitou-o surpreso por um momento, mas nada que não pudesse ter imaginado. Soltou um fino e longo assobio e então disse:

– Provas vestigiais... Podem não ser tão espertos assim. Então os safados já vêm de um lugar sangrento... Mas podem ter apenas pisado em uma poça por aí... – parou e organizou as ideias em sua mente. – Certo, verifiquem as impressões, eu já vou lá. Mande uma equipe fazer ronda na RS, por precaução.

– Sim, senhor comissário – o policial se afastou.

Mauro sabia que era inútil ver as impressões. A primeira coisa que um ladrão veste ao acordar em um dia de roubo são as luvas. Simples e eficiente. Mauro não sabia dizer se estavam longe ou escondidos próximos. Soube que a equipe de Grégori trabalhava no desaparecimento dos campistas e do monitor-chefe. Uma gangue tão poderosa assim iria raptar meros garotos? O monitor raptaria? Nada ali fazia sentido, escuro como o clima que os cercava. Mas se não estivessem fugindo de carro iriam se esconder nos bosques, com certeza. E se fosse o caso, não demoraria muito para encontrá-los.

– Senhor, identificamos as impressões digitais. Não é de nenhum dos feridos – o policial estava de volta.

– O quê?!

– Isso mesmo, venha aqui.

Ambos correram até uma viatura em que estava o equipamento. *Nenhum ladrão deixa suas digitais no local do crime! Não alguém que mata o meu velho amigo.*

– Rafael Nando Tebaldi, da turma de veteranos, um dos desaparecidos... e Jéferson Baldo, atualmente desaparecido também.

– As impressões estavam nas viaturas?!

– E em duas pistolas, comissário... – balbuciou o policial.

Mauro ficara boquiaberto, e esfregou o rosto. Enfim começava a sentir calor naquela ventania.

– Um deles já estava desaparecido, é imposs... – Mauro apertava o cabo do guarda-chuva com toda força. – Mas então quer dizer que voltaram e sequestraram outro...

– ... E esse Rafael? Será que estava tentando atirar nos sequestradores? – indagou o policial.

– Aí que não faz sentido... Por que os sequestradores trariam ele de volta? – disse Mauro. – ... Só posso concluir que ele ajudou a atirar nos policiais.

– Comissário, é só um garoto... E está desaparecido... Se falar isso para suas famí...

– Eu sei disso! – Mauro respirou fundo, cerrando os punhos que tremiam. – Teremos que entrevistar suas famílias, cedo ou tarde, para sabermos mais sobre os dois. Mas a melhor notícia... é que eles definitivamente não devem estar longe, ainda mais com essa tempestade – e então sorriu, com uma leve empolgação.

– O que faremos agora, então? – perguntou o policial.

– Mande uma equipe de busca procurar os corpos dos garotos. Não duvido que possam estar mortos e enterrados por aí. Os cães talvez sejam úteis, mesmo nesta chuva... Daqui a pouco darei mais ordens.

– Sim, comissário.

Mauro afastou-se dele, voltando a olhar para o corpo de Grégori, abandonado ao longe.

O mais estranho é que ainda não acharam os corpos dos garotos. Bandidos daquele nível não perderiam tempo escondendo-os depois de deixarem aquele monte de corpos desacordados e alguns até mortos. Mas isso não importava agora. Mandaria toda sua força se concentrar nos bosques. Ninguém escaparia dele. Talvez não precisasse juntar todas as peças agora, pois algo dizia que os capturariam logo. E quando capturassem os sequestradores, faria com que dissessem tudo que queria. Daria a punição máxima possível, em quem quer que fosse. Precisaria apenas reunir logo todos os homens que pudesse e os prenderiam na manhã seguinte, bem cedo, onde quer que estivessem.

CAPÍTULO 7

TRAIDOR

O lugar era opaco, iluminado à luz de velas, sem uma janela sequer. Desenhos enfeitavam as paredes marrons, marcas estranhas, talvez letras, cobertos de ouro, cintilante à chama das velas e tochas. Ao seu lado, duas estátuas de anjos seguravam altas lanças. As paredes ao lado estreitavam-se formando um corredor comprido. Rafael olhou-o confuso; como pudera um corredor daqueles se entrara num templo tão pequeno? Não via Carlot, mas sentia sua presença maligna por perto. O silêncio era imenso ali dentro, não escutava nenhum barulho vindo de fora. Seu corpo doía e suava. O ar ali dentro era bastante carregado. Tinha Magnum firme em sua mão, pronto para ser usado. Resolveu seguir sua única opção: o corredor. Jordana cuidaria dos mortos-vivos. Confiava nela. O teto era baixo, e as paredes estreitas, causando um calor imenso, ainda mais com o bafo das chamas ao redor. Não escutava absolutamente nada vindo do final do caminho, e tremia a cada passo, esperando uma armadilha.

Chegara ao final do corredor, e havia uma passagem que dobrava à direita e ele virou para ela rapidamente, apontando Magnum. Não havia nada lá, apenas mais um corredor de pedra, desenhos e velas.

Como esse cara sumiu desse jeito?!... Buracos Negros?, indagou Dambros em pensamento.

Definitivamente impossível um corredor daquele tamanho, pelo que vira do lado de fora. Concluiu que estava em alguma espécie de outra dimensão, assim como a Fortaleza de Armorte. Esfregou o queixo dolorido e começou a olhar para trás toda hora.

Surgindo aparentemente do nada, uma rajada de vento fez com que a chama das velas tremeluzisse de maneira brusca, quase que as apagando. Mas o estranho foi que Rafael não sentiu vento algum no corpo. Tremeu rapidamente e deu duas voltas ao redor de si mesmo. Outra rajada surgira, como a respiração de algum dragão adormecido, e apagara todas as velas penduradas. Agora só a fraca Luz do Bastão de Magnum iluminava poucos centímetros ao seu redor. Dambros ficara parado no lugar, de costas para a parede da esquerda, esperando. Tentava controlar a respiração o máximo possível, procurando ouvir qualquer coisa. Carlot definitivamente não o havia abandonado.

E, como em um passe de mágica, as velas milagrosamente acenderam-se, voltando a iluminar o corredor e os traços na parede. Rafael pulou de susto. Como pôde?! As velas apagaram-se poucos segundos depois. E assim sucessivamente; elas acendiam-se e três segundos depois apagavam. Era uma coisa macabra aquele *show* de luzes, sem sentir vento algum no rosto. Rafael procurou ficar mais alerta e acelerou o passo, temendo um súbito ataque. Por três segundos via o corredor, e então ele desaparecia. Via seus passos e então sumiam. Acelerou-os. Via e sumia... Acendia e apagava... Inspira e sopra... E, em segundos, pôde distinguir um punho indo em sua direção, com uma leve distinção da manga listrada. Acertou-lhe em cheio o nariz, fazendo-o cair bruscamente no chão.

– Porra! – voltou-se para frente, ainda dolorido, erguendo o Bastão. Não viu ninguém. Seu agressor sumira tão rápido quanto aparecera. Acendia e apagava... Inspira e sopra... As velas dançavam na escuridão, mantendo o ritmo. O nariz queimava. Levantou-se devagar. Preparado para outro golpe. A luz piscante irritava-o imensamente. A ideia que tivera foi de correr. Sair logo daquele corredor, duvidava que houvessem outros. Logo tirou a mão do nariz. Estava inteiro. E disparou em frente.

Recebera outro baque no rosto. Não viu com que foi, mas doera tanto quanto o soco, agora na bochecha. Seu corpo caiu na parede esquerda, mas conseguira lançar um raio durante o ataque.

Ele explodiu no vértice do teto com a parede, espalhando destroços em cima dele.

– *Essa Arma maldita... Definitivamente vou acabar com ele!*

– *Rafael... Sou eu, Magnum. A força desta Arma deve ser para nos proteger, não vingar.*

– *Não me venha com essa, Magnum... Viemos até aqui para destruir o corpo de Carlot, não?*

– *E você está mesmo tentando fazer isso? Ou simplesmente simulando uma... briga de colégio?*

Rafael Dambros levantou-se o mais rápido que pôde, esfregando a bochecha. Apertou Magnum, irritado. Estava no final do corredor. Percebeu que outro o cruzava, formando a letra "T". Não demorou muito para os rabiscos na parede começarem a brilhar como brasas. As chamas piscantes não acenderam mais, e a luz dos desenhos era fraca demais.

Vão ficar acesas essas escrituras? Que ótimo...

Escutou um barulho ao lado direito, perto da orelha. Virou-se depressa e mal percebera o chute que recebera na cabeça. O pé prensou-lhe o rosto na parede, causando um baque forte. Rafael então desmaiou, tendo uma última visão embaçada das brasas na parede virando fumaça.

Jordana também estava de frente para um corredor apertado, mas as paredes não eram de pedra, e sim de vidro. No vidro tinham as mesmas escrituras douradas que o amigo vira, e podia notar outros corredores do lado daquele. Estava satisfeita por não ouvir mais nenhum morto tagarela, no entanto era péssimo estar ali sozinha.

– Mirik?

– Sim, Jordana? – respondeu a Arma, calma como sempre.

– ... Só precisava ouvir uma voz... Devo seguir por aqui?

– Se não quiser enfrentar os zumbis lá fora, creio que sim. Apenas tome cuidado, e não dê ouvidos ao que eles dizem, caso apareçam.

– Não diga isso...

Jordana continuava achando muito estranho haver um templo igual ao de Carlot. Voltou a prestar atenção nos detalhes ao redor; havia velas presas aos vidros e algumas bifurcações no chão de terra e em partes do vidro. Começou a caminhar, com seu corpo cansado e machucado. O calor ali dentro era imenso. Pela primeira vez preferia estar lá fora, na névoa gelada. Agora precisava achar um jeito de sair dali, ou encontrar Dambros perdido também.

Observava, curiosa, os desenhos dourados no vidro, e os corredores dos dois lados. Esses corredores tinham apenas uma parede de vidro, a da outra ponta era de pedra, mas também com desenhos e velas. Avançando um pouco mais, avistou um corredor juntando-se com o corredor do lado esquerdo, perpendicular, onde o corredor ao lado era a rua sem saída. Era totalmente de pedra e não havia nenhuma vela acesa, tornando-o escuro por completo. Jordana parou e observou-o tentando enxergar qualquer coisa. Era profundo demais e ela estremeceu, com intenção de seguir adiante. Contudo, seus olhos encontraram no vidro, no meio de alguns desenhos, as bifurcações estranhas. Tinha a forma de meia-lua, e Jordana aproximou-se curiosa, com uma ideia na cabeça. Ergueu os olhos para o túnel escuro mais uma vez e ergueu a mão passando-a sobre o vidro. Foi o que ela imaginara; eram marcas de unhas, descendo até se apagarem. Algumas ainda estavam presas no vidro, fazendo Jordana estremecer.

E enquanto afastava a mão do vidro, bem devagar, ouviu o primeiro barulho vindo do túnel. Ergueu a cabeça bruscamente e ouviu um grito imenso saindo das profundezas dele. Órbitas perdidas brotaram nas trevas e correram em direção ao vidro. Era uma criança, correndo em sua direção. Jordana gemeu e correu para o vidro de trás, e a criança bateu de cara no vidro, gritando loucamente. Ela afastava-se e batia a cara mais uma vez, fazendo isso várias vezes, sem diminuir a força e os gritos. Seus braços eram bambos, totalmente o oposto de suas pernas agitadas. Tinha poucos cabelos, uma boca cheia de dentes amarelados e pontudos. O nariz já havia se esmigalhado, sem jorrar sangue algum. O rosto era ressecado e sua mandíbula estava visivelmente quebrada e torta.

Jordana abraçou a si mesma e ficou olhando cheia de horror o garoto destruir-se no vidro que os separava. E quando ele estava prestes a desferir mais um golpe, parou a milímetros do vidro, e suas crateras negras que serviam de olhos pareceram fitá-la. Jordana estava ofegante e abaixou os braços, cerrando os punhos.

O menino colocou a língua para fora lentamente e começou a lamber o vidro, e Jordana fechou os olhos gemendo e murmurando reclamações. Ouvia a respiração chiada dele e o som liso que fazia arrastando a língua. Voltou a abrir os olhos e agora o menino parecia apenas fitá-la. Sua boca continuava aberta, mais do que o normal, expondo a dentadura sinistra que ansiava por sua carne.

Ficaram naquela posição durante um bom tempo e Jordana percebeu que estava na ponta dos pés. Deu um passo para frente esperando alguma reação do garoto. Ele levantou a cabeça, mas seus ombros permaneciam caídos. Virou-se de lado e seu sorriso começou a diminuir, enquanto chiava e parecia murmurar.

– Vivos... Viivosss... – disse ele, ofegante. Jordana arrepiou-se ao ouvir sua voz seca por trás do vidro.

A criança então arrancou uma tira de sua camiseta já rasgada e atirou-a no chão. Olhou para a tira e ficou imóvel, do mesmo jeito que ficara quando olhava para Jordana. Abaixou-se, juntou a tira que tinha acabado de e enfiara tudo na boca. Mastigou rápida e furiosamente e, em seguida, começou a dar socos no vidro, mas sem olhar para Jordana. Ela esperou que ele engolisse e deu um passo para o lado. O garoto virou-se lentamente, apoiando as duas mãos no vidro e aproximando o rosto até seu nariz moído encostar-se a ele.

Jordana continuou fitando-o, esperando que fizesse ou dissesse algo mais. *Não escute o que ele diz...* Precisava continuar caminhando, o garoto ficaria ali o dia inteiro se fosse preciso. Jordana suava frio e seus cabelos voltaram a lhe cair sobre os olhos. O pequeno zumbi então fechou a boca, embora esta nunca fechasse por inteiro. E parecia agora que estava fazendo força, cerrando o que um dia foram suas sobrancelhas. De repente, um jato saiu da orelha do menino, fazendo um barulho como um balão esvaziando rápido. O pano que supostamente engolira, saiu com toda força, caindo no chão de novo.

Jordana gritou e colocou a mão nos olhos de novo, virando-se de lado.

– Meu Deus! Meu Deeus! – e continuava a dar pequenos gritos e gemidos.

O chiado do menino ficara mais forte e agitado, excitado com o pavor dela. Contudo, aos poucos, começara então a ouvir palavras dele, em sua voz seca e abafada. Frases totalmente distinguíveis. Não chegava a ser uma música, mas tinha certo ritmo hediondo vindo dele.

As portas do cemitério se abrem.
Um cadáver em cada cova.
Uma maldade se espalha por ali.
Os mortos acordaram.
Está na hora de saírem dali.

As plantas estão mortas.
Um vento cortante
Contorna as lápides tortas.
Um arrepio constante.

Como vim parar aqui?
Estou vivo? Ou será que já morri?
Não sinto mais frio. Nem calor.
Nem mesmo dor. Apenas um vazio.

Quem serão essas pessoas ao meu redor?
Estão junto comigo, mas será que algumas delas é meu amigo?
Onde estou? Parece um necrotério.
Mas agora que vejo tem mais cara de cemitério.

Eles dizem para eu ir à Cidade.
Dizem que isso me trará felicidade.

Agora que percebi estou com fome.
Talvez, por carne de homem...

Percebi onde estou! Percebi quem sou!
Preciso me alimentar.
Agora vou caçar.

O humano é leviano.
Mas não eu.
Sou diferente
Talvez nem mesmo gente.

Agora que percebi
Creio que já morri
Mas não estou morto
Mas também não vivo
Sou um morto-vivo.

Tenho sede de sangue.
Fome de carne.
A humanidade que se cuide.
Os mortos-vivos estão aí!
Se precisar, prontos para destruir.

Prontos para caçar
De qualquer parte do planeta o sangue fazer jorrar.
Precisamos nos alimentar.

Os mortos-vivos estão aí!
O sangue faremos surgir
A carne rasgar
É o que fazemos para nos alimentar
E talvez um dia
Nosso ódio pelos vivos saciar

Jordana nunca ouvira tamanho conjunto de palavras mais macabro que aquele, nem mesmo os versos que ouvira saindo do celular de Carla, antes da Arena das Armadilhas. Estava bastante surpresa por ele ter parado durante tanto tempo, e agora a observava de novo, com sua boca aberta em seu semissorriso.

Não aguentava mais aquela situação. Virou-se depressa e seguiu apressada pelo seu corredor de vidro. O garoto passou a segui-la, com seu pescoço quebrado virado totalmente para ela e o corpo curvado, correndo desajeitado.

Rafael foi acordando aos poucos e logo sentiu as dores na cabeça, embora o nariz estivesse bem melhor. Sentia o sangue molhar a bochecha. Corte no rosto? Não podia ser... Passou a mão trêmula na cabeça. O sangue vinha dali. Levantou-se relembrando aos poucos os acontecimentos.

– Acordou rápido. Nem cinco minutos se passaram desde que o trouxe pra cá – escutou uma voz. Carlot.

– ... Não... Você não seria tão burro... – gemeu Rafael apoiando as duas mãos no chão, levantando devagar com a cabeça queimando. Meneou um sorriso torto em seguida fitou seu inimigo.

– Perdoe-me se não sou covarde como você, mas eu nunca acabaria com um rival desacordado – respondeu, descruzando os braços. Estava a três metros de distância dele.

Rafael gemeu mais um pouco e olhou ao redor. Era uma câmara bastante ampla, cúbica, as paredes tinham o tom da pedra do templo de Carlot por dentro – se é que ainda não estava lá. Havia o que pareciam ser caixotes empilhados ao redor, cheios de desenhos como aqueles na Arena das Armadilhas ou no barco de Caronte. As caixas empilhavam-se nos cantos, de forma irregular, geralmente em grupos de três ou quatro. O teto era muito alto, com cubos salientes dele, o que o fazia imaginar o que eram eles. Era um ambiente claro e vazio, com janelas perto do teto, o que o fazia perceber que estavam em algum lugar subterrâneo. De suas costas vinha bastante luz também, e, ao virar-se, viu um enorme buraco em cima de uma rampa larga, como uma garagem. Não havia portão algum e entrava a claridade pálida do final da tarde de Mortual, em meio à neblina fria, e uma chuva fraca. Pela primeira vez via chover na Cidade das Trevas. Como Carlot o trouxera ali pra baixo era um mistério.

– Qualquer um acabaria... Se soubesse que o adversário é mais forte – respondeu Rafael, apertando o Bastão em mãos, fazendo-o brilhar novamente.

– Está muito arrogante para quem acabou de levar dois socos e um chute na cabeça – retrucou a Arma Maligna aproximando-se. Estalou os dedos cerrando-os e fez o Anel reluzir.

Rafael enrijeceu e disse:

–Você não é rival pra mim e Magnum. Rivais teriam que ter a mesma força, o que não é o nosso caso.

Carlot esfregou o bigode curto e disse:

– Não mesmo.

Ambos correram para cima um do outro. As Armas brilharam e Carlot desferiu o primeiro golpe. Dambros defendeu o seu soco com a mão esquerda, segurando seu pulso, e, de imediato, tentou acertá-lo com o Bastão. O adversário segurou-o também e ambos faziam uma pequena queda de braço, como da última vez.

– Arma Sagrada versus Arma Sagrada... – disse Carlot gemendo. – Isso vai marcar. E olha só... – sorriu – também tem um anelzinho, é...?

– ... Não é da sua conta! – retrucou e acertou-lhe um soco com a mão esquerda, no rosto.

Carlot soltou o Bastão, mas seus pés mal se moveram, e ele revidou. Acertou o soco no peito de Dambros, e assim que o Anel chocou-se nele, fagulhas avermelhadas explodiram, fazendo-o voar longe. Rafael Dambros sentiu o peito queimar e logo em seguida não sentia mais o chão. Caiu raspando as costas e rolando duas vezes, praguejando e rosnando.

– Eu disse que ia te ensinar uma lição, fedelho – falou Carlot, enquanto ele se levantava. – Aprenda a não mexer com os mais velhos!

Apontou seu Anel para ele e lançou-lhe um jato avermelhado de Luz. Dambros estava piscando os olhos e se levantando, quando viu a Luz à sua frente, e teve que contra-atacar com seu feixe em cima da hora. Ambos chocaram-se no ar, como fizera com Tebaldi, só que a ventania estava muito maior.

– Rafael, controle essa raiva... – ouviu Magnum dizer.

Em seguida, sentindo o vento e os ataques aumentando, Dambros resmungou:

– Já vi essa cena antes... – imediatamente ele parou de lançar o seu feixe e correu para o lado, lançando-lhe faíscas aleatórias enquanto corria. Carlot adotara a mesma medida, correndo para o lado oposto, como se fizessem um círculo juntos. Alguns raios chocavam-se no ar, outros acertavam o chão próximo ao adversário, mas ninguém acertou ninguém.

Jordana agora viria a calhar...

– Cansei dessa brincadeira toda, Magnum! – falou Carlot, parando. Enfiou a mão no paletó listrado. – Vamos mudar o nível desse jogo.

Retirou a mão trazendo consigo quatros pequenos cubos pretos.

– Buracos Negros? – murmurou Dambros, surpreso. Em seguida sorriu. – Vai lançar essa porcaria de novo? Que novidade.

– Aprenda, criança – Carlot pegou um dos cubos com a outra mão e jogou do seu lado direito. O cubo piscou e transformou-se em uma enorme boca de tornado, fazendo o barulho de um. O portal negro agitava imensamente as roupas e os cabelos penteados de Carlot, que continuava sorrindo.

– Por que não o suga? – indagou Dambros, mais para si mesmo do que para Magnum.

– Ele só sugará se aquele que possui o Cubo Negro assim desejar – explicou o Bastão.

– Então por que fez isso...? Tá com calor, é?

Carlot juntou os outros três e disse aumentando o tom de voz:

– E agora isso!

E então jogou os cubos em direção a Dambros, que se preparou para lançar o seu raio. Contudo, os cubos não vieram exatamente para ele, e sim ao redor dele; um portal abriu-se alguns metros de sua cabeça e os outros dois ao seu lado. Era um barulho infernal ao redor dele e fazia uma grande ventania.

– Mas o quê?... – murmurou, vendo o adversário levantar a mão em direção ao Buraco Negro ao seu lado.

– Rafael... Saia daí! – gritou Magnum de repente.

– Morra – Carlot lançou o feixe de seu Anel dentro do portal, fazendo raios estalarem ao redor dele de vez em quando. Os Buracos ao redor de Dambros começaram a estalar em choques avermelhados, e um barulho estranho começava a aumentar neles. Dambros fitou-os intrigado e de repente, raios avermelhados começaram a sair dos três buracos ao seu redor. O trio estourou em cima de Rafael, formando um casulo de luz branca. Carlot gargalhava enquanto levantava a outra mão.

– Não tão eficiente quanto os ataques com a Arma Sagrada, mas também posso com a mão – e, assim, um quarto feixe de luz avermelhado saiu de sua mão esquerda, acertando Dambros pela frente, que há muito já desaparecera em meio a toda aquela luz.

Dambros encolhia-se e tentava expandir sua energia em um casulo protetor. Ele falhara no processo, conseguindo repelir parcialmente os raios avermelhados que o haviam cercado. Estava quase caindo de joelhos e gemia com os olhos fechados, apertando o Bastão de Magnum com toda sua força. Sentia seus cabelos crespos balançando agitados, assim como suas roupas velhas. A sensação dos feixes era muito diferente do que fora com Rapislash; ele agora sentia como se estivesse tomando pequenas descargas elétricas, o calor aumentava, queimando-lhe muitas vezes. E o barulho de vento tornara-se um chiado enorme, sem conseguir ouvir mais nada.

– Mer... – gemeu cansado.

Subitamente, os raios cessaram. Dambros caiu de joelhos apoiando as mãos no chão, com fagulhas avermelhadas ainda piscando sobre seu corpo de vez em quando. Ofegava chiando, e algumas partes de sua roupa estavam levemente rasgadas. Alguns cortes se abriram em seus braços, pernas e rosto. Pingos de suor caíam no Bastão e ele tremia de frio e calor ao mesmo tempo.

Ainda ouvia os Buracos Negros, mas em seguida eles se apagaram, um por um, e tudo ficou estranhamente silencioso.

– Não pode ser... – ouviu Carlot murmurando.

– Porra... Ataque desgraçado, viu, oh, bigodinho... – tossiu Dambros, levantando bastante curvado, com as pernas tortas e bambas. Uma leve fumaça saía de seu corpo.

– Magnum?! – chamou Carlot. Seu tom de voz surpreendeu Dambros, parecia embargada com... medo?

– É ele, Carlot... É ele sim – disse a Arma.

– Merda, como arde... – gemeu Dambros, ainda todo torto, parecendo que iria desabar a qualquer momento. – Então, do que estão falando?!

Dambros observava-o mudar o olhar para algo atrás dele. A entrada? Virou-se e não avistou nada. A grande abertura, com rampa e névoa fora. Apoiou o Bastão no chão para equilibrar-se quando se voltou para Carlot.

– Teremos companhia... Senti-o por perto, mas não achei que viria – disse Carlot, arrumando o terno bagunçado.

– Quem, Magnum?! – disse Dambros, e voltou a tossir.

– Flydiblo – respondeu a Arma.

O barulho do vento lá fora aumentou em rajadas constantes. Dambros ficou de lado para Carlot e para a saída, esperando ver algo. Por um instante, viu um vulto na névoa, no céu. E assim que escutou o rugido dele, viu ao longe uma enorme figura negra alada voando naquela direção. Via asas pálidas na névoa, gigantescas e teve um arrepio. Quando ele ultrapassara a névoa mais densa no céu e pôde vê-lo melhor, jurou ter visto olhos vermelhos faiscarem.

– Meu De... – murmurou ele, e então se abaixou rapidamente, caindo desajeitado. O espectro entrou a toda velocidade, e sentiu a ventania passando por cima dele, tão forte quanto a dos Buracos Negros.

Rafael ergueu-se aos poucos, ouvindo o som do enorme monstro pousando à sua frente, ao lado de Carlot. Se tivesse mais forças Dambros teria gemido ao vê-lo. Devia ter três metros e meio de altura, totalmente escuro. Era muito semelhante a um morcego, mas sua pele parecia feita de couro, extremamente espessa. Os braços eram grossos e desproporcionais e quase se encostavam ao chão, com punhos e garras enormes. Tinha as pernas curtas, embora igualmente grossas. Cada asa sua devia ter o seu tamanho, que agora o abraçava pelas costas, em repouso. O rosto era semelhante ao de algum dinossauro, com um focinho ligeiramente comprido, mas presas muito grandes, algumas saindo da boca. Os olhos eram maiores do que os de um dinossauro seriam, e embora fossem vermelhos e reluzissem às vezes, na maior parte do tempo eram bordôs ou até mesmo pretos. Uma cauda gigantesca balançava atrás dele, fazendo o chão tremer.

– Estava terminando de acabar com ele, Flydiblo – disse Carlot, fazendo a mesma reverência que já havia feito para Magnum, só que muito mais sério.

– Muito bem, Carlot, Arma Maligna – a voz dele era um ronca forte e grossa, quase indistinguível, e falava devagar. – Os outros Mestres estão aprovando satisfeitos o seu desempenho.

Então é mesmo um Mestre! Rafael Dambros estava realmente chocado. E assustado.

– Ótimo, Mestre. Venho dado tudo de mim para livrá-lo de uma vez do Espírito do Bem – disse Carlot.

– ... Flydiblo... – murmurou Dambros. Já tinha encontrado seguidores dele enquanto estava indo para a Fortaleza de Armorte. Aqueles morcegos pequenos, que furaram toda sua roupa. E como era grande! Em tamanho, Carlot atingia até o peito dele.

– Mas estou curioso, Mestre – continuou Carlot. – Quer alguma coisa comigo? Porque de Magnum eu dou conta sozinho.

Flydiblo remexeu-se no lugar, fazendo as caixas ao redor tremer, e então disse:

– Eram Buracos Negros o que você estava usando?

– Sim, e funcionou... – lançou um sorrisinho para Rafael, e o Mestre fitou-o. De fato, funcionara.

– Tem mais Cubos Negros? – a voz dele pareceu embargada de saliva, ou pela grossa língua.

– Estão aqui – Carlot retirou mais alguns do paletó e mostrou para ele. – Precisa de algum? Por acaso Rapislash... voltou...? – enfim, Carlot notara a presença da Faca. Era fraca, mas estava lá.

– Sua presença está sendo sentida novamente... – disse Flydiblo.

– O quê?! – disse Dambros, tão forte que todo seu corpo doera.

– No meio da luta voltei a senti-lo, mas não havia sentido em parar para lhe falar isso – falou Magnum.

– Isso... é ótimo! Digo... Eles podem nos ajudar agora! – sorriu Dambros, com o lábio sangrando.

– Não se exalte, mortal – o Mestre agora lhe dirigia a palavra. E seus olhos cheios de fúria, fixados somente nele, criava um peso imenso dentro de Dambros. – Eles estão longe demais, senão teria ido até lá primeiro.

– Então precisara dos Cubos? – indagou Carlot.

– Todos – a mão do Mestre era simplesmente enorme perto da de Carlot, cobrindo-a sem deixar aparecer nada. E, assim, pegou todos os Cubos que ele tinha. – Na verdade, vim falar com você mesmo, Carlot.

– Comigo?

– É. Quero parabenizá-lo. Por um segundo quase nos enganou.

O rosto de Carlot ficou sério em um segundo, assim como o de Rafael, mas surpreso.

– Não achou mesmo que daríamos a missão do Alarme pra você, sem que mandássemos um espião junto... – depois dessas palavras, ele emitiu diversos sons roucos, que Dambros entendeu como se fosse sua risada.

Carlot dera um passo para trás. O Mestre ergueu a mão lentamente, e, prestando bastante atenção, viram o que parecia ser uma cigarra pousando em um de seus dedos.

– Esta pequena criatura nos passou tudo que você comentou no seu bate-papo com Magnum – o Mestre ergueu a mão e a cigarra voltou a voar ligeira, desaparecendo tão rápido quanto apareceu. – Se fosse uma Arma totalmente pura, teria sentido a presença do espião... Mas temos a sorte de que não é esse o caso, não é?

Rafael simplesmente não acreditava no que ouvira. Começou a sorrir lentamente. Eles haviam descoberto todo o plano dele de destruir o Espírito do Bem e os Mestres, de formar um reino sozinho e toda loucura que sua mente perturbada inventou no último encontro deles.

Carlot ia cada vez mais para trás, olhando-o assustado, sem palavras.

– Traidor... Como pôde achar que dominaria a Cidade das Trevas?! – Flydiblo virou-se em uma velocidade simplesmente anormal para o seu tamanho, dando-lhe um soco na barriga que o fez voar até os caixotes do canto da parede, quebrando-os de forma violenta. Um ser humano normal teria sido destruído por inteiro com um golpe daqueles. As asas dele abriram-se por um segundo, e ele começou a gargalhar, da forma mais bizarra e irritante que Rafael já ouvira.

Em seguida, o Mestre abriu completamente as asas, voando em direção aos destroços dos caixotes. Rafael avistava pilhas e pilhas de esqueletos e alguns corpos ainda em decomposição. O Mestre pousou rapidamente sobre eles, esmagando e cobrindo tudo com seu corpo gordo. Não avistava Carlot, mas sabia que Flydiblo estava segurando alguém. O Mestre virou-se, mostrando que segurava Carlot com as duas mãos. Ele se debatia e lançava alguns feixes com as mãos presas, fazendo o Mestre gritar. Ele então abocanhou o pescoço da Arma Maligna, mas pegou junto todo o ombro e grande parte do peito e das costas. Os olhos do Mestre estavam extremamente vermelhos. Ouvia Carlot gritando em desespero, mas não demorou muito para calar-se. Estava dominando Carlot tão facilmente!

Em seguida, largou o corpo dele ali, sem marca de sangue alguma em sua boca. Rafael tremia, assustado e aliviado ao mesmo tempo. Era o fim de Carlot. Mas Flydiblo não terminara. O Mestre então se virou para ele, sorrindo enquanto fitava o seu corpo mole e ferido, lutando para manter-se de pé. Agora era vez dele.

Jordana caminhava quase encostada no vidro da esquerda, enquanto o garoto zumbi seguia encostado na direita. Desistira de aumentar o passo, ele continuaria a seguindo. E todas as curvas eram iguais, para os três túneis! Ela ainda tinha um nojo imenso do garoto e de sua cara sempre agitada, esperando alguma coisa dela.

– Malditos uhuus... – gemeu ela.

As velas piscaram, todas ao mesmo tempo, e Jordana não sentira vento algum.

– Só o que faltava... – e as velas tremeram de novo, apagando-se. – Mirik... – choramingou.

Olhou para as inscrições, que continuavam a brilhar misteriosamente. Ele estava lá, olhando para ela, fascinado, hipnotizado. E mesmo que não estivesse vagamente iluminado pelos símbolos, ela ainda sentiria todo seu peso à espreita.

– Não sou o tipo de menina que gosta de atrair olhares... – murmurou e sorriu cansada.

Voltou a caminhar, mais devagar, ainda tinha a ajuda da Luz das Luvas. Sentia perfeitamente que alguém a estava seguindo, esperando por uma brecha.

– Não posso destruí-lo? – indagou Jordana.

– Não pense no matar em si... Pense em se defender e na justiça que está fazendo com suas ações – aconselhou Mirik.

Jordana pensou um pouco e sorriu, ainda nervosa com o escuro:

– Não me parece muito diferente, mas tudo bem... Acho que é melhor mesmo.

As velas então se acenderam tão rápido quanto apagaram. E tapas no vidro à sua esquerda assustaram Jordana, fazendo-a pular e gritar quando vira as primeiras presas se esfregando no vidro. Havia cinco deles do outro lado, e ao olhar para o menino colocou a mão na boca; quatro zumbis juntaram-se a eles. A maioria com membros amputados e os rostos quebrados ou tortos. Nenhum deles tinha pupila e suas unhas arranhavam o vidro com violência, enquanto gemiam e gritavam.

– Viiivoo! – diziam uns.

– Venha aqui! Venhaaa! – chiavam outros.

Jordana colocou as mãos nos ouvidos e correu, inicialmente de olhos fechados. Mas as vozes e os passos estavam logo ao seu lado, rugindo para ela. Ela diminuiu o ritmo e retirou as mãos dos ouvidos aos poucos.

– ... Onde aquele Dambros se enfiou? – gemeu, olhando nervosa para os dois lados.

Alguns mortos-vivos davam socos realmente fortes no vidro, assustando-a. Outros esfregando suas línguas amareladas e cheias de bolhas, muitas bifurcadas. O garoto esfregava seu nariz com força no vidro, como se quisesse ver algum sangue saindo dele mesmo.

Jordana caminhava com o passo acelerado. Pensava em um meio de se livrar deles. Não podia correr o risco de quebrar os vidros, podiam aparecer mais, simplesmente do nada. Carlot estava por perto, talvez estivesse assistindo aquilo... Desejou que Rafael o matasse logo. *Droga, é difícil não desejar essas coisas, Mirik...*, pensou ela naquele momento.

Chegou em um beco sem saída, uma pequena rampa descia e entrava no que parecia ser um cubículo. Pequeno e vazio, parecia mais uma falha na estrutura. Ambos os corredores do lado viravam à direita e à esquerda, seguindo para a escuridão.

– Disseram que com a luz do sol vocês sumiriam... – murmurou Jordana com as mãos fechadas na frente do peito. – Queria que essas velas dessem conta... A menos que...

Jordana olhou para suas mãos e um sorriso lhe brotou dos lábios. Balançou a cabeça e gargalhou um pouco, de olhos fechados, descendo a curta rampa até o cubículo da ponta. Ali os zumbis não poderiam alcançá-la pelo vidro.

– Não acredito... Se funcionar...

Ela juntou as mãos, como se estivesse rezando e fechou os olhos. As Luvas começaram a ofuscar, em tons de rosa. Raios estalavam de vez em quando e a Luz começou a crescer cada vez mais. Começara a ouvir alguns zumbis reclamando, e abrindo um pouco os olhos, viu o sorriso constante do garoto zumbi desaparecer, dando lugar ao pavor. Definitivamente aquela era a solução.

Flydiblo deu alguns passos na direção dele e parou, ainda longe. Talvez nem tanto levando em conta o seu tamanho. Carlot estava completamente desaparecido entre os destroços e esqueletos.

– Magnum, Magnum, Magnum... – disse o Mestre, em sua voz de trovão. – Parece que foi ontem que estávamos encurralando vocês na nossa Cidade...

Dambros, ofegante, não arriscava falar. Não fazia ideia de como iria atacar naquele estado. O golpe envolvendo os Buracos Negros fora elegante. Subestimara o inimigo e eis o seu castigo. De qualquer forma, Carlot agora podia estar morto. E Dambros podia estar prestes a partilhar do mesmo destino.

– É realmente desagradável sempre que encontro um de vocês – disse Magnum, seriamente. – E por mais que eu tente imaginar o quão desagradável pode ser, vocês sempre conseguem me surpreender.

– Vindo do Espírito do Bem é uma honra... – disse o Mestre, abrindo as asas como se estivesse se espreguiçando. Ele começou a balançá-las como se fosse voar, mas continuava no chão, só criando uma imensa ventania no lugar. – Teria sido mais divertido deixar os rivais se enfrentar... Mas eu simplesmente não suportei aquele infeliz com aquele sorriso...

– Olha só... E não é que temos isso em comum... – gemeu Dambros, segurando o Bastão com as duas mãos.

Enfim, o Mestre ergueu voo, mas, ao invés de avançar, disse:

– Essa criatura segurando-o já pode ser considerada morta!

– Você grita demais, Batman... – resmungou Dambros.

O Mestre atacou, descendo com toda a velocidade, rugindo como o Demônio que era. Dambros lançara o seu feixe, sentindo um alívio ao sentir a energia do Bem escorrendo por entre as mãos. Era revigorante. O raio chocou-se contra a mão de Flydiblo, que apenas reclamou um pouco de dor.

– O quê?! – espantou-se Rafael.

O Mestre estava quase se encostando ao chão e fez o punho subir mirando na cabeça de Dambros. A intenção era arrancá-la no primeiro golpe. Seu punho chocou-se contra a barreira que o mortal fizera, prevendo o ataque. Dambros gelou ao ver que o punho do Mestre fora contido a poucos centímetros de sua barriga, e seus joelhos bambos iriam desabar em instantes com toda aquela pressão. Flydiblo abrira o punho, esticando suas garras, que se cravaram ao lado da barriga dele, e Dambros gritou desesperadamente. O Mestre voltou a subir, passando por cima dele e, antes que Dambros caísse, a cauda dele o acertou, jogando-o longe.

A cauda de Flydiblo acertara no lugar em que fora arranhado e em toda extensão do peito. Dambros não sentiu mais nada nos momentos em que estava cambaleando no ar, tendo certeza de que iria desmaiar. Caiu com força no chão, batendo a cabeça onde já estava machucada. Rolou diversas vezes, arranhando os braços e machucando os pés. Por algum milagre não soltara o Bastão. Talvez estivesse acostumado a deixar uma energia extra para manter a Arma sempre com ele.

Ouviu o Mestre gritando e voando sobre sua cabeça, mas não tinha forças para ver onde. Seu corpo inteiro queimava e sentia o sangue escorrendo do ferimento na barriga. Mexeu os dedos das mãos e depois os dos pés. Estava de barriga para o chão e sentia o sangue enchendo-lhe a boca. Devia ter mordido o lábio e/ou arranhado na queda.

– Rafael! – chamou Magnum. – Mantenha-se atento à minha voz. Minha voz!

Ele piscou e, fazendo toda a força, virou-se de barriga para cima, ofegante.

– Droga... Magnum... – gemeu ele, com os olhos apertados cheios de lágrimas, colocando a mão na barriga. Sabia que a cabeça estava sangrando também e que talvez tivesse torcido algo, mas esperava apenas o golpe final do morcego. Não conseguia pensar em mais nada com todos aqueles machucados.

O rugido do Mestre aproximou-se rapidamente e ele conseguiu abrir os olhos. O espectro negro voava para cima dele. Segurou o Bastão o mais apertado que pôde e, quando o Mestre jogou o punho contra ele, bateu na barreira outra vez, fazendo explodir em faíscas azuis e o chão ao redor rachar. O Mestre, ainda voando, pisou com os dois pés na barreira, e pareceu pousar sobre ela. Dambros assistia tudo apavorado, não acreditando que ainda podia fazer aquela defesa. Flydiblo começou a encher a barreira de socos, reclamando de dor a cada golpe.

– Ele... não con-consegue... lançar raios... – balbuciou Dambros.

– Não, não o Flydiblo. Preciso de sua concentração para manter a barreira, nem pense em desmaiar, Rafael! – disse Magnum.

–Você foi arranhado, é?! – urrou o Mestre, juntando os punhos e acertando a barreira, novamente sem sucesso.

Fora então que, olhando assustado para o Mestre em cima dele, Dambros avistou um dos cubos do teto brilhando. Estava rachando rapidamente, com uma Luz rosa saindo dele... Sim, rosa! Seria mesmo...?! O cubo explodiu e dele pode ver várias pessoas caindo em meio aos destroços e poeira. Mas uma delas, de cabelos compridos com um brilho em mãos, era inconfundível. *Jordana... Mirik... Finalmente*, pensou aliviado.

Dambros levantara a cabeça com dificuldades, certificando-se de que ela não havia se machucado na queda. E quando deitara a cabeça de novo, desmaiou instantaneamente.

Flydiblo pulou para o lado, virando-se para a explosão. Jordana criara uma barreira antes de chegar ao chão, e não se machucara nem um pouco, apenas se assustara. Os zumbis caíram todos inconscientes e inertes, cegados pela imensa Luz que ela criara lá dentro.

Assim que Jordana ficou em pé e avistou o monstro enorme à sua frente, gritou afastando-se. Pisou em alguns dos mortos e olhou ligeiramente ao redor. Caixotes e uma saída atrás do morcegão.

– Mirik, o que é essa coisa?! – gemeu ela. – E eu querendo sair do corredor... Tá bom!

– É Flydiblo, um dos Mestres. Cuidado, Jordana – disse ele.

– Mestres?!

Flydiblo levantou voo na direção dela e Jordana juntara as mãos, lançando um só feixe com as duas palmas. Um tufão de Luz avermelhado acertou o Mestre no ar e ele não suportou apenas com as mãos, e teve que tentar desviar.

– Isso sim pareceu um Kame-hame-há... – bufou ela.

– Jordana, Dambros está lá na frente, olhe – disse Mirik. E ela assim o fez, enquanto o Mestre pousava quebrando algumas caixas e praguejando.

– Essa não! – ela correu, avistando o seu corpo caído no chão, com a Arma em cima da barriga. Aproximando-se, viu que segurava firme o Bastão, embora estivesse desacordado e com sangramentos na barriga e na cabeça, além de pequenos arranhões no corpo todo.

– O que fizeram com você, Dambros...? E Carlot?... Acorda, vamos! – ela cutucou-o várias vezes, sem resultado algum.

O Mestre acariciou seus ferimentos. Percebeu que uma de suas asas fora atingida. Estava torta e incomodava. Aquilo sim era energia do Bem. A energia maldita para a Cidade. Aquela que podia destruí-los. A única coisa no universo que podia. E havia uma mortal fêmea agora... Outra do presente de Mirabóli? Ele até que caprichara... Iria quebrá-la no meio e chupar-lhe todo o sangue. Ia sim.

Jordana levantou-se, virando-se para o Mestre. Iria acabar com ele naquele dia. Seria um rei a menos para a Cidade das Trevas. Lançou um último olhar piedoso para o líder inconscicente ao seu lado, e acompanhou o morcego erguer voo em sua direção. Ele aproximou-se pegando impulso com a mão direita, e ela fez o mesmo, fazendo as Luvas brilharem acumulando energia. O morcego chegou até Jordana como um trem a toda velocidade, lançando seu punho contra ela, que, por sua vez, fizera o mesmo. Ambos se chocaram com toda força, um acertando o punho do outro. O choque dos ataques fora enorme, causando um impacto tão forte quanto de dois feixes de luz se acertando. O braço fino de Jordana contra o couro grosso do Mestre das Trevas. O morcego rugiu e voou por cima dela, descolando o seu punho queimado daquelas Luvas. Jordana gritou de dor, segurando a junta de seu cotovelo. A cauda do Mestre bateu com força no chão ao lado dela, entre Jordana e Dambros, e então se afastou voando.

Ela caiu de joelhos, choramingando. Sentia o braço inteiro formigando. Ouviu as asas do Mestre fazendo a volta e arrastou-se em direção ao amigo. Seus joelhos se encostaram em algo no chão. Eram cubos pretos, como dados. Jurava que haviam caído da mão do Mestre. Deixou-os ali para pegar depois e, com a mão esquerda, agarrou o Bastão de Magnum. Levantou-se de novo e o Mestre atacava mais ferozmente, com a mão direita guardada, parecendo pegar impulso com a esquerda. Ela mirou o Bastão agarrado pela Luva, e o feixe duplo disparou em direção ao Mestre. Acertou-lhe no ar, arrastando-o para a rampa, fazendo-o bater na ponta da entrada, quebrando parte de cima e rolando no chão do lado de fora, coberto pela chuva. Ela continuou com o braço estendido, e o outro dobrado, trêmula. Avistou o Mestre erguendo voo e desaparecendo na névoa distante, urrando e gritando.

Duas Armas contra ele, ferido daquele jeito, poderia prejudicá-lo muito. Pelo menos cuidara de Carlot, o traidor. Mas sabia que ele não estava morto... Ainda não. A luta doera demais em sua pele, que achava ser indestrutível. Fora uma má lembrança dos velhos tempos. Aquela sensação... Aquela adrenalina... Medo?! Não podia ficar decepcionado com a derrota momentânea. Seus filhos estavam se procriando mais rápido do que imaginava, e um deles estava próximo à área de Mortual, e em um estágio bastante avançado. Precisava encontrá-lo o mais rápido possível.

CAPÍTULO 8

VAMPIRO

A tempestade parara perto das 8 horas da noite, quando Rafael e Jéferson tinham acabado de procurar abrigo em uma das casas podres e aparentemente sem intrusos. Não deixara nenhum cheiro bom de chuva quando terminara, como era costume sentirem no Raiz Forte. Encontraram um quarto com camas separadas e Tebaldi dormiu sem maiores dificuldades. O tiroteio e a caminhada daquele dia, de fato, contribuíram.

Jéferson não conseguiu dormir a noite inteira. Não podia, sabendo que havia um morcego enorme solto por aí. Nem mesmo a Faca de Rapislash colocada no chão, entre as duas camas, foi capaz de relaxá-lo. Ao longo do dia ouviu diversos rugidos e sons estranhos, animalescos. Lembrou-se das pessoas deformadas que vira com sua visão avermelhada... Outro acontecimento que não o deixava em paz. Que diabos acontecera? Simplesmente ficou deitado, olhando para o teto, ora sentado e escorando as costas na parede, ouvindo o barulho do vento lá fora, com as janelas do quarto fechadas, embora estivessem bastante tortas e quebradas. Pensava em sua família e parentes.

Dormir com este colete deve ser horrível...

E fora assim que passou a noite, demorada e sombria, dando rápidas cochiladas.

Tempos depois, perguntara a Rapislash que horas eram. Sete e vinte e três. Jéferson bocejou cansado e se sentou. O quarto era realmente podre, descascado e sem enfeite algum. O fedor parecia com o do mercado que pararam no dia anterior, e ele continuava com os ouvidos aguçados. Percebeu que estava com a mão no ferimento. Ele incomodara várias vezes durante a noite, vez ou outra com grandes descargas de dor. A visão piscara avermelhada e ele sobressaltou-se. Levantou em um pulo e observou Tebaldi roncando por um tempo. A visão voltara ao normal. Ficou parado, assustado. Contudo, tratou de relaxar, talvez devesse começar a se acostumar e acreditar que Rapislash daria um jeito naquilo.

Enquanto vestia os tênis, começou a ouvir barulhos vindos da rua. Pareciam vozes e murmúrios agitados que iam aumentando cada vez mais. Ouvia o barulho de algumas coisas quebrando e exaltou-se. Poderia ser um ataque?!

– Rapislash! – disse ele.

– Calminha, Jéferson... – respondeu Rapislash. E Jéferson jurou ter notado certo humor em seu tom. – Acorde Tebas e vamos dar uma olhada.

Assim o fez. Balançou-o e Tebaldi levantou-se com um olhar assustado.

– Estou ouvindo barulhos... – disse Jéferson. – Na rua...

Tebas parou um momento, com uma terrível cara de sono e caiu de volta no travesseiro. Bocejou e espreguiçou-se.

– Rafael! – insistiu Jéferson.

– Se fossem nos atacar já teriam feito, Jéferson – retirou suas cobertas e se levantou, esfregando o rosto com força. Enfim parara para ouvir, e percebeu que eram vários mesmo. Juntou Rapislash e vestiu o cinto.

– E aí? – indagou.

– Não tenho certeza... Mas a energia não é tão grande assim. Várias, acho... – disse a Arma.

Rafael pegou uma garrafa de água de sua mochila ao pé da cama e molhou o rosto, tomando um gole. Era simplesmente ótimo tê-la quente logo de manhã. Ofereceu a Jéferson, que recusou. Vestiu os tênis e ambos correram para a parte da frente da casa, levando todas suas coisas. Chegaram onde havia uma sala completamente revirada e destruída. O barulho da rua estava muito próximo. Olharam pela janela, agachados, e por entre a névoa distinguiram vários seres que pareciam humanos. Estavam quase chegando à frente da casa deles, caminhando depressa e desengonçados. Havia até crianças. Os olhos das criaturas eram enormes e tinham grandes furos nos crânios.

– Estão conversando?! – surpreendeu-se Tebaldi. Além dos Mestres e do barqueiro, não tinha visto nenhum ser que conversasse, e ao longo de suas caminhadas só escutava sons animalescos.

– Ouçam com atenção – alertou a Faca.

– ...Vão acabar nos destruindo também... – ouviu entre a multidão.

– ...Vamos desaparecer...

– Espírito do Bem... Estava até atacando Flydiblo...

– ... Estão se reunindo depressa... Não temos mais chances...

Jéferson sorriu e olhou para o amigo. Mas Tebaldi estava surpreso e indagou para a Arma:

– Atacando Flydiblo? É o Mestre que atacou Jéferson, não?

– Sim, Tebas, agora já posso me comunicar com Magnum e Mirik – disse a Faca. – Estão todos muito bem. Quase venceram Flydiblo... Mas parece que Carlot foi derrubado pelo próprio Mestre.

– Sério?! – sorriu ele, e colocou as mãos na boca com medo que os zumbis ouvissem. – Por quê? Os Mestres descobriram o plano dele?

– Parece que sim.

– Até que enfim um pouco de sorte!

– Carlot... Aquela Arma do mal, né? – disse Jéferson.

– Isso. Parece que não teremos que nos preocupar mais com esse. E o morcegão que você odeia parece ter levado uma surra.

E então os dois sorriram e voltaram a olhar para os mortos-vivos, já passando na rua da frente. E eram vários! Devia haver mais de cem ali. Havia até sem cabeça, carregando-as com as mãos.

– Mortual está esvaziando... – disse Rapislash, pensativo. – Temos que tomar uma decisão logo.

– O que sugere? – perguntou Tebas.

– Se colocarem algo em seus rostos e caminharem desengonçados como eles, poderão se infiltrar – falou Rapislash. – A próxima

Arma Sagrada está por perto e precisamos chegar a ela sem maiores problemas. O problema é que eles estão indo na direção dela, embora não saibam.

– Caminhar com os monstros?! – sussurrou Jéferson.

– Se caminharem só em dois serão pegos, pois será mais fácil identificar de onde vem a energia do Bem. Mesmo que deem a volta na quadra, há muitos espalhados por aí. É só parar e ouvir. Essa multidão não é a única fugindo de Mortual.

– O que tem de tão especial em Mortual, afinal? – indagou Tebaldi.

– É um cemitério enorme, perto daqui, embora a região toda tenha adotado esse nome. O templo com a Arma Sagrada de Carlot está lá – explicou Rapislash. – Por isso seus amigos estavam lá.

– Certo... E se fizermos isso que você falou... – disse Tebaldi, voltando a espiar lá fora. – Se por acaso eles desviarem em uma direção contrária à nossa?

– Eles estão em muitos, cedo ou tarde irão se dividir. Não há como desviarem totalmente do nosso rumo – continuou Rapislash. – Além do mais, quando estiverem em poucos, poderemos nos defender sem problemas!

Tebaldi e Jéferson trocaram olhares. Queria que o garoto comentasse algo, ele parecia motivado, mas começava a assustar-se com facilidade. Isso porque ele ainda não vivera metade do que ele naquela Cidade...

– Se for para pegar a próxima Arma Sagrada... Estamos é perdendo tempo aqui discutindo – disse Jéferson.

Tebaldi sorriu e abriu sua mochila. Retirou dois moletons que trouxera para os amigos e entregara a Jéferson.

– Na cabeça, como se fosse algum bandido – e assim os dois amarraram as roupas em seus rostos, deixando apenas os olhos e partes dos cabelos de fora. Os zumbis lá fora estavam diminuindo de número. A fila estava acabando.

– A Luz não tem que sair daí? – indagou Tebaldi.

– A energia maligna crescente de vocês está me cobrindo bem... Se diminuir a minha força o máximo que puder, com mais a cobertura dos dois, será difícil para eles distinguirem de onde vem a energia. Se não impossível. Guiarei Tebaldi pela mente, você segue ele, Jéferson.

– Certo... Perfeito – Tebas respirou fundo e aproximaram-se da porta.

– Vamos lá – disse Jéferson.

Abriram a porta e começaram a mancar, gemendo. Jéferson começou colocando as mãos na frente, como múmias de desenhos animados. Só quando se aproximou da multidão na rua, percebeu que eles não caminhavam daquele jeito e parou.

Eles aproximaram-se tremendo de medo, com a Faca presa no cinto de Tebaldi, quase que apagada. A conversa dos zumbis variava de palavras legíveis a meros gemidos. Ambos ficaram gemendo o tempo inteiro, arrastando as pernas e mancando. Olhavam completamente apavorados para os mortos ao redor deles. Mulheres com seios deformados e de tamanhos diferentes, homens com seus genitais aparecendo, crianças com cortes profundos em seus pescoços e peitos. Jéferson teve uma terrível ânsia de vômito, e sentia o estômago queimando de uma forma estranha, além do machucado também. Sem perceber, haviam parado de gemer. Não havia necessidade e sentiram-se ridículos quando lembraram.

– Que sensação ruim... – gemeu um zumbi próximo a Jéferson. – ... Muuuuito ruiiim...

Ele estremeceu e empurrou Tebaldi com o ombro para andar mais rápido, infiltrando-se ainda mais naquela passeata sinistra. Para a sorte deles, Luzes apareceram no caminho. Grupos de quatro ou cinco, algumas poucas individuais. Eram perfeitamente distinguíveis naquela névoa. A rua na qual seguiam parecia ter tido bastante árvores no passado, com vários canteiros secos e terrenos baldios. No meio do asfalto, havia um canteiro com palmeiras mortas, algumas caídas no meio da rua, roídas e partida no meio.

O moletom em seus rostos começava a lhes dar calor, pois mesmo com a neblina, naquele início de manhã ainda não haviam sentido muito vento. O fedor dos mortos-vivos logo se juntou ao bafo quente de suas respirações e eles começaram a fazer caretas, e gemer de verdade. Os zumbis então desceram uma larga rua de asfalto, que cem metros depois fazia outra subida.

Estamos no caminho certo, Tebas, vai nessa, disse Rapislash em sua mente.

Muitos paravam e tentavam arrancar portas de carros, inutilmente. Alguns ficavam quebrando vidros e juntando objetos na rua, observando-os de maneira prolongada e jogando-os fora. Outros tentavam agarrar as Luzes, passavam próximos, mas Rafael e Jéferson não viram nenhum conseguir.

Estavam cruzando uma palmeira seca derrubada no meio da estrada, com a parte da ponta apoiada no capô de um carro amassado. Muitos dos zumbis tropeçaram e atravessaram desengonçadamente, alguns davam a volta, outros estranhamente ágeis, davam saltos incríveis, caindo como se estivessem bêbados. Jéferson pulou com a ajuda das mãos e Rafael permaneceu em cima da árvore, olhando para trás. Mesmo por entre a névoa a quantidade era mesmo grande, como um pequeno exército.

Trinta minutos se passaram, caminhando ao lado daqueles mortos conversando assuntos dos quais não entendiam ou praguejando o Espírito do Bem. Fora então que Jéferson teve outro ataque de dor em seu machucado, caindo de joelhos no chão e gemendo de dor. Tebas agachou-se ao seu lado, preocupado.

– Jéferson!

Os mortos-vivos desviavam dos dois, alguns esbarravam neles, com suas pernas finas como gravetos, outros esfregavam a mão em seus moletons da cabeça.

– Anda, Jéferson, vamos lá... – disse Tebas dando-lhe tapas nas costas.

– Merda... Mordi o lábio... – gemia ele, arqueado e dando socos no chão. – Des... Desculpa, Rafael...

Alguns morto-vivos menores pararam para olhar para eles e ficaram de joelhos também. Pareciam imitar Jéferson e iam engatinhando ao longo da multidão. Um deles – devia ser uma garota, pelo vestido rasgado – estava com a cabeça enfiada dentro de um furo enorme em sua barriga. Sua boca estava costurada e o pescoço era um toco de carne marrom e apodrecida. Rafael Tebaldi fitou--a e caiu de joelhos também, tossindo engasgado. Cuspiu no chão diversas vezes, quase vomitando. Fora uma das coisas mais nojentas que vira na Cidade das Trevas.

– ... Qual é, vamos lá – Rafael agarrou um de seus braços e colocou em volta de seu pescoço, dando-lhe um apoio. Jéferson continuava gemendo, mas já conseguia andar. Teve certeza de ver dois pontos vermelhos em meio àqueles panos cruzados no rosto do amigo.

De repente, Rapislash começou a falar na mente de Tebas:

Sua transformação está acelerando rapidamente agora que está na Cidade. Logo ele estará totalmente corrompido.

– Ei, Rafa – chamou Jéferson, surpreendendo-o com o tom de voz bem melhor, embora baixo. – Rapislash está mesmo fazendo algo por mim? Se continuar nesse ritmo, não sei se vou poder te ajudar muito... – sorriu frustrado, com dificuldade.

Alguns zumbis olharam-nos prolongadamente, virando-se em seguida. Um deles esbarrou em Tebaldi, caindo no chão à sua frente. Percebeu que ele não tinha uma perna e ficou se arrastando. Eles passaram por cima e aceleraram o passo. Jéferson disse que já conseguia caminhar, e assim o amigo o largou.

Aos poucos, distinguiram vozes em línguas diferentes. Chegaram a ouvir japonês, francês e inglês. Muitas não conseguiram identificar, mas ao longo da caminhada foram várias. Trocaram olhares, impressionados e voltaram a caminhar mancando, gemendo vez ou outra. Começaram a observar alguns zumbis com machados em mãos, outros com martelos e serrotes, e alguns com garfos e tesouras. De vez em quando cortavam a si mesmo, ou arranhavam carros ou cercas, batiam no chão.

Entretanto, Tebas fora acordado de suas observações pela voz da Faca:

– Rafael! Lembra-se dos Demônios... Que comentamos ao sairmos da Fortaleza de Armorte?... Sinto informar, mas...

– Só o que faltava...!

Ao longo da rua comprida pela qual passavam, em meio à neblina que estava levemente mais dispersa ali, avistaram a silhueta de uma das grandes casas mover-se para o meio da rua. Podiam distinguir grandes rodas embaixo dela, parecendo um imenso robô.

– Mas que diabos? – murmurou Jéferson, abafado pela roupa.

A luz solar iluminava tudo palidamente, como de costume, principalmente àquela hora da manhã, dando um tom ainda mais nefasto à casa-que-caminhava. Parou muito mais à frente, e ambos sentiram a caminhada diminuir o ritmo. A casa-Demônio moveu-se para o canto da rua, dando espaço para os mortos caminharem do lado. Já conseguiam distingui-la mais nitidamente, embora ainda cheia de sombras. Havia dois janelões que lhe serviam como olhos, com uma rachadura de tiro em cada vidro. As rachaduras juntavam-se nos círculos, mas trocava de posição ao longo do vidro, como se fosse uma pupila. Havia uma cerca de metal colada embaixo, em uma boca com um sorriso torto em ondas. No telhado estavam atravessados carros e antenas, e as rodas-gigantescas embaixo eram de quatro tratores, cortados ou enterrados dentro da casa. Os olhos de rachaduras moveram-se ao longo de toda a fila da qual estavam e, por fim, ouviram sua voz grossa, mas como se ecoasse distante:

– Ouçam-me todos! – a grade que parecia sua boca apenas tremeu levemente. – Aproximem-se... calmamente.

E assim foram, empurrados pelos outros, trocando olhares confusos e preocupados.

– Sinto a presença do Bem aí! – as marcas de tiros nas janelas moviam-se rapidamente, aumentando e diminuindo o buraco. – Creio que vocês a sintam levemente, mas não são os malditos Pontos!

Pontos?... Será que está falando das Luzes?

Ouvia um murmúrio indecifrável por toda a multidão, e eles mexeram os corpos fingindo estarem se comunicando. O que aquele Demônio pretendia, afinal?

– Há chances até de haver vivos por aí. Aqueles vivos! – algumas telhas caíram da cabeça bizarra do Demônio, e o murmúrio aumentou.

Jéferson e Rafael por um instante trancaram a respiração.

– Quero que todos vocês arranquem um membro de seus corpos para provar que estão mortos! Braços, pernas... Não sejam covardes e arranquem as cabeças de uma vez!

Os dois se olharam soltando exclamações abafadas. Como disfarçariam algo assim?! Avistavam os mortos ao redor puxando as próprias cabeças com força, apenas alguns conseguiam arrancá-las, com sons nauseantes. Alguns tentavam cortá-las com seus machados, mas não pediam ajuda para o outro. Outra grande parte sentou e começou a torcer a perna, praguejando o Espírito do Bem, e outra parte arrancava os próprios braços ou mãos.

– Vamos, depressa com isso! – gritava a casa falante. – Estão podres há séculos! Milênios!

Droga... Não temos como fazer nada parecido!

Jéferson fitava-o desesperado, indagando com os olhos "E agora?! Vamos ser pegos, então?!". Ele e Rafael começaram a fingir que estavam tentando arrancar suas cabeças. Tinham que ganhar o máximo de tempo possível.

Não da pra passar despercebido... Cedo ou tarde esses monstros estarão carregando alguma parte de si... E nós estaremos aqui, inteiros, com estes panos na cabeça! Maldito Demônio!... E se eu atacar? O quão forte será um Demônio? Será que Gelo da Morte era um deles? Estarão no mesmo nível? Mas não vou conseguir proteger Jéferson ao mesmo tempo, e se os zumbis descobrirem vão acabar com ele... Será que correr adianta? Não... Alguns dos zumbis me pareceram bem ágeis... O que eu faço?...

Pararam de tentar arrancar as cabeças e começaram a fingir que estavam arrancando os braços. Jéferson observava Rafael o tempo todo. A maioria dos zumbis ao redor já estava com membros em mãos. Os murmúrios e gemidos aumentaram drasticamente com aquela ordem, fazendo-os ficar mais nervosos.

– Aproximem-se, quero ver todos! – gritou o Demônio.

E então Rapislash voltou a se comunicar com Tebaldi:

– *Rafael, esse Demônio já está acabado.*

– *O quê?!*

– Mas não dá pra gastar raios em cada um dessa galera toda… Escute com atenção: quero que faça a Faca brilhar. Você sabe como, sempre faz isso antes de lançar um raio.

– Mas assim vão saber que somos nós, Rapislash…

– Tebas, é pra fazer a Faca brilhar muuuito, entende? Quero que você e Jéferson fiquem com vontade de fechar os olhos, como se estivesse segurando um pequeno sol. Fazendo isso dará conta de todos os zumbis.

– É mesmo?… Jura?… Bom, mas e a Casa Mal-assombrada, ali? Como fica?

– Um de cada vez. Vamos lá, comece.

Rafael aproximou-se de Jéferson e disse:

– Pode parar, Rapislash me disse o que fazer – piscou e retirou a Faca do cinto.

Segurou-a com as duas mãos e as línguas de chama esverdeada começaram a cobri-la. Todos os mortos-vivos se voltaram para ele, inclusive os buracos de tiro nas "janelas-olhos" do Demônio. Tebaldi cerrou os dentes e o brilho esverdeado expandiu-se como uma enorme Luz, e os gritos ao redor começaram a ganhar volume, desesperadores. A neblina parecia fugir da Luz também, tudo ganhou um tom esverdeado. Tebaldi fechou os olhos e Jéferson também. Contudo, o amigo parecia realmente incomodado, e começou a grunhir e logo em seguida a gritar. Caiu de joelhos no chão, dando as costas para a Luz, contorcendo-se. Em meio aos gritos de todos os zumbis, Tebaldi pensou ter ouvido Jéferson pedindo para ele parar. Ou melhor, suplicando para ele parar. Finalmente, todos começaram a cair no chão, inertes, duros e silenciosos. Todos pareceram adormecer com a Luz da Faca de Rapislash, segurando aqueles membros amputados. E então, quando Tebaldi não ouvia mais nada, além dos gritos de Jéferson e do Demônio, ele parou.

O amigo abraçava a si mesmo, tremendo. Agachou-se ao lado dele, indagando preocupado:

– Jéferson?! Como?… Jéferson!

O amigo virou-se, tremendo e resmungando, e seus olhos estavam ardendo em chamas, como duas luzes vermelhas e penetrantes. Rafael ficou hipnotizado por alguns momentos e Jéferson virou o rosto novamente. Então estava acontecendo mesmo... Sabia que vampiros eram frágeis à luz solar... Deve ter sido muito parecido para ele.

– Céus... O que cê fez, Rafael? – gemeu ele, tossindo e rindo da própria dor. – Nossa, como é que você tá tão melhor que eu? – fitou-o, com os olhos apagando-se aos poucos. – É só porque ta segurando a Arma? Podia ter avisado que iria doer, né...

Jéferson voltara a pensar na visão avermelhada. Aquilo realmente lhe fazia pensar; afinal, acontecera justo com Rapislash em ação... Então como ele poderia dizer que não foi ele que lhe deu aquela...Visão noturna? Ainda sentia frio e calor ao mesmo tempo, com todo corpo formigando.

– Maldito Espírito do Bem! – rugiu a casa ecoante. – Olhe o que fez com todos! Olhe!

– Consegue se levantar? A casa ali tá vindo pra cima... – disse Rafael.

– N-não consigo... Dr-droga... – riu um pouco, dessa vez olhando os cadáveres ao redor, mas isso o fazia doer mais.

– Fique tranquilo, vamos dar um jeito aqui – Rafael levantou-se. O Demônio se aproximava. Fitou o campo ao redor, com a névoa bastante dispersa depois do brilho, estavam todos caídos, uns em cima dos outros, e mesmo assim não deixavam de ser assustadores. Teve quase certeza de, ao longe, ver o vestido da menina com a cabeça enterrada na barriga. Estremeceu.

As rodas do Demônio passavam pelos cadáveres quebrando-os com facilidade, e o som era muito mais marcante que os zumbis arrancando os seus próprios membros.

–Vai morrer...Vai morrer, sim, vai – falava a casa.

– Não vou, não, Demônio maldito – disse Rapislash, aumentando bastante o tom de voz, parecendo estranhamente sério. –Você que já nasceu com os dias contados. Não passa de um Demônio feito há algumas centenas de anos... Nós estamos aqui desde o Início.

– Isso não altera em nada a minha força, objeto minúsculo!

– Não... Mas nos deu mais tempo para nos escondermos... E você acabou sendo criado ao redor de uma Arma adormecida – continuou Rapislash.

Tebaldi olhou para a Faca intrigado e de volta para o Demônio, que parara subitamente. A neblina voltara a cair sobre eles, deixando o dia escuro de novo. Os olhos da casa-Demônio começaram a brilhar, amarelados, assim como a porta por trás da grade torta. Feixes de luz amarelados saíam das frestas do telhado, das rodas, e de qualquer rachadura. Quando o Demônio iria começar a gritar, seus vidros que serviam de olhos explodiram de dentro para fora, e sua voz minguou em um leve gemido. Telhas foram jogadas longe, despedaçadas, madeiras apodrecidas e objetos que havia dentro. Saía luz amarelada de todo o lugar. As rodas do Demônio caíram para o lado, e a casa caiu com força no chão, despedaçando-se em um estrondo violento, fazendo subir uma nuvem de poeira. O brilho amarelado ainda estava lá, em meio ao barulho de destroços que logo cessou. Tebaldi simplesmente não acreditava no que vira e ouvira. *E não é que foi exatamente assim que vencemos Gelo da Morte? Haha!*

A nuvem de fumaça de repente dispersou-se com força, como se fosse assoprada, e uma luz amarela bastante forte brilhava flutuando. Havia algo nela; a Arma Sagrada. Ela aproximou-se flutuando, saindo dos destroços do Demônio derrotado.

– Jéferson, sua Arma está ali. Ali! – sorriu Tebas, voltando a fitá-lo. Ele continuava curvado, com a testa quase encostada no chão, tremendo.

– Agora não, Rafael... Mas sinto que já está passando... Só um minuto... – gemeu ele, sem virar-se.

Tebaldi virou-se, sentindo de longe os raios quentes e calmantes do mais novo parceiro. Correu até lá, desviando com dificuldade dos cadáveres, e pisando em muitos também. A Luz que o cercava começou a diminuir, mas ela continuava a flutuar. Ao ver o que era, Tebaldi sorriu. A Arma era um colar; uma tira dourada, enfeitada com cuidado, e uma pedra roxa arredonda, reluzindo esbelta. Jordana com certeza iria querer usar, teria que negociar com Jéferson. Agarrou o Colar e Rapislash disse:

– Tebas, com a minha voz quase cem por cento original, apresento-lhe o Colar de Maucor!

– Sua animação nesta Cidade continua me surpreendendo, Rapislash – disse Maucor. – É um prazer, Rafael Tebaldi, farei o que puder por você. Mas no momento seu amigo parece precisar de mais atenção do que eu.

Tebaldi virou-se apressado, vestindo o Colar, que se ajeitara muito mais leve do que ele previa. Jéferson levantava-se aos poucos, desengonçado, segurando o que parecia ser uma cabeça. Parecia estar mordendo ela, a parte do pescoço com a carne exposta. Ele largou a cabeça, cuspindo alguns fragmentos. Tebaldi ficou com o grito preso na garganta, e hipnotizado pelos olhos vermelhos faiscantes que agora olhavam em sua direção.

Os olhos ardiam e a fome não fora saciada com aquele mínimo sangue seco. Jéferson sentira o cheiro e não teve como conter-se. Seu corpo pareceu agir sozinho, quando viu estava cravando as presas... As presas! Lá estavam elas, espetando-lhe o lábio de novo. Sentia os músculos reagindo, ficando maiores. O olhar de Rafael Tebaldi começava a fazê-lo enxergar o que estava fazendo, vagarosamente. Contudo, o instinto era mais forte, a vontade, nada ganhava daquilo. Precisava de mais... Era o sangue que queria. Sentia como se pudesse lamber muito, talvez um corpo inteiro.

Rafael ficara congelado por alguns instantes, mas o calor de Rapislash e Maucor estava bastante presente nele naquele momento.

– Jéferson... – disse com a voz embargada e rouca.

Jéferson sentia que seu corpo poderia melhorar por meio do sangue. Sentia que podia fazer muito mais com aquele corpo. Aquele corpo novo, onde seu ferimento na barriga cicatrizara completamente. Rafael teria que entender. Teria que entender sua força, sua visão apurada e noturna. E suas necessidades. O seu corpo almejava pelo líquido vermelho, Rafael tinha que colaborar. Jéferson rugiu para ele. Os olhos pareceram ofuscar ainda mais. No começo não entendera por que fizera isso, mas depois teve quase certeza de que fora uma reação ao medo do amigo. Aqueles olhos apavorados e receosos eram revigorantes. Dava uma vontade...

Tebaldi apontou a Faca para ele, ficando sério. Jéferson estava em uma posição de ataque, como um animal selvagem. Então, enfim, acontecera... Finalmente ele rendera-se ao poder da Cidade das Trevas. Pobre Jéferson...

Jéferson deu um passo para frente e antes que Tebaldi pudesse tomar qualquer reação, um feixe de luz amarelado saiu de seu peito, explodindo ao lado do vampiro. Jéferson pareceu acordar brevemente, um pouco assustado.

Essa Arma tem atitude, hein...

Jéferson voltou a fitar Rafael, que também parecia impressionado com o tiro repentino. Sentiu-se envergonhado, percebendo que agora ele era a ameaça. Aquela que tentaram evitar ao longo de toda aquela caminhada. Aquela que acabou com seus... Não podia machucar Rafael. Não ele.

Controle-se, Jéferson... Droga! Só o que faltava esse fedelho enlouquecer. E veio até aqui tão disposto... Mas prometo que vou acabar com o Mestre Morcegão no lugar dele. Agora, se vai ficar no meu caminho... Não vou hesitar em te fazer em pedaços, como aquela casa ali., pensou Tebas.

Jéferson deu meia-volta e partiu em retirada. Desviava dos corpos com uma agilidade incrível, e suas pernas moviam-se estranhamente rápidas. Virou a esquina mais próxima e desapareceu na névoa, sem que o amigo pudesse ouvir seus passos.

Rafael Tebaldi ficara surpreso, e bufou acalmando-se e baixando as mãos lentamente. Talvez ainda houvesse alguma humanidade naquele corpo. Ficara feliz pela decisão do vampiro em não atacá-lo. Contudo, temia um futuro encontro, e um possível confronto. Caiu de joelhos, percebendo o quão cansado e tenso estava naquele início de dia. E, em meio ao silêncio daquela rua, percebeu que ficara sozinho de novo.

Jéferson continuou correndo, o mais rápido que podia. E estava estranhamente veloz. As casas e os carros passavam por ele quase como vultos. Não fazia ideia do quão distante conseguira correr, mas não demorou muito e parou. Estava muito assustado consigo mesmo e ao mesmo tempo com raiva. Precisava se alimentar, seu estômago embrulhado suplicava por isso. O que seria dele agora? Aqueles seres na Cidade das Trevas voltariam a atacá-lo? Mesmo naquela forma... vampiresca?!

Escutou um som longínquo no céu, como rajadas de vento. Asas? Olhou para o céu, não tão escuro devido à sua visão. Aquele era...?! Sentiu uma dor no coração. Colocou a mão no peito e quase caiu de joelhos. Não o sentia bater e o colete atrapalhava. Logo viu o morcego gigante aproximando-se, em direção a ele. A ele! Mas não estava muito rápido e uma de suas asas parecia danificada. Flydiblo pousou à sua frente, causando um estrondo no chão. Jéferson não hesitou nem um pouco. Sentia-se forte e destemido. Encarou a fera nos olhos. Vermelhos penetrantes, como os dele. Aquele que matara os seus amigos... Aquele que lhe dera tais poderes...

– Finalmente despertou, filho – disse o rouco Mestre. – Aceitou a vida escura, então.

Jéferson virou o olhar. Ainda tinha Rafael em mente, lembrando o quão determinado estavam naquela missão. O que estava fazendo ali, com aquele Mestre das Trevas? Será que era capaz de vencê-lo? O que estava pensando?! Só por que podia correr um pouquinho mais rápido? Voltou a fitá-lo, o grande monstro que lhe encheu de terror dias atrás. Este terror que agora não era capaz de lembrar-se, a não ser na forma de palavras.

–Você que me deu estes poderes? – indagou Jéferson.

– Exato, meu filho – respondeu Flydiblo. – Posso lhe tornar muito mais que isso... Muito mais! Posso fazer com que nenhum ser desta cidade acompanhe a sua velocidade, e que nenhuma parede seja resistente o bastante para o seu braço.

Jéferson olhou para suas mãos e para seu corpo. Não precisaria mais daquele colete. Retirou-o e largou-o aos seus pés.

– Preciso me alimentar... – gemeu Jéferson. – Pode providenciar isso?

– Claro, meu fiel servo... – disse o Mestre.

– Mas... Mas precisa... – balbuciou Jéferson, não encontrando as palavras certas.

– Precisa ser quente? – completou Flydiblo, parecendo divertido. – Precisa ser recém-tirado da vaca?

Jéferson baixou o olhar, pensativo e sério, e assim ficou durante um momento. Bufou e disse:

– Não vou matar Rafael. Ele não.

Flydiblo sorriu satisfeito. Sabia que mais cedo ou mais tarde sua cria não resistiria. Por enquanto tinha que ser do jeito dele.

– Entendo o respeito que sente pelo mortal, filho – disse ele. – Acabo de notar que teremos visitas em breve, prestes a entrar na Cidade das Trevas... Podemos usá-los... Que tal? Irá saciar toda sua sede.

– Leve-me até eles. Eu vou subjugá-los – falou Jéferson fazendo os olhos cintilarem para o Mestre.

– Ótimo! Ótimo! – disse o morcego dando fortes pisadas no chão. – Vamos imediatamente.

Agarrou o aprendiz vampiro, que pareceu assustar-se, fazendo as presas crescerem. Colocou-o nas costas a partiu voo. Subiram rapidamente desaparecendo no céu nublado.

CAPÍTULO 9

A QUEDA DO LÍDER

Sentia o corpo mole, frágil. A cabeça estava curada, não doendo mais. Todo o corpo estava. Sentia apenas o canto da barriga lhe incomodando. Abriu os olhos bem devagar, voltando a lembrar-se dos últimos acontecimentos. Dambros sentou devagar passando a mão por entre os cabelos crespos. Estava com sono. Lembrava-se das suas últimas lutas com Carlot e Flydiblo. Onde estaria agora? Quanto tempo ficara dormindo? Provavelmente Carlot estava morto. Flydiblo vagando por aí. O estômago queimava. Estava com muita fome. Olhou para sua camiseta manchada de sangue e sentiu o ferimento aberto, roçando nela. Era estranho, Magnum deveria tê-lo curado. Olhou ao redor, ainda meio tonto. Era acinzentado e escuro. Na sua frente havia uma rampa larga, feita de concreto, que fazia uma curva desaparecendo. Havia um carro lá em cima, partido no meio. E Jordana? Lembrava-se vagamente dela surgindo na luta, embora não fosse capaz de dizer como.

– Rafa?... Dambros-kun? – escutou a voz da amiga. – Está melhor?

Virou-se ajoelhado. Jordana estava sentada atrás dele, onde havia uma imensa saída do lugar onde estavam. Ela tinha o que parecia ser um limpador de para-brisas em mãos.

– Onde é que?... – balbuciou ele.

– É um daqueles estacionamentos enormes, sabe... Rotativos. – explicou ela. – Cara, te trazer até aqui foi uma coisa, viu... Sorte que estas Luvas parecem me dar uma forcinha extra – ele notou-a olhando preocupada o seu ferimento. O sangue parecia estar fresco.

Rafael levantou-se, juntando o Bastão de Magnum que encontrara ao seu lado. Bocejou cansado. Estava realmente faminto. O ar estava infestado por um cheiro familiar. Lembrava-se do cheiro vagamente, mas nunca fora tão forte. Era um aroma delicioso. Será que era mesmo de...

– Nossa, você tá pálido mesmo... Tudo bem? Pode ficar sentado...

Ele aproximou-se dela e sentou-se ao seu lado. Havia terra ali, trazida pelo vento dos canteiros próximos, e Jordana estava desenhando nela com o limpador.

Rafael esfregou a barriga e disse:

– O que temos para comer?

– Não quer saber nada do que aconteceu? – surpreendeu-se Jordana. – Bom, acho que... Terminamos com tudo ontem. Sua fome devia ter retardado, como a minha.

– Terminou?! Mas que cheiro...? – assustou-se Dambros. Esfregou o rosto e sentiu-o extremamente gelado. Sua barba estava ficando mais saliente.

– Anda, você aguenta mais um pouco... Temos que aguentar... A água deles tem um efeito parecido, não quer tentar? – disse.

– Não...

Jordana voltou a rabiscar em seu desenho, com cuidado. Dambros fitou-a, lentamente. Continuava parecendo fraca e suja, mas bastava abrir a boca que ela provava o contrário, com seus olhos sempre iluminados. Riu em pensamento.

– Então, Jordana... – começou – o que houve? Como... Como vencemos?

– Eu dei um jeito! – ela deu uma risadinha por entre os dentes e Dambros balançou a cabeça em um sorriso torto, que aos olhos de Jordana pareceu enjoado. Ela esfregou as juntas do cotovelo, que ainda incomodava junto com o ombro. Na noite passada estava incomodando bastante.

– Ele morreu? Flydiblo...

– Não, não consegui terminar, ele voou pra longe – disse ela, bagunçando o desenho que fizera.

– Droga... – suspirou ele.

Fizeram-se alguns segundos de silêncio, eles se encaravam e olhavam ao redor. A neblina estava ficando mais escura. Por um momento sua visão embaçou e ele pensou ter visto algo avermelhado nela. Devia estar tonto ainda.

– Quanto tempo fiquei dormindo?

– Toda a noite... E quase todo o dia de hoje... – respondeu ela erguendo as sobrancelhas. – Eram 6 e pouco até você acordar... Perguntei para Mirik.

– Porra... Eu só nos atrasei... – bufou ele, esfregando a barriga inconscientemente. – E o que cê fez nesse tempo todo?!

Jordana riu, esfregando os braços de frio. Dambros notou ferimentos nela, já cicatrizando. Aqueles zumbis deram trabalho.

– Nem me fale... Foi mais chato do que o normal... – respondeu. – Pelo visto a companhia de alguém faz falta... Por mais calado que seja... – lançou um olhar brincalhão para ele, que balançou a cabeça desviando os olhos.

– Engraçadinha...

– No mais... Ontem à noite ficamos naquela casa ali da frente e hoje resolvi mover um pouco... A visão daqui parecia mais ampla do que naquelas janelas imundas... Tem certeza de que está bem? Todos seus ferimentos se curaram, menos esse aí...

– Dói de vez em quando... – murmurou ele, com a mão fixa na camiseta xadrez.

Jordana preferiu não lhe contar que ele passara quase a noite inteira gritando e resmungando. Fora realmente assustador para ela. Felizmente Mirik e Magnum estavam lá para acalmá-la.

– Foi feito por Flydiblo... Deve ser mais potente que os outros – continuou ele.

Jordana balançou a cabeça, embora ainda preocupada.

Dambros avistou algumas panelas ao longe, dentro do estacionamento em que estavam.

– Suas?

– Ah... Não temos mais comida, não tem sentido carregá-las – disse Jordana. – Na minha mochila agora só tem fósforos, o kit médico e um saco de dormir.

– A minha está inútil... – Dambros observou-a caída atrás dele. Não tinha planos de pegá-la de volta.

– Muitos zumbis caminharam por aqui hoje... – comentou Jordana. – Devemos ter agitado bastante a colmeia, hã.

– Fico feliz em saber... – resmungou Dambros.

– E Tebaldi? – falou Jordana. – Magnum disse que te contou.

– Ah, é mesmo! Puts, nem sinal ainda? – falou Dambros voltando ao tom de voz normal.

– Nadinha... Será que continua se transformando? – indagou Jordana, mais para si mesma. Esperava que não...

– E qual o destino de amanhã? Vamos procurá-lo... Ou seguir adiante?

– Mirik? – indagou Jordana. Mas não foi ele quem respondera, e sim Magnum.

– Rafael, você foi arranhado por Flydiblo... Tentei curar seu ferimento e não consegui. Tentei curar sua fome, não consegui também.

– ... Por que está falando nisso agora? – disse ele. – O ferimento não é problema... Não está doendo. A fome... Bem, você podia fazer alguma coisa, né.

– Não é essa a questão – continuou Magnum, sério.

– Hein, hein – interrompeu Rafael. – Sua voz... Mudou!

– Rafael Tebaldi achou mais uma Arma Sagrada. Seu nome é Maucor – disse Magnum.

– Isso é ótimo! – falou Jordana contente. Fez menção em abraçar Dambros, mas ele sequer olhou-a. – Nossa sorte está mudando, finalmente! Agora temos quatro Armas Sagradas.

– Perfeito! Então falta apenas uma... – disse Dambros, sorrindo.

– Deixem-me continuar – falou Magnum. – Deve ter percebido que Flydiblo não tinha nenhuma habilidade especial. Ele voava, dava socos e mordia. Nada de raios malignos ou coisas assim.

Rafael meneou com a cabeça.

– Mas basta uma mordida ou um arranhão para que você se torne seu escravo – continuou a Arma.

– Como assim? – balbuciou Rafael. – Escravo?

– Um veneno é colocado em seu corpo... digamos assim – explicou Magnum. – Flydiblo adora sangue... E o escuro... E seus escravos são muito parecidos. Seres que vocês, mortais, costumaram chamar de...Vampiros.

Rafael arregalou os olhos. Jordana soltou uma forte exclamação, sem palavras. Magnum continuou:

– Embora eu ache que os Mestres tenham planejado isso faz tempo, colocando a névoa mais intensa e o céu nublado. Sua face está pálida, não está com febre como deveria, a visão deve ter ficado avermelhada algumas vezes... Rafael, estou lhe contando isso porque quero que pense nisso antes de continuar comigo e com Jordana.

Dambros estava completamente chocado e sem palavras. Iria virar um vampiro?! Daqueles que viam em televisão e histórias...?!

"Quero que pense..." Por favor, está pedindo pra eu pensar em quê? Se vou... sair do grupo?!

Jordana olhou-o assustada. Era aquela a razão de todos os gritos? Estava se transformando? Cada vez mais... Céus, o que fariam? Ele conseguiria se controlar?

– Não pode fazer nada? – indagou Dambros ríspido. – Não pode me curar... Retardar... bosta nenhuma?! – sentiu o estômago arder, queimando. Seria de sangue mesmo? Era realmente aquele o... aroma que estava sentindo. Era disso que precisava. Mas ao longo da Cidade havia bastante. Não precisava se preocupar.

– Sinto muito, não podemos... O corpo humano é frágil demais a esse ataque do Mestre... – respondeu o Bastão.

– Dambros... – disse Jordana, aproximando-se, ainda sentada. Havia certo receio, mas ela não podia simplesmente evitá-lo de uma hora para outra.

– Preciso de sangue então... – falou ele. Sentiu os olhos arderem. A visão ficou realmente avermelhada, e ele fingiu coçar os olhos antes que Jordana notasse qualquer coisa. Sentia os dentes doerem... – Só preciso beber das poças e nada vai me acontecer.

Jordana suspirou, sorrindo com a ideia. Realmente, sangue era o que não faltava naquele lugar.

– Não tenho tanta certeza – continuou Magnum. – Geralmente eles preferem quente.

– Então vou me esforçar um pouquinho... E todos nós conheceremos a exceção à regra – disse Dambros, cruzando os braços em cima dos joelhos dobrados.

– Nossa... É como a transformação de Tebaldi... – concluiu Jordana pensativa. – Então talvez ele não esteja curado.

– Havia sangue naquela casa? – indagou Dambros. – Qualquer poça?

– Sim, sim... A pia do banheiro estava entupida e cheia do líquido vermelho... – disse Jordana contorcendo o nariz. Teve que se controlar para não olhar para o amigo com nojo. Ele iria mesmo beber aquilo?!

– Certo... Não tem outro jeito se não tentar... – murmurou Dambros. – A gente ia passar a noite lá mesmo, certo? O que estamos esperando?

Jordana observou-o por um momento. Ele estava realmente em uma péssima situação, até sua aparência dizia isso, com o passar de poucos minutos.

– Vamos lá – disse ela, levantando-se.

E assim fizeram. Dambros, como prometido, largara a mochila lá. Os dois aproximaram-se e caminharam com os ombros encostando um no outro. Por instinto, nenhum dos dois parou para pensar nisso, apenas lhes ocorreu uma ligeira ideia de que deveriam começar a andar assim e não com um espaço entre eles. Calor humano e, possivelmente, afeto poderiam ajudá-los. Claro que sim.

Avistaram algumas Luzes vagando ao longe, algo que era raro desde que Magnum lhes disse que chegaram à Mortual. Era sempre um bom sinal tê-las por perto. Embora muitas vezes os seres malditos da Cidade das Trevas simplesmente as ignorassem.

E enquanto cruzavam a rua, encostados um no outro, Dambros soltou um ganido abafado e caiu de joelhos no chão, assustando sua amiga. Ele abraçava a barriga gemendo de dor, curvado e tremendo.

– Puta merd... – começou a dar socos no chão, largando o Bastão de Magnum.

– Dambros!... Que merda essas transformações, viu... – disse Jordana, agachando-se ao seu lado. Hesitou em colocar a mão nas costas dele. – Consegue levantar?

Ele não conseguia sequer responder. Levou a mão até o coração. Estava fraco, muito fraco. Não era apenas o ferimento que lhe doía, mas também a fome. Abriu os olhos que tinha cerrado e viu tudo avermelhado. Naquele momento desejou uma franja como de Tebaldi para cobri-lo.

– Preciso do sangue... Agora... – gemeu.

– Estamos quase lá, Dambros... Aguenta, vai... – disse ela.

Dambros ergueu a cabeça devagar, olhando ao redor. Seus dentes começaram a tremer também. Tudo estava avermelhado, algumas vezes mais e outras menos. Sentia que quanto mais doía, mais vermelho ficava.

– Dambros... Seus olhos!... Estão mesmo... – balbuciou ela. Jordana sentia-se simplesmente indefesa e inútil. Como Magnum dissera, não poderiam fazer nada. Olhou ao redor preocupada, procurando algum intruso. Não viu nada além das Luzes.

– Tem uma poça ali... – Dambros apontou com dificuldades, usando o Bastão. Estava perto de um carro, arrastado para o meio da rua. – Me aju-jude, Jordana.

– Vamos lá, então... – ela colocou o braço dele por cima de seus ombros e ajudou-o. Ele estava realmente gelado e trêmulo.

– Como esses corpos conseguem se conservar tanto, hein...? – gemeu ela. – Tem uma coleção por aí...

– Do mesmo jeito que as casas, Jordana – explicou Mirik. – Todos preferem que os humanos durem mais tempo, assim todos têm mais o que fazer.

– Nojento... – murmurou ela.

Largou Dambros em frente à poça, que se curvou logo sobre ela. Olhou a poça intensamente, atraído pelo cheiro. Tinha que aceitar, conviver com aquilo. Maldito Mestre, daria um fim nele mais tarde. Sentiu outro aperto no coração. Não podia esperar mais. Aproximou a cabeça. Lambeu. E de novo, e de novo. Não estava ficando satisfeito. Aquilo estava frio. Ruim. Realmente ruim. Agora sabia por que vampiros nunca atacavam açougues. Caiu de lado, em cima do ombro, tossindo. Sentia-se derrotado. Precisava de sangue quente. Os olhos já haviam se apagado e suas dores e tremores diminuído, embora não tivessem parado por completo.

Jordana observava tudo chocada e com muita pena. Ver o líder do grupo encolhido daquele jeito era degradante. Aproximou-se e colocou a mão sobre a dele. Seus olhos estavam apagados. Será que o sangue frio não adiantaria? Ele disse que se esforçaria...

Ele virou-se com a barriga no chão outra vez e cruzou os braços abaixando a cabeça ali. Precisava de um momento de silêncio. Daquele momento. Caído em uma das ruas da Cidade das Trevas, bebendo sangue como um deles. Que desgraça... Entretanto, um cheiro despertou-o e ele ergueu a cabeça com uma energia que não soubera de onde veio. Olhou para o lado. Jordana estava sem uma das Luvas, e com o Bastão de Magnum na outra mão. Tinha feito um corte na mão com ele.

– Você precisa se alimentar – disse ela sorrindo, encabulada. – Deve ser desesperador passar fome, né? Pior do que aguentar esses bichos... E se não beber pelo menos um pouco, tenho medo que me ataque – riu nervosa.

Rafael fitou-a por muito tempo, e, sob aqueles olhos cansados e levemente avermelhados, Jordana viu uma gratidão imensa. Por alguns instantes a mente de Rafael Dambros se livrou de todo aqueles conflitos internos. Aproximou-se olhando o líquido escorrendo na mão da amiga. Era quente. Sentia o bafo dali. Aproximou-se de joelhos. Segurou-a com as duas mãos e começou a lamber. E de novo, e de novo. Sentia o estômago aliviando aos poucos. Sentiu-se nas nuvens. Relaxado. Como era bom! Jordana arrepiou-se, com nojo, mas ficara feliz de saber que ele estava grato. Era realmente bom vindo dele. O sangue logo parou. Foi uma pequena quantidade. Precisava de mais, com certeza. Começou a lamber mais forte a mão da amiga, apertando-a.

– Ei, ei, parando aí. Já não tem mais, não – disse ela rindo envergonhada, puxando o braço de volta.

Rafael grunhiu para ela avançando em sua direção. Os olhos estavam vermelhos e as presas maiores do que nunca. Jordana assustou-se e gritou. Ele caiu em cima dela, segurando o pulso em que estava com a Luva. Naquela escuridão o rosto do amigo ficava ainda mais macabro. E com a outra mão, apertava o rosto dela contra o chão, esticando o pescoço liso dela. O cheiro vinha dali, com certeza. Concentrando-se bem podia ouvir até as batidas do coração acelerado dela. Tum-dum, tum-dum, tum-dum.

Céus... Não consigo me controlar... Oh, Jordana, pobre garota... Eu nunca quis... Obrigado por tudo, mas... mas...

Ela debatia-se com força e gritava.

– Dambros! Pelo amor de Deus... Me... Me soltaaa!... Olhe bem pra você! Acorde!

Lágrimas começaram a brotar dos olhos dele, as quais Jordana não viu. Não conseguia ver. A boca dele aproximava-se hesitante. Ela acertou-lhe um soco no nariz e ele apertou ainda mais o seu rosto.

– Dam... Dambros-kun... – gemeu ela. Doía demais. Tentava tirar a mão dele, mas não conseguia sequer fazê-la tremer. Estava estranhamente forte.

Os finos dedos dela, então tocaram no seu anel. Ela o apertou e cravou as unhas nele. Não conseguiria tirá-lo... Não.

Tina, me solta... Por favor, Tina...

Sua mão fraquejou e a outra quase largou o pulso de Jordana. Ela percebeu a mudança abrupta na força, e fitou seu rosto extremamente pálido, agora parecendo assustado. Olhava para ela, mas... parecia olhar para algo mais...

Rafael ouviu passos apressados. Alguém estava se aproximando. Aqueles seres tinham que atrapalhar justo numa hora daquelas?! Virou-se, nervoso. Teve tempo apenas de ver um raio dourado cegando-lhe e atirando-o longe, fazendo-o girar no ar.

Jordana estava livre. Procurou levantar-se o mais depressa possível, juntando a Luva que estava no chão e o Bastão. Estava muito assustada, choramingando. Mas aquele raio amarelo... Poderia ser?... Olhou para o lado depressa. Rafael Tebaldi corria em sua direção.

Sim, finalmente! A visão que tanto queria! Suas roupas estavam diferentes, e tinha um casaco estranho... parecia um colete. E havia um colar brilhando. Então aquela era a Arma! Suspirou aliviada, e deixou que ele se aproximasse.

– Jordana!

– Tebas-kun!

Os dois se abraçaram fortemente, gratos por ouvirem de novo a voz um do outro. Permaneceram um tempo daquele jeito e soltaram-se, apenas rindo um para o outro, contentes.

– O-o que estava acontecendo aqui? Rafael pirou de vez?!

Ele observou o líder caído no chão. Ajoelhava-se bem devagar, ofegante. Seu corpo realmente havia se queimado com o raio. Mas assim que ele os fitou de novo, parecia ter voltado à consciência. Parecia até envergonhado. Tebaldi aproximou-se.

– Senti sua falta também – disse ele. – Nosso último momento foi lutando, né? Parece que o reencontro não foi muito diferente. O que estava fazendo?

Percebeu o brilho nos olhos dele. Assim como o ferimento na barriga, as presas e a boca levemente suja de sangue.

– Meu Deus... Você... – disse ele assustado. – Você também?!...

Rafael Dambros virou o rosto. Estava sentado agora. Limpou a boca.

– Tebas, vem cá – falou ele com o rosto ainda virado. Sua voz estava sutilmente modificada com a transformação.

Tebaldi fitou-o com estranheza e disse-lhe:

– Se fizer qualquer coisa... já sabe.

Dambros abaixou a cabeça e respirou fundo. Tebaldi agachou-se na frente dele e viu-o limpando lágrimas dos olhos. Jordana aproximou-se lentamente, com as mãos juntas na altura do peito.

– Não vou deixar os vermes desta cidade me usarem para matar vocês – declarou, quase que em um murmúrio. Tebaldi notou a emoção embargada em sua voz, e ficou de joelhos como ele. – ... Nunca! Não serei fantoche de ninguém.

Tebaldi olhou-o com pena. Não o via há quase dois dias e seu estado piorara drasticamente. Dambros colocara a mão na Faca em seu cinto e voltou a dizer:

– Vampiros morrem com uma estaca no coração... Aposto que um furo dessa aí será o suficiente... – fungou e pigarreou, não conseguindo fitá-lo nos olhos.

– Dambros... – foi a única coisa que Tebaldi conseguiu lhe dizer. Lembrou o que acontecera com Jéferson. Não queria nem imaginar que diabos estaria fazendo naquele momento. Mas esperava que estivesse bem.

Dambros secou mais algumas lágrimas, em seguida ficou remexendo no anel em seu dedo. Voltou à postura reta, ficando mais alto que Tebaldi, ambos de joelhos. Agora já conseguia encará-lo nos olhos. Fitou Jordana, que o observava preocupada e um pouco repugnada. Riu frustrado e retirou o anel do dedo. Não queria que este afundasse com ele naquele inferno. Tina lhe "deu" no mundo deles, e era lá que devia ficar.

– Entregue para Jordana – sussurrou ele, aproximando-se de Tebaldi. O amigo fitava-o com enorme admiração, vendo como ele se mantinha sério e firme nas palavras de agora. – Diga para ela dar para alguém especial quando vocês saírem daqui...

Tebaldi pegou o anel, intrigado, relembrando todas as vezes que o viu mexendo naquilo. Devia significar muito mesmo. E como era pequeno...

– Dambros... Tem certeza mesmo? Podemos pensar juntos...

– Cale a boca, inferno... A decisão é minha – bufou ele. E ambos riram roucos, vendo que já estavam tratando-se como sempre.

– Diga a Magnum que eu sinto muito...

– Ele deve estar ouvindo, não se preocupe – disse Tebas, começando a ficar com lágrimas nos olhos.

– Hum, é mesmo... – Dambros balançou a cabeça, olhando ao redor e depois para o céu. Uma estranha sensação de paz parecia envolver-lhe. Lembrou-se de Tina morta e de seus pais. Pelo menos encontraria sua querida e atenciosa prima. Não deveria ser tão ruim. A brisa do vento parecia estar ficando mais fraca... As casas não pareciam mais assustadoras, e as Luzes não pareciam mais mágicas. Tudo era tão... normal. Simples.

–Vai conseguir aturar aquela ali sozinho? – disse Dambros, voltando a fitá-lo. –Vou avisando que não é fácil...

Tebaldi deu um sorrisinho e falou:

– Nem esquenta, o pior era se sobrasse eu e você...

– Ah, isso é verdade...

Ambos riram, e Dambros voltou a sentir o estômago arder, fazendo-o tossir.

– Anda logo – disse ele.

Tebaldi retirou a Faca do cinto e ouviu uma exclamação de Jordana, colocando a mão na boca. Dambros fitou-a e sorriu, piscando para ela.

– É melhor se virar, Jordana – falou Tebaldi, sem olhá-la. Dambros balançou a cabeça para ela, confirmando. Ela assim o fez, com as mãos nos ouvidos, começando a choramingar.

– Acabem com aquele Flydiblo... Façam Alex implorar... E terminem essa missão de uma vez – disse ele, colocando a mão no ombro de Tebaldi. O amigo fungou e fez o mesmo.

– Você foi muito bom até aqui... – disse Tebaldi. – Obrigado por cuidar de Jordana, ela parece ótima... Bem, tirando aquela cena de agora há pouco... – Dambros balançou a cabeça, desviando o olhar brevemente. – Sentiremos falta do líder.

Dambros sorriu, sacudindo a cabeça.

– Pronto?

– Seja rápido – falou Dambros, apertando seu ombro.

Tebaldi empurrou a Faca no peito dele, acompanhando o movimento, abraçando-o. Escutou o gemido do amigo, um ganido rouco e curto. Deu rápidos tapinhas nas costas do seu xará e sentiu o corpo dele amolecendo, e a mão em seu ombro escorregando.

– Vá com Deus... – murmurou em seu ouvido.

Tirou a lâmina rapidamente. Largou-o com cuidado no chão. Quase não saíra sangue de seu machucado. O brilho de seus olhos apagou-se e ele fechou suas pálpebras. O líder preferira morrer a servir o outro lado. Tinha superado Jéferson nisso. Levantou-se, limpando as lágrimas e guardando a Faca de volta no cinto. Abraçou Jordana pelas costas, que se virou e olhou Dambros caído no chão. Enterrou a cabeça no peito de Tebaldi e apertou-o com força. Ficaram ali durante alguns segundos. Agora eram apenas dois. A Cidade das Trevas estava realmente vencendo-os. Mas agora que faltava apenas uma Arma Sagrada, tinham esperanças de que as coisas mudassem. Foram dadas seis vidas para aquele momento, contando Carla e Tatiana. Tebaldi contava sete, com Jéferson.

Colocou o braço em volta de Jordana e ambos decidiram passar a noite em uma casa afastada dali. Tebaldi olhou mais uma vez para trás, enquanto se afastavam. Mal conseguiu ver a silhueta morta de seu líder, que jazia perdido nas trevas.

CAPÍTULO 10

EVOLUINDO

Ainda naquela manhã...

A paisagem lá de cima era incrível. Jéferson vislumbrava tudo impressionado e sem fôlego. A Cidade, de fato, era infinita. A neblina não o atrapalhava. Seus olhos eram mais fortes. Não via fim algum olhando para o horizonte. Avistava alguns prédios imensos, e ficou boquiaberto ao reconhecer uma das torres espalhadas por ali. A Torre Eiffel. Tinha certeza que era ela. Contudo, não estava de pé, e sim caída, parcialmente enterrada em um prédio cheio de vidros. Avistava coisas se mexendo ali. Subindo nela, pulando dela e para ela. Flydiblo fez uma curva para a direita e pareceu aumentar a velocidade. O vento chacoalhava seus cabelos castanhos e rebeldes, e suas roupas faziam um barulho irritante. A pele de Flydiblo era extremamente dura e oleosa. Jéferson tentou verificar apertando-lhe de leve, mas a pele nem se contorceu. Às vezes o mestre fazia um voo rasante que assustava Jéferson, e ele tinha de segurar firme em seus ombros.

O mesmo monstro que matara seus amigos estava lhe dando carona. Um monstro. Mas o que podia fazer? Era um vampiro. A Cidade das Trevas, afinal, parecia um bom local para o que ele se tornaria. Flydiblo lhe conseguiria comida sempre que quisesse, tinha certeza. Sentiu raiva por um momento, mas aceitou o fato de que ele era o único que poderia guiá-lo dali para frente. Flydiblo desceu num rasante. Jéferson acostumou-se, e estava se divertindo. Mas Flydiblo não subiu. Aterrissou de maneira brusca e, no impulso, Flydiblo atirou Jéferson de suas costas, jogando-lhe em cima de um caminhão virado no meio da rua. Jéferson explodiu em sua caçamba, que amassou, e caiu gemendo. O Mestre urrou e balançou suas asas.

– Porra... Era... Era tudo mentira, então? – gemeu ele, levantando-se. Colocou a mão na cabeça, que queimava, mas saiu apenas um pouquinho de sangue em seus dedos, nada mais. Estalou o pescoço e sentiu a dor se esvaindo lentamente.

– Não achou mesmo que eu ia dar comida na boquinha de um verme como você? – disse Flydiblo. – Agora que estamos longe de qualquer Arma Sagrada, você é meu...

Céus, o monstro iria matá-lo! Começou a sentir um desespero crescente dentro de si. Mas fora passageiro, a raiva era mais forte. Seus olhos cintilaram e acenderam-se furiosos. O corpo estava resistente. Era hora de testar sua força.

Jéferson correu para acertá-lo. Percebeu o quanto estava leve de novo, mas sentia o corpo fraco, precisando de alimento urgente. Lançou o punho contra o Mestre, mas este o parou com sua mão enorme, apertando-a.

– Que ataque foi esse, monstro? – riu o Mestre, balançando as asas, criando um vento extremamente forte. – Está querendo me provocar?!

Flydiblo ergueu Jéferson do chão e com o outro punho acertou-o com tudo na barriga. Jéferson foi jogado para a esquerda, batendo com força na parede de uma loja.

Ele caiu fraco, gemendo e gritando de dor. Como fora tão ingênuo?! Como?! Rafael poderia fazer algo... Claro que sim... Era seu amigo. Devia ter ficado lá. Agora morreria por uma causa besta daquelas.

Enquanto levantava-se praguejando a própria sorte, Flydiblo agarrou o seu peito, entrelaçando os dedos em seu pescoço e prensando-lhe contra a parede. Jéferson urrou, mostrando-lhe as presas. Cravou-as na mão do Mestre, mas sentiu os dentes doerem e retirou-os cuspindo.

– Há! – riu o Mestre, apertando-lhe mais forte. – Pelo menos sabe improvisar com os novos recursos!

Ele continuou prensando-lhe com força, até que Jéferson não conseguia mais gritar, e desmaiou. Flydiblo bufou e agarrou--o, pegando-o no colo. Seguiu voo novamente, a toda velocidade. Percorreu um longo caminho, o mais alto possível. Um caminho secreto, que não era permitido ser visto, nem mesmo pelos filhos de Flydiblo.

Quando estava quase chegando aonde queria, Jéferson começou a se mexer. Flydiblo jogou-o para suas costas, e ele segurou-se em seus ombros assustado.

– O quê...? – murmurou Jéferson tonto.

– Você precisa de um treino, filho – disse Flydiblo. – Não adianta ter essa sua força se não sabe concentrá-la ao máximo, para derrubar o inimigo com um só golpe. E ter a velocidade de um raio de nada adianta se seus olhos não estiverem à altura. Você simplesmente correria sem ver para onde está indo.

– Aquilo era um treino? – Jéferson ainda estava um pouco tonto. Estalou diversas partes do corpo até sentir-se curado.

– Os meus filhos sempre foram perfeitos, e você tem que manter o título, criatura – continuou o Mestre.

Jéferson balançou a cabeça, pensativo e indagou:

– O que houve com os outros filhos? Rafael nunca me falou deles.

Flydiblo não respondeu, descendo com força. Era uma parte da Cidade cheia de pequenos templos, outros maiores, parecendo igrejas. Havia símbolos que existiam no seu mundo, de diversas culturas. Não havia Luzes ali, embora Flydiblo voasse agora bem no meio dos templos, limitando sua visão. Jéferson não disse nada. Percebeu que mal acompanhava a velocidade do Mestre. Seus olhos teriam que evoluir muito ainda.

O Mestre então fez uma curva para direita, desviando de uma igreja larga e alta, e Jéferson foi surpreendido por uma muralha gigante. Era simplesmente enorme, e tinha rostos nela. Pareciam vivos. De certa forma, "esculpidos" nela. Eram rostos nojentos, com a pele parecendo mole e escorrendo sobre sua carne. Flydiblo subiu a muralha muito rápido, sem que Jéferson pudesse observá-la bem como gostaria. Pousou em cima dela, onde havia um corredor e largou Jéferson ali. A visão do outro lado era absolutamente diferente da Cidade que sempre via.

Havia colinas marrons e acinzentadas em uma vasta imensidão. Elas perdiam-se no horizonte. E flutuando sobre elas, espalhando-se como insetos até o céu, várias lápides. Nenhuma enterrada nas colinas, todas acima da altura da muralha, enfeitadas, presas no ar como quadros bizarros. Algumas tinham flores murchas e fotos. De repente, Jéferson ouviu um tremor na terra e, de baixo dela, fora cuspida uma lápide, que subira muito acima de sua cabeça, até perder-se entre as milhares que via, como um enxame de gafanhotos. Esperando mais um pouco, viu várias sendo cuspidas da terra e subindo aos céus.

– Esses subindo são os novos moradores – disse o Mestre. – Todos deixaram sua marca por aqui. Seus amigos devem estar. Quer dar uma olhada?

Jéferson não disse nada. Flydiblo sabia que não diria. Ninguém dizia ali. Todos mortais eram iguais nesse ponto.

– Monstros e inimigos estão flutuando aí também, derrotados pelos poderes sagrados. O Espírito do Bem não parece tão bonzinho com essa visão, hã.

Jéferson olhou-o calmamente. Tinha uma expressão sonolenta. Não falou uma palavra.

– Essa parte do cemitério, atrás da Grande Muralha, exerce efeito de "choque ao terror". O choque inicial que todos sentem ao ver algo terrível e abominável. Aquilo que lhes faz querer fechar os olhos, chorar, que lhes dá raiva e desejo de revolta. Aqueles instantes doces...

Dessa vez a pausa foi mais longa. Jéferson parecia hipnotizado olhando as inúmeras lápides. De certa forma, belas. Uma bela paisagem. Perdia-se no infinito, dando uma bela perspectiva. Flydiblo sabia que, depois daquela visão, a mente do garoto seria modificada por completo. Seus instintos iriam aflorar. As sensações negativas com relação àquela cidade iriam se converter deixando-o mais maligno. O cemitério tinha aquele poder. O Outro Lado da Grande Muralha tinha.

– Está pronto para comer? – indagou o Mestre.

– Sim, Mestre.

– Está pronto para tirar a vida de um ser humano, seja qual for?

– Claro, Mestre.

Flydiblo colocou-o de volta nas costas e partiram voo. O Mestre começou a rir e Jéferson aos poucos abriu um sorriso. Suas presas não voltavam mais ao normal. Em seguida, Mestre e filho gargalhavam pelos ares. Jéferson agora era o mais novo morador da Cidade das Trevas.

Naquela noite...

Jordana e Tebaldi abrigaram-se em uma pequena casa, uma quadra distante do corpo de seu líder. Sentaram-se na pequena sala, com uma mesa de jantar em pedaços ao fundo, atirando as almofadas dos sofás no chão, sentando sobre elas. E, então, Rafael contou tudo para a amiga. Falou sobre a confusão que tivera no acampamento, sobre Jéferson, sobre a transformação dele e sua decisão de voltar para ajudar. Jordana ficou surpresa, refletindo se teria feito o mesmo. Muito provável que sim. Mas matar um delegado... Será que os outros estariam bem? Ele poderia estar apaziguando as coisas naquela versão da história...

Enquanto isso, Jordana contou-lhe sobre o tempo que passara com Rafael Dambros, a aparição de Guilherme no túnel, as batalhas que tiveram em Mortual. O amigo ficara realmente impressionado e, até mesmo, de certa forma, empolgado.

Tebaldi entregou-lhe o colete que trouxera, e colocara fora o de Dambros. Ofereceu a ela uma pistola, mas Jordana recusou. Teria Mirik sempre em mãos.

– Tá com fome? Trouxe algumas coisas... – indagou ele, aproximando-se dela.

– Não... Mas você disse que tem roupas, né?

– Sim, sim – Tebaldi retirou uma camiseta roxa de manga comprida e uma calça de algodão cinza. – Não são as mais bonitas... Mas essa sua tá meio detonada.

Jordana sorriu e disse:

– Tá perfeito, obrigada... E vira pra lá, né.

Tebaldi virou-se e revirou a mochila mais um pouco. Trouxera muitas armas mesmo. Ainda carregava a sua na parte de trás da calça, incomodava um pouco e tiraria apenas para dormir. Olhava para suas mãos, esfregando-as, sentindo ainda a Faca entrando na carne de seu amigo. Era estranho não ouvir a sua voz. Suas ordens, seu sarcasmo, seus diferentes tons de respiração que já demonstravam seu estado de humor. O pior de tudo é que sentia que estava se acostumando a perder os amigos. Balançou a cabeça, prometendo a si mesmo que protegeria Jordana com a sua vida. Ela contava com sua ajuda. Ele ficara fora do efeito da Cidade por um tempo, talvez estivesse em melhores condições. Muito melhores, quem sabe.

– Deu – disse Jordana.

Tebas voltou a sentar-se ao lado dela.

– Hein, não quer este colar? – perguntou Tebaldi, segurando a pedra em seu peito.

– Jura? – disse Jordana, com um leve sorriso.

– Qual é, vamos admitir, fica melhor em você – os dois riram baixinho e Tebaldi colocou o Colar no pescoço dela. Jordana admirou a pedra por um longo momento.

– Viu só, bem melhor. Não concorda, Maucor?

– É uma honra, Jordana – ela ouvia a voz dele pela primeira vez. – Mirik falou muito bem de você.

– Uau... Então, obrigada, Miki. E é um prazer também, Maucor.

– Miki? – Rafael riu divertido. Realmente sentia falta dela. Talvez seu sorriso fosse mais sincero se Jéssica estivesse ao seu lado. Nunca achara que Jordana forçava sorrisos (algo que admirava muito nela), mas ultimamente estava percebendo com frequência.

– Então... como foi estar de volta no mato? Sem ver casas... prédios... asfalto...? – indagou a amiga.

– Só sei que quando sairmos daqui vou querer me mudar para o campo... E eu falo sério! – e os dois sorriram.

– Não me lembro mais disso, Tebas – disse Jordana, baixinho. Rafael viu seu olhar melancólico, disfarçado com um sorriso doce.

– Disso...?

– Da sensação de rolar na grama... Ou das folhas do bosque raspando em meu rosto e cabelos... Do cheiro de musgo das cabanas. Nada...

Jordana apoiou a cabeça no ombro dele e Tebaldi passou o braço em volta dela. Ficaram em silêncio, e minutos depois ele disse:

– Jordana...

– Fale, Tebas-kun.

– ... Desculpe-me pelas coisas que eu disse... Sobre você ter... atirado contra o meu pai.

– Ah, Rafa...

– Não, eu preciso dizer. Sei que a maldade da Cidade deve ter ajudado, e o veneno do meu pai também... Mas eu sinto que no fundo... desejei ter dito aquelas porcarias – ele parou um instante. – Você me salvou e eu fui grosso... Estúpido. Então, arigatô, Jordana.

Ela agora colocou o braço em volta dele, e ambos sorriram, embora não estivessem olhando um para o outro. Sentiram-se envergonhados no começo, estranhos e inquietos. Mas por que era tão estranho assim abraçar um amigo? Estavam cansados demais e sentiam falta daquele afeto. Suas famílias não estavam lá, nem o resto do grupo. Lembraram-se da primeira noite que estiveram ali, com todos formando uma roda, inquietos e sem saber de nada. Mas juntos, unidos; exceto por Jhonny. Agora tinham que se virar com o que tinham. E ambos sentiam um calor imenso vindo um do outro. E mesmo que não tivessem comentado, os dois tiveram a mesma lembrança do Raiz Forte. Um dos últimos dias juntos antes do castigo. Um dia extremamente feliz...

Acampamento Raiz Forte, 2 de fevereiro de 2007, 11h33.

– Que preocupação com isso, hein.

– Quando tiver a sua, vai entender...

– Então... Do que ela gosta de comer?

– ... Acho que... pizza...

– Claro, o dia que tivermos pizza no acampamento talvez dê dinheiro nas árvores também!

Guilherme sorriu frustrado, ele não era mesmo um expert no assunto. Devia ter ido falar com Tebas, mas encontrara Vinícius primeiro, e esquecera que ele fazia gracinhas demais.

– Ela gosta de... Chocolate... Doces em geral...

– Não vai dar certo... Isso nós trouxemos na mochila, de casa. Precisa ser uma novidade – disse Vinícius arrancando um ramo da árvore e retirando suas folhas aos poucos.

Estavam de pé, próximos às árvores do parquinho, onde havia apenas três crianças nos balanços e duas na casinha. Ninguém os escutaria e os interromperia. Vestiam bermudas escuras e camisetas de manga curta claras. Fazia bastante sol, com algumas nuvens grandes e claras, e um vento rasteiro agradável.

– Meninas não têm aquela frescura de não comer e...? – indagou Guilherme, fitando-o cuidadosamente.

– Hein, a namorada é sua, você que devia me dizer isso – sorriu ele, terminando de tirar as folhas do ramo e colocando-o na boca.

Os dois bufaram com o canto da boca, olhando para os menores correndo do balanço para o escorregador. Ficaram em silêncio por um tempo e Vinícius voltou a falar pensativo:

– Vai ser à noite... Está calor...

– Pode ser uma bebida também, eu...

– Ela não gosta de sorvete?! – exaltou-se, agarrando seu braço e cuspindo o ramo sem querer.

– Sorvete?! Não acha melhor ficar com a pizza então? – brincou Guilherme.

– Tem uns picolés pra vender naquele... Bar... Restaurante da estrada! – disse Vinícius, soltando-o. – Lembro-me muito bem que Jéssica adorava picolés de uva lá do colégio. – cutucou-o com o cotovelo.

– No restaurante? Sim, e como vamos...? É impossível, Vini. Tem que ser algo do acampamento, não viaja – disse Guilherme, forçando um sorriso para não parecer ingrato. Fitou melhor a cara de alegria do amigo, rindo mais um pouco observando seus cabelos cheios de pontas levantadas, bagunçados como sempre.

– Você sempre foi super-rápido, é só ir e voltar! Alex não vai perceber que você sumiu, estão todos agitados depois que ele anunciou a Noite no Rio – insistiu o amigo.

– Alex pode não reparar, mas e Jéssica? É pra ser uma surpresa... – disse Guilherme esfregando os cachos ao sabor do vento.

– Hum, eu vou então, oras! – falou Vinícius. – Mas só se me emprestar seu *videogame* por uma semana sem que eu precise ficar pedindo.

Guilherme fitava-o perplexo, mas divertido com a empolgação do amigo. Afinal, talvez tivesse realmente escolhido a pessoa certa.

– Sei um lugar perfeito para pular o muro. Quando eu estiver voltando, te ligo e você me dá cobertura.

– Vini, o restaurante é longe... E essa estrada é perigosa, tem certeza mesmo? Podemos pensar em outra coisa, temos até a noite pra isso – continuou Guilherme.

– Qual é, não vai comprar picolé pra ela porque o restaurante é longe e há o risco de ser atropelado na estrada? Que amor fajuto, hein... – disse Vinícius.

Guilherme deu risada, balançando a cabeça positivamente. O amigo vencera. Mas aos poucos fora parando de rir, refletindo se ele tinha falado sério ou não. Apertou sua mão prometendo emprestar o video game.

– Então você distrai Jéssica durante o dia, e eu busco o picolé pra você. Vai ser demais, cara – Vinícius começara a rir, com um olhar sonhador para o céu. Ele adorava mesmo armações novas.

Mais tarde, Guilherme almoçou com Jéssica e uma amiga dela, à sombra da árvore caída e seca, de frente para as quadras. As duas comentavam o livro que Jéssica havia emprestado para ela, e Guilherme esforçava-se para mostrar verdadeiro interesse. Contudo, estava agitado demais com o plano de Vinícius, e algo lhe dizia que não iria acabar bem. Nunca acabava.

O Raiz Forte, de fato, ficara bastante agitado com a notícia de que passariam a noite na cachoeira, atrás das cabanas. Raramente faziam isso, em geral escondidos de Alex. Eram quedas d'água bem pequenas, em um córrego bastante raso. Era perfeito para olharem as estrelas e fazerem diversas fogueiras. O almoço, feito por seu Arno e suas cozinheiras, estava até sendo preparado ao ar livre, deixando os campistas comerem onde bem quisessem. Era salsichão com pão, todos adoravam.

Rafael Dambros permanecia sentado em um tronco de árvore esculpido como banco, no morro ao lado dos campos de futebol, observando os jogos. Ao seu lado estava seu amigo, Júlio, com enormes fones de ouvido descansando em seu pescoço. Rafael já dissera para ele o quanto achava ridículo, mas de nada fazia diferença. Mesmo com aquele sol, Júlio usava camiseta de manga comprida e calça. Estavam em silêncio há um bom tempo, Rafael com a postura reta, vagamente interessado nos jogos, e Júlio bastante curvado, com os cotovelos apoiados nos joelhos, sem dar atenção nenhuma aos jogos.

– No que está pensando? – indagou Rafael, não parecendo realmente interessado.

– Rapaz, precisamos fazer alguma coisa que preste esta noite... – a voz do amigo era mais grossa que a dele, mas era sonolenta demais, como se estivesse sempre bocejando ao final das palavras. Tinha os cabelos compridos, presos em um rabo de cavalo e olheiras acinzentadas.

– Também pensa assim? – Rafael parecia surpreso. – Achei que não era desse tipo de se emocionar com a lua e pontos no céu, ao redor de uma fogueirinha.

– Você não é?

– Achei que você não fosse, nunca disse que eu não era.

– *Brother*, tu tá me deixando confuso logo agora de manhã – Júlio ficou reto e espreguiçou-se. Tinha os braços compridos e magros e, em seguida, voltou a apoiar-se nos joelhos. – O problema é que não tem álcool nesse lugar...

– É só ficarmos lá ao redor da fogueira e comendo... seja lá o que prepararem – disse Dambros. – Aliás, hoje é dia de telefonar pra casa... Não vai ligar pra ninguém de novo?

– Rapaz, não muda de assunto... – falou Júlio com um sorriso torto. – Estamos na época em que deu aquele treco com a prima que cê gosta, né? Ficar sentado olhando as estrelas e reclamando é deprimente, *brother*. Vamos fazer algo... algo... em memória dessa mina, entende?

Rafael odiava quando ele falava em Tina. Era o único que sabia dela, e até que guardava bem o segredo, mas definitivamente não gostava de lembrar-se que mais alguém sabia da história. Em parte, Júlio estava certo; Dambros odiava sentir-se um lixo daquele jeito, nostálgico, mas não conseguia pensar em nada que pudesse fazê-lo esquecer do trágico acidente, e noites como aquela só lhe faria piorar.

– Vamos lá pegar um salsichão, eu tô é com fome – Rafael levantou-se e colocou as mãos no bolso, caminhando devagar. Júlio bufou e acompanhou-o mais vagarosamente, colocando os fones na orelha e ligando o seu MP3 no bolso.

Jordana, Tebaldi e João Paulo reuniram-se por um breve momento para discutir a Noite no Rio. Anteriormente, apenas os dois primeiros estavam juntos, mas não conseguiram pensar em nada de novo para fazer, além de olhar as estrelas ao som da cachoeirinha.

– Estava conversando com alguns garotos e disseram que pretendem entrar no rio – disse João, já com o topete em pé e um grande pão com salsichão na mão.

– Entrar e...? – indagou Tebas. – Aliás, é um córrego.

– Pare de repetir isso... – sussurrou Jordana.

– Querem só entrar e... Jogar água uns nos outros, eu acho. – explicou João, abocanhando o almoço. – Não sei se Alex vai deixar, mas se eles puderem, eu vou também!

– De noite geralmente fica mais frio o vento... – disse Tebaldi, olhando para o céu claro. Estava com os cabelos pretos penteados para o lado, sem gel algum. Começara a enjoar, colocando só de vez em quando, tendo certeza de que não demoraria muito para parar completamente. Vestia bermuda de lã e uma camiseta preta de alguma marca pouco conhecida.

– Acho que essa não, Tebas... – riu Jhonny, mordendo duas vezes o pão.

– O plano é ficar se jogando água no rio... Mas não faz muito tempo que fizemos isso como atividade... – disse Jordana, cruzando os braços, pensativa. Estava com os cabelos presos em um rabo de cavalo, e algumas franjas caindo-lhe nos lados do rosto. Usava uma camiseta branca e calça jeans.

– Será que o Arno terá algo novo pra oferecer? Algum doce? – indagou Tebaldi.

– Isso... – Jordana sorriu para ele, dando-lhe um tapa no braço. – Comida boa vai ser tudo de bom!

– É meio difícil, mas boa sorte pra vocês – falou João, terminando a comida.

– Não vai vir junto, Jhonny? – disse Jordana.

– Eu não... Aquela água vai estar uma beleza de noite – Jhonny esfregou as mãos e afastou-se sorrindo.

Jordana e Rafael aproximaram-se de Arno em sua churrasqueira, próxima à cabana das meninas. Sua pele escura reluzia com o sol, e a curta barba parecia ficar mais oleosa.

– Ohayo[1*], Arno! – disse Jordana, sorrindo.

Arno fitou-os surpreso, e abriu um largo sorriso.

– Jordana! E... Rafael...? Isso?

– Isso – confirmou Tebas.

– Sabe que não entendo essas suas palavras chinesas... – disse ele, separando mais uma tira de salsichões.

– São japonesas, Arno! – disse Jordana. – Mas então... Vai preparar alguma coisa gostosa pra gente comer à noite?

– Huhu, pelo visto estão todos interessados... Alguns colegas seus acabaram de vir aqui, mas perguntaram se havia alguma bebida alcoólica... Onde já se viu...? – falou com um sorriso torto. – Esta-

1 *Bom dia* em japonês.

mos preparando bolos de laranja, com calda em cima. E algo mais que eu não posso contar – deu uma risadinha rouca.

Tebaldi odiava bolo de laranja, mas sorriu, fingindo uma grande surpresa, e deixou que Jordana falasse:

– Opa! Mão na massa, então!

– Querem um? – disse ele, erguendo a tira de carne.

– Daqui a pouco me sirvo, não estou com fome ainda – respondeu ela, e Tebaldi concordou.

– Rápido, garotos, os mais novos estão devorando aqui – falou ele, erguendo as grossas sobrancelhas.

Eles abanaram para Arno e afastaram-se, caminhando em direção ao parquinho, ambos com as mãos no bolso.

– Essa não! – gemeu Tebas.

– Eu gosto dos bolos dele... Mas não é a coisa mais maravilhosa do mundo... – falou Jordana.

– Temos que pensar em outra coisa... Ah, temos! – disse Tebaldi, balançando a cabeça.

O dia passou muito devagar, com Alex instruindo atividades para os campistas mais novos e cuidando de seus jogos. Havia contratado dois monitores que ficavam ali parte do período do acampamento, mas eles não conseguiam acompanhar o ritmo do monitor-chefe. Ele ia de um lado para outro, supervisionando as atividades do ginásio e ao ar livre, até mesmo os jogos de carta nas escadarias ao lado da recepção.

E enquanto Guilherme e Jéssica terminavam de almoçar, agora a sós na árvore caída, Vinícius corria na direção dos dois. Os namorados riram baixo, observando o seu jeito de correr, erguendo os braços finos exageradamente.

– Guilherme!

– E aí, Vini. Que foi?

– Cara, tem que parar de esconder essas fitas! Não acho mais a de Fórmula 1! – disse Vinícius.

– Mexeu nas minhas coisas?! – indagou Guilherme, controlando-se para não parecer bravo demais. – Qual é, Vini, sabe que não gosto disso... – virou-se para Jéssica. – Já volto, Jé.

– Não precisa ter pressa – disse ela, com os cabelos negros escorridos, quase lhe cobrindo os olhos. – As meninas já vão começar a jogar... Acho que vamos nos ver só mais tarde.

– Nos vemos, então – beijou-a e afastou-se com Vinícius em passos largos, tendo certeza de que Jéssica fazia o mesmo, em outra direção.

– Vamos lá, vamos buscar esses picolés! – disse Vinícius bastante empolgado.

Correram até a estrada que ligava ao parquinho, atravessando-o. Mais adiante chegaram ao estacionamento, de frente para a porta da recepção. Havia o muro feito de várias pedras marrons empilhadas, com o portão sempre trancado, e ele seguia ao longo do terreno, perdendo-se em matagal dos dois lados. Vinícius guiou Guilherme por esse lugar, parecendo saber exatamente aonde estava indo. Para Guilherme, as árvores pareciam todas iguais.

– Olhe, aqui está! – Vinícius aproximou-se de uma delas, quase encostada ao muro. – Os galhos dela passam por cima do muro, olhe. Eu subo e pulo facilmente. Quando eu te ligar pra voltar, vai ter que subir ali, sentar no muro e me dar uma mão.

Guilherme fitou a árvore e viu que seria realmente simples subir e pular. Olhou para trás e percebeu que o mato não era tão fechado assim, e avistava até algumas crianças correndo. O mau pressentimento voltara à tona. Contudo, enfiou a mão no bolso e entregou uma nota de cinco reais para o amigo.

– Compre dois de uva pra ela e... limão pra mim.

– Pode deixar.

E foi nesse exato instante, quando Vinícius iria começar a subir, que escutaram o barulho de passos ao lado deles. Eram campistas veteranos, provavelmente da turma de Jordana. Haviam sido descobertos. Não havia motivos para eles contarem a Alex, mas, pela cara dos dois, fariam isso por mera diversão.

– Ei, vocês! – chamou um deles, de cabelos compridos e fones de ouvido no pescoço.

– Puta que pariu... – murmurou Vinícius. – Se eles abrirem a boca...

Guilherme não sabia o que dizer, somente coçou a cabeça.

– Vão pular, não vão? O que pretendem lá fora? – indagou o mesmo garoto, ambos agora já estavam de frente para eles. Ele agora vestia um moletom, além das mangas compridas. Rafael Dambros permanecia três passos atrás, com as mãos no bolso, ora encarando os dois, ora balançando a cabeça e olhando as folhas secas no chão.

– E daí...? – disse Guilherme, o mais controlado que pôde.

– Aonde cês vão, *brother*?... Que foi? Acha que vamos te dedurar? – Júlio deu uma risada rouca e fraca, sem mudar muito a expressão de seus olhos caídos.

– Vamos até o restaurante – respondeu Vinícius, fitando-o com cuidado. – E o que vocês querem?

– Viu só, Dambros, esta noite deixou todo mundo meio louco... Vai ser divertido – virou-se outra vez para Tebaldi e Vinícius. – Podiam pegar umas coisas pra gente? Preciso de uma bebida... Se tiver cerveja, melhor, mas pode ser vinho...

Guilherme ainda não acreditava no que ouvira e Vinícius controlava-se para não rir.

– Queria uns cigarros também... – ele colocou a mão no bolso de sua calça larga e caída, procurando algum dinheiro. – Aí, Dambros, me empresta uma grana? Depois te pago...

Rafael aproximou-se e entregou o dinheiro para o próprio Vinícius, e quando ele agarrou e nota segurou-o pelo pulso.

– Sem cigarros – disse Dambros, fitando-o sério. – E aí você não precisa me pagar – virou-se para Júlio, soltando Vini.

– Viu só? Todo mundo mais animado e generoso! – Júlio abriu os braços, sorrindo vagarosamente. – Salve, salve Noite no Rio!

Guilherme sorriu, divertido com o modo como ele dizia as palavras, quase que bocejando.

– Anda logo, carinha. Não vai ser atropelado, viu – falou Júlio. Vinícius subiu a árvore com destreza, e passou entre os espaços mais estreitos devido à sua magreza e tamanho. Ao chegar ao galho que passava do muro, sentou nele, dividindo as pernas para cada lado.

– Mantenha o telefone ao alcance, hein – Guilherme mostrou o dedão para ele.

– Capricha na bebida, *brother*!

Vinícius pulou, e ouviram o barulho de terra e passos apressados do outro lado.

– Vou ficar aqui – falou Guilherme. – Podem ir se quiserem – lembrou-se que Jéssica provavelmente estaria no ginásio jogando, e Alex nunca as abandonaria até o final da tarde.

– Relaxe, rapaz. Não tenho o que fazer também – disse Júlio se aproximando. – Eu fico aqui contigo – sentou-se ao pé da árvore esticando as pernas e escorando a cabeça, com um sorriso bobo. – E tu, Dambros?

– Me chama quando tiver o vinho, Júlio – deu meia-volta e afastou-se com passos pesados.

Guilherme observou-o intrigado, mas desinteressado, virando-se para Júlio.

– Não liga, não. Ele só tá lembrando de uns trecos aí – disse ele, colocando os fones de ouvido e fechando os olhos.

Guilherme sentou-se também, mas escorado no próprio muro, pegando e rasgando folhas secas do chão. E os dois não trocaram uma só palavra durante toda espera.

Mais tarde, Jordana escondia-se com Tebaldi em bancos perto do parquinho. Os bancos de lá estavam sempre rodeados por pequenas árvores e arbustos. Ela devia estar na quadra jogando, mas tinha bolado um plano.

– Alex nunca vai sair de lá! – disse Tebaldi, tentando olhar através dos brinquedos e das crianças.

– Claro que vai, daqui a pouco ele troca de lugar com os outros monitores – disse Jordana, despreocupada com aquilo, embora nervosa com a ideia de ser pega. Olhavam para a entrada do galpão, onde Alex vez ou outra aparecia para espiar com seus olhos de águia, escondidos pelos óculos negros.

– Tem alguma ideia do que pegar lá na cozinha? – indagou ela.

– Eu?... Sei lá, deve ter bolos no forno... – disse Tebaldi. – Nada que seja melhor que isso.

– Ai, Tebas, me ajude a pensar!

Ele bufou e disse pensativo:

– Deve ter... Sacos de arroz, feijão, massa... ovos.

– Ovos? – disse ela, rindo.

– Qual é, queremos nos divertir. Não precisa necessariamente ser pra comer... – respondeu ele.

– Então... Milho! – falou ela, abrindo os braços, e em seguida encolhendo-se, cuidando o galpão. Alex não estava lá.

– Milho? – agora foi Tebas quem falou rindo. – O que vamos fazer com... Epa... está pensando em fazer pipoca? Isso vai chamar atenção demais, Jordana.

– Não exatamente – disse com um sorriso maligno nos lábios. – Vamos simplesmente pegá-los e jogar na nossa fogueira.

Tebaldi pensou um pouco e respondeu confuso:

– Mas... E aí? É isso?

– Vamos ver se eles estouram, né! – falou ela, voltando a espiar ao redor. – Imagina que legal se eles começarem a explodir! E se passarmos o saquinho adiante vai ser uma festa do barulho! – e riu alto.

– Acha que vão explodir mesmo? – indagou Tebas, divertido com a amiga.

– Só tentando pra descobrir.

Enfim Alex apareceu de novo. Mas daquela vez parecia estranhamente interessado em um ponto fixo. Não estava procurando, parecia já ter achado. Olhava para o muro, ou para as árvores perto dele. E aconteceu algo que fez o coração de Jordana e de Tebas acelerar: Alex começou a mover-se, afastando-se do galpão. Os dois se entreolharam e sorriram, e ambos viam no olhar um do outro um brilho de nervosismo, mas que dava lugar à excitação.

Vinícius telefonara vinte minutos depois. "Estou quase aí", disse ofegante, e Guilherme pôde ouvir o barulho dos carros em alta velocidade. Achava que Júlio estava dormindo, mas foi só levantar que Júlio retirou os fones imediatamente, levantando-se também.

– Pode subir, *brother*, eu é que não vou – disse Júlio, dando risadinhas travadas.

E Guilherme assim o fez, um pouco mais lento que Vinícius, mas fazia muito aquilo durante as temporadas no Raiz Forte. Chegando ao galho que atravessava a fronteira do acampamento com o mundo exterior, ele já pôde ver Vinícius caminhando com uma sacola na mão, bem próximo. Era bom vê-lo são e salvo. Subiu no muro, sentando.

– Enxergando meu vinho? – pediu Júlio.

– Tá vindo.

Vinícius chegou bastante ofegante, retirando uma garrafa de vinho da sacola.

– Achei que era mais perto... – esticou a garrafa para o amigo, que a segurou com cuidado. De imediato, mostrou-a para Júlio, e viu seus olhos cansados e acinzentados brilharem pela primeira vez. Ele gargalhou e bateu palmas.

– Santa Noite no Rio! – agarrou o vinho da mão de Guilherme e fitou-o com cautela. – Parecem todos iguais... – murmurou e voltou a gargalhar.

Guilherme puxou Vinícius para cima e quase caíram os dois. Vinícius retirou os picolés da sacola e entregou-os ao amigo. Guilherme agarrou-os agradecendo e sentiu que estavam quentes e amolecendo. Teria que dar um jeito naquilo, e depressa. Largaram a sacola do outro lado do muro, por precaução, e começaram a descer, ouvindo o falatório de agradecimento de Júlio.

– Puta merda... Conheço aquelas pernas... – disse Júlio de repente, olhando por entre as árvores e enfiando o vinho dentro do moletom com as mãos no bolso. – Saiam logo daí!

Ambos sabiam o que aquilo significava e pularam. Alex enfim os avistara e começou a gritar por eles. Durante os segundos que algumas plantas ficaram entre eles e o monitor-chefe, Guilherme largou os picolés atrás da árvore. Seu bolso era pequeno demais e sair com as mãos neles só iria fazer Alex suspeitar mais ainda.

– Ficarei de olho nos três a partir de agora! – gritou Alex, apontando-lhes o dedo. – Não gosto de atividades escondidas! Eu gosto de ver... Tudo!

Vinícius engoliu uma risada, lembrando que ele vivia com aqueles óculos escuros. O monitor sequer perguntara o que eles estavam fazendo, provavelmente não acreditaria na resposta. Claro que não. E os três desceram o matagal rapidamente, sem olhar para Alex.

– Calminha aí, Alex, hoje é Noite no Rio! – disse Júlio quando passou por ele, sorrindo.

Assim que eles passaram, o monitor os seguiu. Disse apenas que os jogos dos meninos iriam começar naquele instante e que deviam ir para os campos lá de fora, sob a guarda dele. Com um apito chamou um dos monitores, e ordenou-lhe que chamasse o resto dos veteranos. Ele assim o fez.

Finalmente anoiteceu. Chegou com algumas nuvens que começavam a se dispersar, vez ou outra atrapalhando a lua cheia que pairava majestosa no céu. Os jogos da tarde estenderam-se até as 6 horas, e então todos foram tomar banho. Como não havia chuveiro para todos ao mesmo tempo, era um processo demorado, e esperavam vendo um pouco de televisão dentro das cabanas, ou assistindo ao pôr do sol com jogos de tabuleiro.

Alex, os dois monitores, seu Arno, tia Maria e tia Paula – assistentes de Arno – levaram todos até o córrego. Arno, Maria e Paula carregavam potes imensos. Alguns campistas ficaram de trazer cadeiras de praia, toalhas, copos de plástico e garrafas de suco e refrigerante. Atravessaram os campos de futebol na horizontal – o contrário do que faziam para ir aos bosques – e entraram no matagal. Cada adulto acendeu sua lanterna, e um representante de cada turma ganhara uma. Havia cerca de setenta jovens ali, e os monitores precisavam vigiá-los o tempo todo, em um processo cansativo em meio às árvores.

E quando chegaram ao córrego, foi uma correria; meninos e meninas correndo para a margem, querendo um lugar bem na beira e perto da cachoeirinha mais próxima. Muitos atravessaram o tronco que ligava uma margem à outra, e juntaram-se do outro lado. Alex dera algumas orientações de comportamento e todos correram para pegar lenha. O céu já escurecera por completo, e só tinham a luz das lanternas, das estrelas e da lua.

Meia hora depois, todos estavam sentados na grama ou nas cadeiras de alumínio, separados em vários grupos com várias fogueiras acesas. Alguns se sentaram até no próprio tronco caído, inclusive Alex. Um dos monitores colocara um aparelho de som para tocar, com CDs dos próprios campistas. Muitos batiam os pés na água, sentados na beirada.

Jordana, Tebas e Vinícius sentaram-se juntos, com algumas visitas de vez em quando. Fizeram sua própria fogueira, a uma distância razoável do córrego. Vinícius já estava com o video game de Guilherme em mãos, e Jordana e Tebaldi estavam dividindo um saquinho de milho, um pouco para cada um.

– Isso não vai estourar – disse Vinícius retirando os olhos da tela brevemente.

– Continue jogando, Vini... – falou Tebas terminando de dividir, ficando com o saco original.

– Vamos fazer isso agora? – indagou Jordana, remexendo a fogueira com um galho, escutando o fogo crepitar (algo que adorava).

– Daqui a pouco o Arno vai trazer a comida. Vamos esperar ele servir todo mundo – disse Tebaldi, olhando alguns novatos jogando pedras no rio. – Alex tem que começar a cansar e viajar em pensamentos... Assim não prestara muita atenção.

– Ei, Vini – chamou Jordana.

– Fala.

– Cadê a Jéssica e o Guilherme? Te vi com eles antes...

– Guilherme quer ficar sozinho com ela – respondeu Vinícius sorrindo, e logo começou a rir. – Fui buscar picolés lá no restaurante da estrada, com o dinheiro que ele me deu.

– Você o quê?!

– Como?!

– Acharam que consegui o video game como? – e então Vinícius lhes contou toda história, o mais detalhado que pôde, principalmente as partes da rua.

Jéssica estava sentada na grama, mais próxima das árvores do que da margem. Vários veteranos preferiam ali ao invés da margem cheia de crianças tagarelas. Esperava Guilherme, que saiu correndo prometendo lhe trazer uma coisa. Ele disse que tinha de ser escondido de Alex, pois mesmo dizendo que iria pegar algo na cabana, ele poderia querer ir junto. Devia ter feito alguma bobagem com os amigos, como era normal para aquele grupo. Estava ansiosa, pois no ano anterior ele lhe preparara um piquenique cheio de coisas que trouxera de fora do acampamento, com todo cuidado do mundo. Havia sido lindo.

Olhava para a fogueira pensativa, vez ou outra para algumas amigas suas que lhe sorriam de longe, deixando-a corada. E assim que ela abraçou os joelhos, Guilherme aparecera em um pulo.

– Jéssica... – estava ofegante, carregando três pacotes amassados em mãos. Olhando melhor, soltou uma exclamação. Eram picolés? De uva?!

– Gui...

– Desculpe... – ofegou ele. Ela simplesmente adorava o sorriso sem jeito dele, quando se desculpava por algo, ou ficava encabulado. À luz da fogueira então, ela teria levantado e o abraçado se não fosse a curiosidade com a surpresa. Mas os picolés pareciam derretidos... – Tinha comprado pra você... Aliás, Vinícius quem decidiu ir, para eu estar disponível caso você precisasse de mim.

– Ma... Mas ido aonde? – balbuciou ela, com um sorriso confuso, olhando dos pacotes derretidos para o namorado.

– Eu lhe dei o dinheiro e ele foi buscar os picolés, Jé. Você adora os de uva, né... Que droga, derreteram todos – ele sentou-se ao lado dela, largando os pacotes perto da fogueira.

– Foram ao restaurante? – balbuciou surpresa. – Mas e Alex?

– Alex nos pegou bem na hora em que o Vini voltou... Tive de esconder os picolés em uma árvore, mas não pude voltar pra buscar, porque ele não largou do nosso pé o dia todo.

Jéssica teve que se conter para não rir, hipnotizada pelo rosto do namorado acalmando-se, virando-se para ela, com outro sorriso bobo de: "Desculpe decepcionar...".

Ela o abraçou e o beijou fortemente, fazendo-os cair para trás, deitando. Guilherme controlou-se para não dar risada, aliviado, e aproveitou o beijo da namorada, fazendo sua língua abraçar a dela. Ela retirou os lábios dos dele de repente, e sussurrou em seu ouvido:

– Comprou os picolés para me deixar feliz, não é? Deu certo.

E ela voltou a beijá-lo e ficaram ali deitados e abraçados por um longo tempo. E os campistas que os viam de longe riam e cochichavam sonhadores, imaginando quando iriam desfrutar de um momento como aquele.

Sentados do outro lado do córrego, também mais próximos das árvores do que da margem, e o mais longe possível de Alex, estavam Rafael Dambros e Júlio. O monitor-chefe virava-se várias vezes, vigiando, mas como havia vários outros campistas adotando a mesma técnica deles, e como os dois não tinham acendido nenhuma fogueira, Alex não os achou uma vez sequer. Júlio continuava de fones no pescoço e bebia o seu vinho no bico da garrafa.

– Dá um teco aí, *brother* – dizia ele, balançando a garrafa. Duas em cada cinco falas dessas, Rafael cedia e bebia grandes goles.

Duas garotas aproximaram-se deles, uma loira com tranças e uma ruiva cacheada. A primeira sentou-se ao lado de Júlio, enquanto a outra ao lado de Rafael. Há algum tempo, Dambros notara o interesse da ruiva por ele, desinteressado. Conversara com ela amigavelmente, embora amargo às vezes, não intencionalmente. A loira parecia mais interessada no vinho, embora fora uma interessante companheira de conversa, articulada e exagerada. E nenhuma delas reclamou da falta de fogueira por um instante sequer. Os quatro riram e tempos depois já estavam se abraçando e fazendo planos para o dia seguinte, e o único que realmente se concretizou foi de almoçarem juntos.

Certa hora, a ruiva abraçou Dambros pelas costas, com os braços por cima dos ombros, enquanto este ria das reações semelhantes da loira e de Júlio. O abraço fora apertado e exagerado, e ele mal percebera o quanto ela gritava rindo em seu ouvido. Lembrava-se apenas dos finos braços de Tina fazendo o mesmo, mas de maneira carinhosa, e da sensação de sua franja fazendo-lhe cócegas na bochecha. Parara de rir imediatamente, chegando a tentar se livrar dela, embora esta não tivesse percebido.

Não demorou muito para começarem a arrotar e tiveram que esconder a garrafa de vinho, agora vazia, pois Alex poderia encontrá-los a qualquer momento. Arno passara por eles oferecendo um bolo alaranjado com calda de chocolate, todos recusaram, mal olhando para a cara da comida – e de Arno. Depois disso, observaram alguns campistas pulando no córrego, tirando apenas a camiseta e os chinelos. A água lhes batia na coxa, para alguém do tamanho deles. Jogavam-se água, boiavam de braços abertos e aproximavam-se da cachoeira. Isso despertou o interesse de Alex e dos dois monitores, deixando-os mais agitados.

Perdido em pensamentos, Rafael não soubera quanto tempo mais as duas ficaram ali com eles. Ouviu-as vagamente despedindo-se de Júlio e, talvez, dele. No dia seguinte, depois do almoço, percebeu que elas não haviam dito seus nomes, ou no mínimo não se lembrava.

A Noite no Rio fora mais rápida do que todo mundo previa, pois todos estavam exaustos dos jogos da tarde. Eram 10h30 da noite e vários campistas já estavam retornando às suas cabanas e quartos. Além do bolo e refrigerante, estavam cheios de cocadas e rapaduras, trazidas posteriormente por Maria e Paula. As fogueiras começaram a diminuir, assim como os garotos que estavam na água.

João Paulo aproximou-se de Jordana, Tebaldi e Vinícius, todo molhado, secando-se com uma toalha que achara jogada na grama.

Sentou-se ao lado deles, balançando a cabeça, sacudindo os cabelos curtos.

– Jhonny! – reclamou Jordana, interrompendo um gole de seu suco.

– Foi mau... O que estão fazendo? – indagou ele, abraçando os joelhos. Sem camiseta e, molhado, começara a ficar com frio.

– Jogando – respondeu Vinícius.

– Conversando – disse Tebaldi.

– E os sacos? É... milho? – riu Jhonny, fitando os vários grãos espalhados ao redor da fogueira.

– Tentamos estourá-los... Mas todos acabaram queimando – bufou Jordana, esticando as pernas e tentando alcançar os pés.

– Ah, é? – disse Jhonny parecendo mais surpreso que eles.

– Eu avisei – falou Vinícius, não tirando os olhos da tela.

João esticou os braços pegando alguns grãos e jogando-os na fogueira, que já diminuíra bastante. Não esperava que alguma coisa acontecesse, apenas quis fazer algo em meio ao silêncio; ouviam apenas os passos de cada vez mais campistas abandonando as margens do córrego. Seu Arno, Maria, Paula e os monitores recolheram suas coisas e partiram. Ficara apenas o monitor-chefe, plantado no tronco.

Segundos depois, Jéssica e Guilherme juntaram-se a eles, sentando ao lado de Vinícius, formando uma pequena roda.

– Oi, gente – disse Jéssica.

– O que estão fazendo? – indagou Guilherme.

– Jogando – respondeu Vinícius.

– Conversando – disse Tebaldi.

O casal meneou a cabeça, fitando a cara de sono que todos estavam, embora parecessem satisfeitos e com um leve sorriso nos lábios.

– Teve pipoca? – perguntou Jéssica, pegando alguns milhos espalhados ali.

– Uma tentativa... Ou quase isso – disse Jhonny, antes de Tebaldi.

– Cansei – bufou Vinícius, desligando o jogo e entregando ao dono.

Não ouviam mais movimento ao redor, apenas vozes longínquas e passos mato adentro, além de grilos conversando e o crepitar do fogo. Ficaram em silêncio, fitando o rosto um do outro. Jordana e Vinícius sorriam mais exageradamente de vez em quando, algo que, naquele momento, os outros só conseguiam internamente. Mesmo com a fraca fogueira, todos podiam observar magicamente o olhar uns dos outros, cheio de alegria e carinho pelo próximo. Olhavam para as estrelas e para a lua e de volta para o grupo, aproveitando aquele momento único, que fora a última noite que passaram todos juntos. Nunca conseguiram reunir todos nas noites posteriores, sempre faltava um ou dois.

Sem perceber, passaram meia hora naquele círculo silencioso. Alguns se deitaram na grama mais tarde, e então começaram a ir para a cabana, de dois em dois. Ao longe, um garoto ouvindo música com largos fones e outro olhando fixo para o córrego, fitaram-nos vagamente curiosos. O segundo levantou-se e foi para a cabana, sozinho, o de fones esperou que Alex o chamasse, e jurava ter visto um brilho flamejante por trás de seus óculos. Algo que ele não lembraria ou acharia ter sido efeito do vinho.

CAPÍTULO 11

ATAQUE FANTASMA

Ainda na manhã em que Jéferson tornava-se um vampiro...

As viaturas que Mauro colocara na estrada não deram resultado nenhum. Esperava encontrar algum carro roubado, mas não houvera sequer uma ocorrência. Naquela manhã, ele reunira o máximo de homens que pudera. Os superiores ficaram intrigados com os relatórios, até assustados. Mas Mauro há muito ganhara o respeito de todos. Separou cinco grupos para procurar os bandidos. Cada um deles com cinco membros mais um cão farejador. Naquele momento estavam todos se preparando. Armas, balas, pentes, coletes, bombas de gás, estratégias rápidas.

O comissário foi até a cabana do monitor-chefe pela última vez. Tinha esperanças de achar alguma coisa que pudesse lhe ser útil. Sua tristeza e pesar pela morte de Grégori deram lugar a um ódio que estava crescendo. O fato de dois garotos terem suas impressões digitais nas armas... Estavam querendo armar para cima deles. Mas achavam mesmo que aquilo daria certo?! Mas para ter sequestrado tantos jovens e matado o melhor delegado de Caxias do Sul teria que ser uma equipe bem preparada e esperta. Havia algo mais... Algo faltando...

– Natan! Natan! – chamou Mauro antes de entrar na cabana. Até ele veio correndo um policial de estatura média. Era bem jovem e de boa aparência. Tinha os olhos claros e era loiro. Seus cabelos eram curtos e lisos, o rosto arredondado. Em seu cinto havia um revólver, cassetete e duas bombas de gás.

– Sim, senhor – disse ele sentido à sua frente.

– Quanto tempo falta, Natan?

No começo, pensou que Natan era só mais um rosto bonito entrando na força policial para provar algo a alguém, ou tentando fugir de problemas familiares dando tiros por aí. Mas, durante os anos, o viu empenhado e Mauro era rigoroso quando ele errava, querendo ver se ele se assustava fácil. Entretanto, Natan sempre demonstrava respeito e obediência, seguindo ordens fielmente e não mudando o olhar sério e firme quando era contrariado pelo seu superior. Um dia, Natan o salvara em um tiroteio, tendo a perna fraturada. Ela nunca mais foi a mesma, e Natan não podia correr por muito tempo, sem que começasse a doer. Desde aquele dia, Mauro passou a treiná-lo fora do expediente, tornando-o quase um "braço direito" seu. Contudo, durante o turno, tratava-o como qualquer outro policial, por segurança do próprio Natan. Os colegas poderiam pegar certa implicância ou nojo com eles. E também poderia tornar-se mimado e achar-se melhor que os outros.

Naquela missão iria contar com ele mais do que nunca.

– Em menos de dez minutos estaremos todos prontos, senhor. Estou terminando de dar as instruções e o resto dos guardas está preparando o equipamento. A polícia federal ficará aqui, no acampamento. Disseram que não querem o pessoal da Brigada Militar por aqui. Por isso estou lhes dividindo em grupos maiores.

– Humm... Aqueles achados... Quem pensam que são pra me darem ordens? Bom, deixe-os, ficaremos naqueles bosques por um bom tempo. Continue o bom trabalho.

– Sim, senhor! – Natan fez menção de ir, mas voltou-se para ele novamente. – A propósito, o pessoal do IML está aí. Não parecem muito satisfeitos com as respostas.

– O quê?! IML...? Mas de novo?! – Mauro definitivamente não gostava de dar explicação a eles. – Certo, eu falo com eles.

Natan retirou-se e Mauro visualizou de primeira o furgão do IML. Percebeu que eles o avistaram e dirigiu-se até lá.

– Quem disse a vocês que estávamos aqui hoje?

Um homem de estatura baixa e peculiar, com nariz comprido e olhar desconfiado veio em sua direção e respondeu:

– Não interessa. Não vai mudar o fato do que sabemos. Queremos uma explicação para essas... Catástrofes! Como foram feridos daquele jeito? Ninguém conseguiria fazer isso com todos ao mesmo tempo. Eram vários policiais, tinham armas carregadas...

– Onde quer chegar?! – Mauro estava perdendo a paciência. – Limite-se ao seu trabalho, e eu ao meu.

– Falar com a imprensa faz parte disso, e eu sinceramente não saberia o que dizer. Seja lá o que os cortou, foi preciso demais! Atravessou o colete! – disse o homenzinho parecendo assustado. – Se vão se matar, queria...

– Eu cuido disso!

Mauro virou-se emburrado e se afastou. A conversa entre os policiais estava aumentando, deviam estar prontos.

– Senhor, a polícia rodoviária já partiu. É a nossa vez – disse Natan, aproximando-se ao seu lado. Teria que olhar a cabana do monitor-chefe uma outra hora.

– Muito bem, Natan. Reúna o pessoal, partiremos imediatamente! E mande os policiais que ficaram investigarem cada canto das cabanas à procura de pistas. Nenhum civil entra ou sai!

– Muito bem, senhor! – Natan afastou-se correndo.

Os policiais andavam sempre em pequenos grupos. Estavam todos muito bem equipados. Tinham até binóculos para enxergar no escuro. Poucos instantes depois estavam todos de frente para Mauro aguardando as últimas instruções.

– Muito bem! Sem mais delongas, os grupos 1 e 2 irão patrulhar todo o Bosque do Acampamento. Grupos 3 e 4 irão para o Bosque Escuro comigo. Grupo Alfa irá para as colinas, perto das barragens. Quando acontecerem coisas imprevisíveis, mantenham-se juntos e deem um tiro para cima para nos alertar. Boa sorte a todos!

Os policiais responderam carregando suas armas; uma sátira com os filmes de ação em que todos terminavam suas falas fazendo aquilo. Natan aproximou-se de Mauro em silêncio. Não deixaria que a gangue matasse outro policial importante.

Mauro olhava desconfiado para a polícia federal. Todos estavam em um canto olhando para eles com caras felizes e gozadas. Estavam rindo deles! Odiava aqueles caras perto de seu trabalho.

Enfim, atravessaram as quadras e todos os vales sinuosos que havia na frente das cabanas. Vez ou outra cortavam caminho pelas colinas. O dia estava nublado e feio na direção norte, clareando ao sul. Belo dia para se apanharem delinquentes. Os grupos 3 e 4 iam à frente; Mauro era do grupo 4. Logo, chegaram ao Bosque do Acampamento. Pararam para beber água. Mas foi bem ali que acharam os primeiros indícios. Duas garrafas de água jogadas no chão. Os cães as farejaram.

– Mauro, quer que eu verifique as impressões? – perguntou Natan.

– Não – respondeu Mauro passando a mão pelos cabelos. – Provavelmente são dos mesmos garotos. Ou então daquela turma de desaparecidos. Os ladrões nunca deixariam provas tão óbvias; não vou mandar alguém voltar só para confirmar isso.

– Certo, senhor. Os grupos 1 e 2 já estão entrando. Alfa já está pegando a passagem para as colinas do oeste. Acho melhor irmos também – disse.

– Então vamos.

Todos os grupos voltaram a caminhar. Os cães cheiraram as garrafas e começaram a procurar por um odor semelhante. Apenas um ficou sem farejar para ver se encontraria rastro dos verdadeiros bandidos.

Todos na mata procuravam ficar em silêncio. Embora fosse impossível devido ao farfalhar das folhas e da grama e galhos secos sob seus pés. Não conversavam, apenas faziam sinais com as mãos quando necessário. Com o tempo foram notando certa neblina ir até eles. Pouca, mas que poderia atrapalhar bastante. Uma aragem tênue e fria. Os grupos 1 e 2 se separaram para cobrir toda a área do Bosque do Acampamento. Manteriam contato pelos walkie-talkies. Logo os grupos 3 e 4 chegaram à divisão do Bosque do Acampamento e do Bosque Escuro.

– Como está o grupo Alfa, Natan? – perguntou Mauro.

– Disseram estar quase chegando e que no caminho não encontraram nada de suspeito.

– Nada de suspeito... – murmurou o delegado. – Qualquer coisa pode ser suspeita. – Muito bem, todos! – disse Mauro percebendo o quanto a aragem havia aumentado. – Separem-se. Para uma melhor e mais rápida busca, sugiro que todos vão em duplas. Qualquer suspeita, deem um tiro ou informem pelos walkie-talkies.

Todos concordaram e saíram devagar. Não planejavam se separar logo no começo. Natan ficou ao lado do comissário. Mauro carregou sua pistola. Não iria soltá-la nunca.

– Natan, não quero que fique comigo. Vá procurar independente. Essa missão é um assunto pessoal.

– Não vou ficar aqui porque você quer. Vou ficar porque eu quero – retrucou ele.

– Pois então saia daqui. É uma ordem!

– Vai ter que me tirar à força. Tenho dívidas a pagar e com essa sua raiva pode se atrapalhar facilmente. Lembra? Você estava com a mesma ira no dia que eu te salvei daquele tiro. Sem contar a névoa chata desta serra.

Mauro bufou:

– Eu não devia tê-lo treinado tão bem...

– Obrigado, senhor.

Mauro esperava que ele perguntasse aonde iam, ou se ele iria ficar ali parado. Mas ele não perguntou. Ficou olhando-o esperando ordens. Mauro apenas seguiu caminhando. O céu estava mais nublado. Nublado ao sul? Até um tempo atrás se lembrava das nuvens estarem todas ao norte. Natan e ele carregavam pistola e lanterna. Uma em cada mão. Podiam ouvir os outros policiais afastando-se devagar. Ouviram estalos de pés sob galhos dos lados. Divagares, precisos. Alguns até ligeiros.

– Espere – Natan obedeceu. Esperou que ele dissesse algo, mas o comissário ficou ali parado, tentando escutar algo.

– Mau...

– Os passos vieram da direita – sussurrou Mauro. – Todos os policiais que estavam com a gente estavam à nossa esquerda. Nós somos os únicos da ponta.

Natan viu que era verdade. Rapidamente voltou sua lanterna para o mato ao lado. Apenas árvores e mais árvores. Não viam ninguém caminhando ali. Maldita cerração! Mauro e Natan cada vez iam mais para a esquerda. De repente, escutaram passos correndo de maneira frenética. Mas fora tão rápido que mal conseguiram identificar de onde vinha. Parecia estar muito mais à frente, onde não podiam ver por causa da névoa. Ou talvez nas suas costas.

Não viam nem ouviam mais nada.

Entretanto, o silêncio fora quebrado por uma explosão. Tiros. Dois deles. Eles se olharam assustados e correram na direção. Ouviram os policiais correndo também. Ouviram gritos e mais tiros. Avistavam alguns vultos sumindo na névoa e por entre os arbustos.

–Vocês estão bem?! O que está acontecendo?! – gritava Mauro, sem obter resposta alguma.

A estática do walkie-talkie ficara mais forte e escutaram gritos desesperados, terminando em chiado.

Por entre os grossos troncos via alguns policiais correndo, com caras de susto, perdidos tanto quanto eles. Mais tiros. Um policial corria na direção deles. Ele reuniu cinco mais à frente e estavam conversando. Mauro e Natan aproximaram-se do grupo.

– Explique! – ordenou Mauro.

– Senhor, tem alguém lá! Eu vi o vulto. Tinha guardas atirando e em seguida o cara se aproximou deles e... Fez alguma coisa... e os fez cair. Acho que estão mortos, senhor.

– Mas que diabos ele fez?!

– Eu não sei, senhor. Foi muito rápido. Ele ergueu a mão, fez um movimento e... eles caíram. Talvez estivesse com uma faca, ou algo mais – ele parecia muito assustado e ofegante.

– Certo, certo. Ele está naquela direção, não é? – falou Mauro apontando. –Vamos atrás deles. Você, peça ajuda, diga que encontramos os filhos da puta!

Mas o guarda que relatou tudo parecia incrédulo e parecia até... que não os queria deixar passar.

– O que houve, homem?! – disse Mauro impaciente com a perda de tempo. Enfim teria sua vingança!

– Havia... Dois pontos brilhantes na névoa! – ele realmente estava com medo. Os olhos arregalados e espantados. A boca tremia e a fala esganiçada. – Olhos... Vermelhos! Acho que eram olhos sim... Oh, Deus!

– Controle-se, pelo amor de Deus! Apenas peça ajuda. O resto vem comigo! – Mauro correu.

Espalharam-se na vertical. Não deixaria ninguém escapar. Natan continuava com ele, dando cobertura. De repente, tudo ficou muito quieto. Estavam agitados e aquele silêncio era uma tortura. Natan chutou algo. Assustou-se, fazendo o movimento brusco assustar Mauro. Ele lançou-lhe um olhar desaprovador. Olharam para o chão e havia um cadáver. Natan conteve o grito de espanto. Um de seus parceiros jazia a seus pés. A mão estava torcida para trás, brutalmente. O pescoço e os ombros estavam manchados de sangue. A pistola estava quebrada ali no chão. Seus sapatos agora estavam sujos de sangue.

– Meu Deus, como conseguiram fazer isso tudo tão rápido?! – espantou-se Mauro, tossindo. Natan vira aquela preocupação em seus olhos raríssimas vezes.

Naquele momento, ouviram outro grito. Vinha de trás. Era do policial que havia ficado para pedir ajuda. Havia árvores no caminho, então conseguiam ver apenas seu braço esquerdo e às vezes metade do corpo. Alguém estava na sua frente. Pareceu socar-lhe a barriga e então ele desmaiou. Depois daquilo não conseguiam ver mais.

– Por aqui! Ele está atrás de nós! – gritou Mauro.

Ouviu os outros policiais gritarem de raiva e saírem correndo dando tiros. O medo havia tomado conta deles. Mauro não iria desperdiçar balas em troncos de árvores. Iria ver o infeliz, encarar-lhe nos olhos e então estourar seus miolos.

– Mauro, vou pegar o equipamento deste morto aqui! – disse Natan agachado.

Mauro observava os outros policiais desaparecerem por entre as árvores. Ouvia tiros. E deram lugar a mais gritos. Seguido ouvia passos rápidos em meio à névoa acinzentada, e o barulho de galhos sendo quebrados e folhas chacoalhadas. Viu um vulto passando perto de um dos poucos policiais que avistava. De trás de uma árvore saiu um homem. Não. Um rapaz! Agarrou o policial pelas costas, este parecia nem fazer força para se soltar e parecia que estava... Cheirando-lhe? Parecia estar cheirando seu pescoço... Ou então mordendo... O grito do policial fora horrível. Mauro avistou os outros policiais indo atirar nele. Quando voltou o olhar ao agressor, ele havia desaparecido. Logo percebeu que todos estavam atirando para todas as direções. Mauro abaixou-se. *Maldição, onde ele está?!* Ouviu inúmeros gritos. Gritos de sofrimento, agonizantes. Pedidos de socorro.

Era sua vez! Percebeu o quão longe estavam dos outros. Agora iria lutar. Correu em direção aos que sobraram. Se é que sobraram...

Percebeu que não escutava mais nada. De um segundo para o outro, veio o silêncio absoluto. Nem um passo. Nem um grito. Nada. Apenas cerração. Não notou nem o quanto respirava ofegante. Mas algo despertou sua atenção. Com o canto do olho pôde ver alguém do seu lado. Virou-se logo e soltou uma exclamação. Em meio à névoa, quase que totalmente coberto e camuflado. Ali estava ele. Ele. Um par de olhos vermelhos ofuscantes e assustadores em meio àquela escuridão horrível. Estava sério. Era mais novo que Natan! Sua boca pingava sangue. Sua camiseta estava toda manchada. Ele caminhava bem devagar em sua direção. O olhar penetrante não se mexia. Não hesitava em um passo sequer. Não havia armas nas mãos. Mas... Era o garoto das impressões digitais! Era ele sim! Mas estava tão... Pálido e descabelado. O sangue na boca dificultava o reconhecimento também, mas era ele! Fedelho! Que diabos é você?! O garoto mostrou as presas. Os caninos afiados e mortais. Eram enormes e assustadores. A careta que ele fazia era apavorante. Não era uma criança, era um monstro! Um monstro! Ele grunhiu alto e demoníaco. Não era só um monstro... Era um vampiro!

Mauro saiu de seu transe. Percebeu o quanto estava com medo e o tempo que ficara parado vendo o garoto aparecer do nada. Levantou a arma. Esperava algo mais. Uma conversa com o assassino. Esperava dar-lhe uns bons socos. Fazê-lo sofrer tanto quanto ele sofreu vendo o cadáver de Grégori no chão. Mas isso quando se tratava de seres humanos. Agora era diferente. Quando a arma chegou à altura de seus olhos, o vampiro chegou à sua frente em uma fração de segundo e segurou-lhe a mão. Colocou-a para o lado, mesmo com Mauro fazendo toda força na queda de braço. O garoto era mais assustador de perto. O olhar fazia qualquer um recuar, mais saliente na aragem. Mauro só conseguia prestar atenção naqueles caninos enormes. Ambos se aproximando de sua garganta. Então era isso. Isso era o que chamavam de fim. E ele nunca saberia o que realmente aconteceria com o vampiro. Se alguém um dia o pegaria... E, então, ouviu os tiros.

Natan agachado, fuzilando o vampiro. Acertou em seu braço, cabeça, costas e perna. O vampiro caiu, contorcendo-se de dor. Grunhiu alto e feroz, como uma besta violenta. Os olhos pareceram ficar ainda mais vermelhos. Mauro mexeu o punho certificando-se de que não estava quebrado. Natan foi até ele. Entregou-lhe outra arma.

– Faça as honras.

E Mauro atirou no garoto vampiro. Com tanto gosto que ficou até com medo dele mesmo. A criatura manchada de sangue no chão contorcia-se sem parar. Sem parar. Por mais que atirassem ele continuava se mexendo. Agonizando. Choramingando.

Natan tirou uma bomba de gás no cinto.

– Depois nós corremos – Mauro concordou. Natan jogou a bomba no vampiro e o gás começou a sair rapidamente. Misturando-se com a aragem. E os dois correram sem parar. Correram de medo. Talvez até, fugiram de medo. Desviavam agilmente das árvores e correram até ficarem exaustos por completo. Aos poucos foram organizando o que havia ocorrido. Estavam todos mortos. Apenas eles sobreviveram. A névoa fazia tudo parecer mais traiçoeiro.

– É o Jéferson! – disse Natan ofegante.

– Quem?!

– É nome de um dos garotos das impressões digitais. Jéferson. Tenho certeza de que ainda lembro. Você me treinou para não esquecer... lembra?

Mauro balançou a cabeça, dando um ligeiro sorriso torto. Ainda não acreditava no que acabara de ocorrer. Mas não era hora de descansar. Não agora. Descontrolados, continuaram correndo, temendo que ele aparecesse misteriosamente como tinha feito outras vezes. Mas acontecera algo que não esperavam. Pararam subitamente. Eram casas... Prédios... Mas que diabos faziam ali?!

– Natan...

– Eu também não sabia que havia casas por aqui, senhor – ambos estavam ofegantes.

– Merda... Vamos nos esconder em uma casa, vamos. Ele já pode estar voltando! Porra, não acredito que estou fugindo de um cara que acabei de fuzilar!

Entraram na cidade. As casas eram velhas e podres. A aragem era infinitamente mais intensa ali dentro. Mal conseguiam ver direito as casas. Avistavam alguns vidros quebrados e sangue em alguns lugares. Perceberam estarem todas abandonadas. Correram na rua adiante e resolveram entrar em uma delas. Entraram correndo e surpreenderam-se vendo o quanto era velha. Ninguém moraria ali, de jeito nenhum. Cheirava extremamente mal. Arrastaram um sofá para a janela, ajoelharam-se nele e observaram por ela. A névoa dificultava muito a visão. E então perceberam o silêncio mais uma vez.

– Maldição... Primeiro aparece um monstro na nossa frente e agora uma cidade abandonada! – murmurou Mauro ofegante. – Não há registros disso nos mapas que eu peguei! Estas casas... Não existem!

Natan não respondeu. Estava assustado e cansado demais.

– Senhor! Ali, ó! – Natan estava apontando para a estrada.

Mauro olhou de um lado para outro. Não via muita coisa. Silhuetas negras de casas do outro lado da rua. Postes e sinaleiras... funcionando!... Mas havia algo se mexendo ali. Era ele! O rapaz. Jéferson. Caminhava como se nunca tivesse sido baleado. Natan sentiu inveja por causa de sua perna. O vampiro virou a cabeça rapidamente mostrando os olhos vermelhos salientes no escuro. Ambos os policiais se abaixaram. Jéferson pareceu não tê-los visto. Olhava tudo com muito cuidado. Mauro e Natan controlavam a respiração. Não sabiam se queriam continuar expostos na janela ou continuar abaixados. Aqueles olhos vermelhos pareciam poder ver através de toda aquela escuridão. Mauro e Natan se entreolharam, soltando a respiração, e fizeram sinal de que iriam continuar vigiando. Mas, ao colocar as cabeças na janela novamente, não o avistavam mais. Sumiu. Jéferson desaparecera completamente. Trocaram olhares assustados. Voltaram a olhar por tudo. Maldita névoa! Não achavam nada.

Escutaram algo. Fora de casa, por entre o vidro quebrado da janela. Uma rajada de vento. Mauro avistou um vulto no céu. Fez sinal para Natan, que de imediato olhou na direção. Era enorme! Suas asas eram de morcego, mas era gigantesco! Um... Dragão?! Seja lá o que fosse estava indo embora. Ganhando distância e desaparecendo por entre o céu nublado.

Eles continuaram olhando por um tempo. Natan sentou-se no sofá, acabado. Mauro continuava a olhar tudo muito curioso, amedrontado. Vira algo ainda mais mágico que aqueles dois monstros. Eram... estrelas. Pequenas bolas luminosas flutuando entre a névoa. Vaga-lumes? Talvez...

Mauro sentou-se ao lado de Natan. A respiração deles estava voltando ao normal. A visão que tinham da casa era horrenda. Velha e feia. Desagradável e fedida. Estavam suando frio. Os corações foram voltando ao normal. Ficaram parados por um tempo, mergulhados em pensamento. Era tudo tão... Assustador. Tão novo, tão horrível.

– Natan... – Mauro manteve a calma para não assustá-lo. – Vamos sair agora. Iremos buscar reforços e traremos um exército para cá, ok – Natan balançou a cabeça vagarosamente. – Não vamos fazer barulho. Siga-me... Vai dar tudo certo.

Levantaram-se devagar. O rangido do sofá fora uma tortura. Trocaram olhares. O chão rangia muito também. Saíram lentamente. Não escutavam nada. Era tudo estranhamente quieto. Viraram à direita e seguiram na rua, que a uns segundo atrás andara Jéferson. Caminharam rápido. Algo estava errado. Não avistavam o bosque! Correram sem dizer nada. Não estava lá! A rua seguia mais adiante e fazia uma curva. O bosque desaparecera e uma cidade inteira aparecera!

CAPÍTULO 12

RECONHECENDO TERRITÓRIO

O fato de o bosque ter desaparecido era muito horripilante. Sentiam-se frágeis e indefesos naquele lugar desconhecido, logo depois de lutarem contra o que parecia ser um vampiro. Aquilo era coisa de... Lenda! Filmes, livros, mas não podia ser real. A névoa os fazia sentirem-se mais desconfortáveis ainda. Mauro e Natan deram voltas em cinco quadras no total, até pararem derrotados, cheios de conflitos mentais.

– Não sei o que dizer... – Natan estava com os olhos vidrados no nada, com algumas lágrimas boiando em suas órbitas.

Mauro suspirou procurando as palavras certas. Tinham armas e não estavam feridos. Era um bom começo. Pegou seu walkie-talkie e chamou:

– Grupo 4 pedindo socorro, câmbio. Tem alguém escutando? – chiado em resposta. Apenas frequência. – Câmbio, alguém está escutando? Aqui é Mauro, respondam! SOS!

Ele desistiu, bufando desapontado. Colocou o rádio de volta no cinto. Deviam estar mesmo longe dos outros. Mas... Onde?

– Será que as casas estão atrapalhando o sinal? – indagou Natan.

– ... Atrapalhando o sinal da frequência chegar ao bosque? Estão atrapalhando a gente de ir lá também...

– Droga, Mauro, isso me deixa assustado demais... – Natan esfregou os cabelos louros e lisos, olhando ao redor, aqueles postes e sinaleiras acesos. Havia alguns carros ao longe.

– Temos que ficar calmos e unidos, Natan – disse Mauro, seriamente. Pela primeira vez, há tempos, olhando Natan secando os olhos, o comissário o viu como o jovem que era. Certamente devia ter uma família esperando-o. – Será que conseguimos fazer um dos carros funcionar?

Natan olhou para a caminhonete mais próxima e falou:

– Vamos lá.

E assim foram os dois, em passos apressados. Era uma Chevrolet 1991, com os pneus todos furados e rasgados. Violentamente rasgados. Mauro abriu a porta dela, recuando rápido. Natan assustou-se, mas nada aconteceu. Estavam olhando para um pequeno coelho branco, com orelhas extremamente grandes, mordendo o estofado do carro. Arrancava com força e determinação; contudo, ao vê-los olhando para ele, parou imóvel. Seus olhos vermelhos pareciam fitá-los de canto, e com certa raiva oculta. Mas o que realmente os impressionara foram os dentes pontiagudos dele. Eram terríveis mesmo. O pelo embaixo de sua boca estava avermelhado de leve.

– Aquilo são os dentes?! – disse Natan.

O coelho virou-se para eles, chiando levemente. De repente, saltou em cima de Mauro com uma agilidade incrível. O comissário conseguiu colocar o braço na frente, e sentiu o animal tentando cravar os dentes em seu braço. Jogou-o para o chão com violência. O coelho ficou em pé com um olhar furioso, chiando e desafiando-o. Mauro correu até ele e chutou-lhe com força. O coelho quicou, ficando opaco na névoa, e não levantou mais.

– Precisava chutar ele?

– Ele não iria desistir... Eu conheço aquele tipo de olhar... – bufou Mauro. Agachou-se, apoiando o braço no banco estofado, procurando fios embaixo do volante.

– Um coelho com aqueles dentes... – murmurou Natan, pensativo, olhando com receio o cadáver do animal, distante.

– Tem alguma coisa muito errada com estas casas... – disse Mauro. Achou os fios, e começara a tentar ligá-los para que o automóvel funcionasse. Simplesmente não funcionou. – Droga!

Ambos se olharam preocupados, vendo outros carros ao redor, em pior estado.

– Nenhum deles vai funcionar... É inútil perder tempo com isso – falou Natan. Mauro apenas balançou a cabeça. – ... Vimos primeiro o vampiro... Depois apareceu aquele vulto no céu... O bosque sumiu e achamos um coelho com dentes de vampiro! Entramos... No País das Maravilhas?!

– Onde...? – indagou Mauro. Natan apenas balançou a cabeça. – Natan, olhe lá.

Mauro apontou para as Luzes. Havia algumas próximas, foscas naquele manto escuro.

– Já tinha visto... São vaga-lumes? – indagou Natan.

– Acho que são grandes demais pra isso... – disse Mauro. – Só fico pensando se são perigosas como tudo que vimos aqui...

– Não quero nem testar! Vamos deixar as luzinhas lá no canto delas – falou Natan.

Imediatamente seu olhar caiu para o lugar onde o coelho devia estar caído. Mas ele não estava mais ali.

– Então... Estamos admitindo que tudo que virmos aqui... É prejudicial? – disse Mauro, fitando-o sério.

– Suponho que sim. As plantas estão todas mortas. Vai ser difícil me convencer de que há algo bom por aqui.

– Não quero achar mais nada, quero sair daqui – resmungou o comissário. Retirou o walkie-talkie do cinto e tentou de novo. – Aqui é o comissário, preciso de ajuda. Alguém está ouvindo? Aqui é Mauro, o comissário.

Novamente recebeu apenas estática. Desligou e o guardou.

– Será interferência? – cogitou Natan. – Há prédios estranhamente altos aqui... Se subirmos em um...

– É o que faremos – concordou Mauro. – Poderemos também ver onde está o bosque. Vamos lá.

Olharam ao redor, onde tinha várias casas. Estavam em uma rua irregular, com morros ao redor. Decidiram caminhar um pouco para achar algum prédio alto em um terreno plano. Andavam com as pistolas em mãos, e começaram a ouvir alguns barulhos distantes. Desde coisas se quebrando a estranhos sons animalescos. Assustaram-se, ficando agitados e acelerando o passo.

Caminharam por vários minutos sem dizer uma palavra, entrando em ruas com prédios pequenos, terrenos vazios, casas demolidas e estranhos pontos luminosos na névoa. O cheiro da cidade era absolutamente podre.

– Não há nenhum prédio realmente grande... Saco! – bufou Natan, parando.

– Como pode ser tão ampla? Achei que fossem só algumas, mas... – murmurou Mauro olhando ao redor.

– Tem razão – disse Natan, fitando tudo, com a mão suada de carregar a pistola. Mauro guardou-a naquele instante.

– Não sou tão lento assim pra sacar a arma. E até agora está tudo bem – falou. Natan fez o mesmo, com receio. Passou a mão nos cabelos louros e suados, desejando uma ducha de água quente.

Voltaram a caminhar, e continuaram a conversa:

– Vamos subir em um dos pequenos? – indagou Natan.

– Já que não têm outros... – disse o comissário. – Fique de olho nos lados e nas costas. Aquele... vampiro pode ter amigos.

– Porra, Mauro, não incentiva uma loucura dessas... – resmungou Natan, olhando para todos os lados.

Caminhavam pela calçada, olhando confusos os estranhos postes e sinaleiras acesos, perguntando-se de onde vinha a energia. Vários estavam quebrados, derrubados ou desaparecidos, fazendo-os imaginar várias coisas. E não entraram em nenhum prédio. Tinham impressão de ver ao longe sombras caminhando em alguns andares, e simplesmente continuaram na rua, sem saber para onde ir ou por quanto tempo. Esperavam que um ou o outro dissesse alguma coisa.

– Natan... – disse Mauro, chamando-lhe atenção. – Essa rua... Olhe. – apontou para uma que cruzava aquela que estavam seguindo.

– Deus do céu... É... É a Avenida Júlio de Castilhos! – assustou-se o rapaz. Ficara completamente boquiaberto, fitando suas lojas e casas, e os ladrilhos na calçada. Procurou uma placa com o nome dela, mas não achou.

– Não acho nenhuma placa – disse Mauro. – Mas é ela, não?

Natan balançou a cabeça, com os olhos arregalados. – Isso só fica pior... Jesus Cristo – bufou Mauro balançando a cabeça. Não parecia tão assustado quanto Natan, parecia mais frustrado ou desapontado. Era realmente estranho.

Voltaram a caminhar, passando pela réplica da Avenida de Caxias do Sul sem olhar para ela. Era bizarro demais e, por mais que se esforçassem, as hipóteses tornavam-se cada vez mais absurdas – embora não tão longe da verdade.

A caminhada avançou novamente, ajudando-os a inspecionar aquela maldita cidade. Esperavam, de fato, encontrar uma saída, e por alguns instantes esqueceram a ideia de subir nos prédios gelados cobertos pela névoa. Conforme o tempo passava, o clima ficava um pouco mais quente, fazendo a névoa se dispersar mais e ficar mais clara, com o sol chegando em seu ponto mais alto. Viram que seus relógios não funcionavam.

Começaram a se assustar e se encheram de expectativa vendo cada vez mais casas quase que totalmente destruídas e prédios seriamente danificados. Esperavam encontrar alguma coisa naquela destruição toda. Logo se acalmaram. Ou, no mínimo, voltaram ao estado anterior.

Entretanto, um morro de pedras chamou-lhes a atenção no canto da rua. E, conforme se aproximaram e a névoa ia ficando mais razoável, seus queixos voltaram a cair. O que viam era um imenso bloco retangular de pedra – apenas parte dele –, em que, ao lado, havia várias janelas, perdendo-se ao longo do ar acinzentado. Sem dúvidas, era um prédio caído de lado. O que era terrivelmente estranho, pois parecia ter sido bastante largo, mas o que viam pelo lado das janelas parecia apenas metade da largura total que o prédio já fora. E se ele realmente caíra deveria ter desmoronado por completo, e não ficado com uma metade intacta. E não havia sequer um terreno vazio para suporem que fora dali que ele caíra. Parecia simplesmente... ter sido colocado ali, com todo cuidado, e algumas pedras espalhadas ao redor. Havia poucas casas em volta, contendo mais árvores secas e destroços.

– Tá louco... É um prédio mesmo?! – balbuciou Natan, imóvel.

– Se tivesse caído estaria em pedaços... Está... bonitinho demais... – murmurou Mauro. – Não faz sentido.

– E olha o tamanho! – bufou Natan, esfregando o rosto.

Ambos olharam ao redor instintivamente, esperando ver algo que pudessem relacionar com aqueles destroços. Nada em particular lhes chamou atenção.

–Venha – Mauro aumentou o passo, para a surpresa do parceiro, dirigindo-se até o amontoado de pedras empilhadas, no que um dia estivera virado para o chão formando o piso do prédio.

O comissário subiu nas primeiras, verificando as mais altas. Todas eram pedras largas e pareciam bem firmes. Começou a subir.

– Mauro! Vai fazer o que aí? – indagou Natan.

–Vamos caminhar no lado deste prédio. Talvez vejamos alguma coisa, a rua minutos atrás estava subindo, lembra? Podemos estar em cima de um morro – disse Mauro. –Venha, Natan!

Ele aproximou-se e começou a subir também. Fora mais difícil do que ambos previram; as que estavam mais acima pareciam todas soltas e era bastante íngreme. Escalaram ajudando-se e enfim ficaram em pé no imenso corredor que formava o lado daquele prédio caído. Tinha a cor bege e estava bastante rachado em alguns pontos. Não conseguiam ver o final daquela passarela, mas podiam afirmar que o prédio teria mais de vinte andares.

– Que corredor, hein?! – disse Natan com um sorriso torto. – Sabia que haveria coisas imprevisíveis nessa profissão, mas isso... Caminhar no lado de um prédio...

E o vampiro anterior, Natan?!

Mauro não comentou nada, continuava caminhando à frente de Natan, sério. Olhava para os lados, vendo silhuetas de construções distantes e, à frente, um véu cinza. Ouviram alguns barulhos das laterais, das janelas. Devia haver algo morando ali dentro, e não queriam sequer tentar imaginar o quê. Aceleraram. Encontraram alguns buracos ao longo do corredor, os contornando bem longe, com a mão nos revólveres. E alguns desmoronamentos em outros lados. Depois de alguns minutos, avistaram o final do prédio. Estavam chegando ao seu telhado inclinado, que parecia bastante destruído. Deveria haver outra encosta íngreme de pedras lá. Eis que, chegando próximos à ponta, o sol por trás da névoa revelou-os a paisagem aberta à frente. Realmente estavam em um morro, e puderam ter uma ampla visão da cidade. Podiam ver prédios ao fundo, porém a neblina já tratava de engolir as pontas. Ficaram parados, sem se aproximarem da beirada, tendo a primeira visão das casas escuras sem a cerração. Lado a lado, respiraram fundo e não disseram nada. Olharam para os lados. Aquilo tudo estava nos bosques?! De jeito nenhum... Algo diferente os trouxera ali e fizera o bosque desaparecer em um piscar de olhos. E os trouxera para um lugar bem grande... Seja lá onde fosse este lugar.

– Ou pegamos a direção errada... – murmurou Natan, parecendo realmente preocupado, com a cabeça baixa levantando o olhar de vez em quando.

– Ou entramos em uma metrópole! – bufou Mauro. Retirou o walkie-talkie do cinto e tentou chamar por ajuda mais uma vez. O resultado não foi diferente dos anteriores.

E justo quando Natan iria gritar de frustração e Mauro iria atirar o aparelho longe, ouviram um chiado próximo à beirada. Terminou no que pareceu uma risada engasgada, e parecia muito perto deles. Ambos agacharam-se, sacando os revólveres. Ouviam alguns ruídos estranhos e, conforme se aproximavam lentamente, perceberam que eram vozes. Chegando à beirada, esticaram o pescoço bem devagar percebendo que havia um amontoado de destroços ali também. E, entre eles, distinguiam três seres se movimentando e conversando.

– ...Vieram mais, mas nos separamos por hoje. Aquela escória é realmente individualista – houve outro riso rouco.

Mauro e Natan, de joelhos, ousaram colocar o peito um pouco mais para frente e então notaram as criaturas mais bizarras que já viram. Um deles era pequeno, menor que Natan, tinha uma fisionomia parecida com a de um ser humano, embora selvagem. Sua cabeça era cheia de espinhos e chifres bifurcados. Não distinguia direito seu rosto. Seu corpo era coberto de pelos e tinha braços compridos e uma cauda também. Conforme falava, algo em sua boca saía. Supuseram que fosse sua língua. Já os outros dois eram escamosos e tinham apenas um grande olho esverdeado no centro da cabeça comprida. Tinham um focinho e dentes parecidos com leões, e pernas curvadas, embora compridas e fortes. Eram acinzentados e tinham calombos nas costas, os quais os dois não entenderam o que eram exatamente.

– Não é bom ficarem se separando a essa altura... Todos nós sentimos o Poder Sagrado... – disse o peludo, percebendo que era ele quem tinha a voz rouca e chiada.

– Nada nesta Cidade é Bom! – riram os dois escamosos. – As Luzes se reuniram e vocês já ficaram com medo, há! – suas vozes pareciam femininas, embora graves e ecoantes.

– Sabe que é verdade! Há pouco estive no Centro e lá...

– No Centro das Trevas?! – gritou um escamoso, remexendo os caroços de suas costas. – Há! Mas é claro que haveria diferença da energia de lá para cá!

– Não me subestime, escória chorosa do subúrbio! – chiou o peludo, e seus pelos arrepiaram-se por alguns instantes rápidos. – Sei muito bem o que sinto! Fiquei mais afiado lá! Passei pelos domínios de Armorte e não vi uma Fortaleza sequerrrr!

E então os escamosos e o peludo começaram a se encarar e a emitir sons agudos e graves uns contra os outros, embora não tivessem se encostado nem uma vez.

Mauro e Natan encaravam-se, tapando a boca com a mão e encolhendo-se. *Céus, de que lugar saíram aqueles monstros?!*

– Ouvi até que Mestre Phantomas está agitado... E se movendo! – continuou o peludo.

Os escamosos ficaram um tempo olhando o ser à frente, pensativos e nervosos, com seus grandes olhos verdes arregalados.

– Phantomas, é... É melhor não estar mentiiindo! – e então começou a mover-se em círculos, de um jeito bastante estranho com as pernas compridas e curvadas.

– Alguns drawlins chegaram a dizer que os humanos já reuniram todas as Armas! – disse o peludo, em tom ameaçador.

Os escamosos pareciam rir ou gritar, os policiais não conseguiram distinguir. Mas estavam falando em humanos, era um começo. Será que poderia estar relacionado com o desaparecimento dos campistas? E o que eram as armas que lhes agitava tanto? E Phantomas? Seria o vampiro que os atacara? Não, aquele era Jéferson... Então talvez outro...

– Não podem ter reunido todas! Senão estariam de volta ao mundo deles! Não podem!

Natan olhou Mauro preocupado, e este sabia por quê. Acabaram de ter a confirmação de que estavam em outro mundo; e, afinal, que outra explicação poderia haver?

– Esses humanos foram devorados faz tempo! Eu encontrei os coelhos que fizeram iiisso... Não acredito que tenham sobrevivido tanto tempo – falou outro escamoso.

– Não ouviram o que eu disse antes?! Phantomas começou a se mexer, é óbvio que estão vivos!

– Há mentirosos demais por aí... Não têm o que fazer e ficam contando histórias, peludinho manso.

– Maanssssssoo?! – gritou o peludo.

– Voltaremos para o bando. E ficaremos atentos a energias puras... Malditas histórias! – resmungou um dos escamosos.

– Vou alertar os outros... Deviam acreditar mesmo! É carne fresca de novo!

Eles fizeram sons uns para os outros mais uma vez e se deram as costas. Os escamosos deram grandes saltos, descendo o morro de terra seca que havia mais abaixo, sumindo na neblina. O monstro coberto de pelos desapareceu por entre os destroços, e ficaram observando as pedras até verem-no sair de trás delas, caminhando pela rua e se afastando.

– Corra silencioso! – Mauro ergueu-se em um pulo e em outro já estava saltando para os destroços abaixo. Natan soltou uma exclamação, surpreso com sua agilidade, embora suas pernas parecessem bastante duras. Levantou-se e fez o mesmo, ainda mais ágil. Chegaram ao pavimento reto em que os três conversaram e sentiram um leve fedor. Mauro podia ver o peludo caminhando com rapidez no meio da rua rachada. Correu com passos leves, sem fazer barulho, pulando por cima de todos os destroços que podia.

– Mauro! Comissário!... – sussurrava Natan. – O que está fazendo?!

– Ele sabe como sair daqui – disse Mauro indo para o canto da rua. – Só vamos perguntar.

Mauro agora correu com toda sua força e Natan fora forçado a acompanhá-lo. O monstro parou abruptamente. Mauro teve certeza de que ele os notara e ergueu o braço e disparou contra ele. A bala acertou sua perna, fazendo-o cair no chão gritando e contorcendo-se. A fisionomia era, de fato, parecida com a de um ser humano, mas seus olhos eram vermelhos penetrantes e pareciam extremamente raivosos para eles. Os espinhos em seu rosto eram nojentos e maiores do que imaginavam.

Ambos pararam de frente para ele, que se rastejava no chão afastando-se.

– Parado aí ou o próximo vai ser na sua testa! – gritou Mauro apontando-lhe o revólver.

O monstro tremia e bufava, mostrando seus pequenos dentes pontudos e sujos.

– Vo-vocêêss... Os humanos! Os Bons! – gemeu ele parando de se rastejar. E, realmente, sua língua bifurcada balançava para fora conforme falava.

– Cale-se! Se gritar, morre! Se não responder o que eu perguntar, morre! – disse o comissário agachando-se. Natan apontava para ele o tempo todo.

– As Armas Sagradas... São pistolas?! – espantou-se o monstro. – Como eu não senti?! Como?!

– Eu disse quieto! – Mauro atirou na outra perna dele, fazendo-o choramingar mais, gemer e gritar. Xingou ambos e afastou-se mais um pouco. O eco da bala era uma tortura para Natan, que tinha certeza de que alguém ou alguma coisa poderia ouvir.

– Isso não é energia do Bem... – o monstro começou a rir rouco. – Não é... Nãão... É arma comum... Vocês não estão no grupo deeeles!

– Comece falando como saímos daqui, ande!

– Nunca sairão vivos, já devem ter visto seus antecessores espalhados por aí... – o monstro pareceu rir mais um pouco, com os olhos fechados de sofrimento ou graça.

– Fale! – gritou Natan. – Ouvimos você falar de armas... que poderiam tirar...

– Não podem me matar com estas balas... Eu apagarei temporariamente e irei atrás de vocês depoiissss! – chiou ele, lançando-lhes um olhar ameaçador sem parecer sentir dor alguma. A luz do poste perto deles apenas salientava isso ainda mais.

– Bobagem, claro que você morre! Está choramingando! – gritou Mauro dando-lhe outro tiro na coxa. O monstro voltou a gritar. – Fale das armas! Fale!

Natan lembrava-se do vampiro agora. Eles atiraram nele milhares de vezes e ele continuava se contorcendo e resmungando. Mas nunca parava. Sabia que Mauro tinha isso em mente também, mas não restava outra opção senão encher a criatura de medo.

– Carne fressca... Fi-finalmente... – o peludo ficou de quatro, com as pernas bambas tremendo.

– Diga como saímos! Diga quem são os outros humanos! – gritou Mauro aproximando-se.

O monstro chiou para ele, sem se mexer e um bafo hediondo chegou às suas narinas. Mauro encheu a cabeça dele de tiros. Descarregou todo o pente. Bufava nervoso, estranhamente nervoso.

– Mauro... – murmurou Natan.

– Vamos sair daqui, ele vai se recuperar, sei que vai – Mauro retirou outro pente, o último que lhe restara, do cinto e recarregou o revólver. Começou a afastar-se com Natan em seu encalço.

– Bosta, não descobrimos nada, nada... Jesus, que bicho... Que bicho! – resmungou Natan esfregando os cabelos.

– Como podem ser imortais assim?! – exaltou-se Mauro, dobrando uma esquina o mais rápido possível. – As pernas... Ele já conseguia se apoiar depois de três tiros!

Natan balançou a cabeça e continuaram a se afastar, agora pela calçada. Tudo ficou silencioso de novo e eles sempre passavam o mais longe possível das Luzes.

– ... Está errado, Natan – disse o comissário voltando a caminhar ao normal, exausto. – Descobrimos algo, sim... Descobrimos que existem essas tais armas que podem nos tirar daqui. E o melhor de tudo: eles ficaram apavorados! E se há outros humanos aqui temos que achá-los... Esta cidade pode ser grande, mas não tanto! Vamos encontrá-los com certeza.

– Sim, senhor... – e continuaram caminhando por um longo tempo, sem saber para onde iam, e sem olhar para trás.

Os policiais pararam para descansar por volta das 3 horas da tarde.Viram outros monstros caminhando ao longe e escondiam-se, bastante preocupados. Começaram a pensar mais a fundo se deviam continuar caminhando. Claro que precisavam sair dali, mas vendo todos os seres estranhos do caminho, sabendo que eles não morreriam com tiros, isso começava a assustá-los imensamente. O que deviam fazer então? Esconder-se? Onde? Por quanto tempo? Não, não podiam. A cidade tinha que ter uma saída, e eles iriam achá-la.

O dia passou se arrastando, e começavam a ficar com frio. Chegaram a enfrentar um escamoso pelo caminho, atirando em sua cabeça e tronco. Correram desesperadamente e isso foi tudo. Resmungavam, conversavam entre si e consigo mesmo. A noite chegou rasteira, e o silêncio aos poucos deixava de parecer algo traiçoeiro. Chegaram à conclusão de que não poderia haver tantos monstros para tantas casas. Ficaram mais aliviados, e andavam sempre na cola dos carros, para esconderem-se o máximo possível. A escuridão tomou conta da Cidade em poucos minutos e os sons distantes começaram a aumentar. Não acenderiam as lanternas, os postes estavam fazendo um bom trabalho. Descansaram mais uma vez, escorados nas rodas de uma caminhonete.

– Só pode ser brincadeira... Caminhamos o dia inteiro... – disse Natan suado. Estava com muita sede. Havia uma garrafa pendurada em seu cinto, sempre a levavam em missões na mata. Mas já havia bebido tudo ao longo do trajeto.

– Droga, a paisagem só mudou de chão pedregoso para asfalto... de casas para prédios... Que decepção – bufou o comissário. – Não está com sede? Quer um gole da minha água?

– Não, não, estou bem – Natan conseguiria segurar a vontade, sabia que teriam de poupar. Mais do nunca, estava com uma dúvida cruel sobre o tamanho do lugar onde estavam. – Acho que devíamos continuar.

Ambos levantaram-se e continuaram. Sabiam que teriam de dormir ali. Em uma daquelas casas escuras. Tremiam só de pensar. Mas assim o fizeram. Entraram em uma casa, a menor que acharam, sem cerca na frente nem um quintal muito grande. Subiram os degraus da frente bem devagar, com os ouvidos muito atentos. Ainda tinham o vampiro em mente e isso os deixava receosos. Abriram a porta e ela caiu para trás antes que Mauro pudesse segurá-la, estourando no chão. Natan virou-se rápido, observando a rua, enquanto Mauro continuou atento à casa. Estavam em uma sala, escura e empoeirada; havia uma lareira no canto esquerdo, com sofás antigos na ponta. Havia um corredor muito escuro do lado direito, que lhes deu vários calafrios. Aproximaram-se da lareira, desviando de bidês e mesinhas caídas e quebradas. Lampiões estavam espalhados pelo chão, estraçalhados. Sentaram-se em frente ao sofá, sem enxergar mais o corredor. A luz que vinha da rua não era muito forte, mas sabiam que podia ser pior.

Combinaram de dormir em turnos. Mauro começaria de vigia, afinal era o mais velho e líder. Natan ajeitou-se em um canto, puxando algumas almofadas do sofá. Eram de couro e duras, péssimas. Vestindo todo aquele uniforme era pior ainda e não ousariam tirá-lo, exceto as botas. Comentaram o dia, basicamente os mesmos comentários surpresos e indagativos que já tinham feito durante a trajetória até ali. No fundo, ambos não paravam de pensar em suas famílias e no ataque do bosque naquela manhã. Vários companheiros estavam mortos e eles não sabiam nem por quê. E foi pensando nisso que Natan adormeceu.

Natan acordou Mauro às 6 da manhã, achando que eram 8 horas no mínimo. O dia lá fora era muito escuro. Mas, assustado do jeito que passara a noite, até que o contraste era bem-vindo. Cada um tomou um gole de água, vestiu os calçados e olhou pela janela.

– Deus do céu... Se minha mulher soubesse... – bufou Mauro com o pensamento distante. Ficaram calados por um tempo, voltando a manter os ouvidos cem por cento atentos. Alguma coisa gritou ao longe e eles trocaram olhares.

– Hoje temos que achá-los... Hoje ou nunca – disse o comissário esfregando o rosto.

– Quem exatamente, Mauro? – indagou Natan.

– Ora, aqueles que têm as tais armas que podem nos tirar daqui... Ou algo assim – disse ele. – Não vamos sobreviver mais um dia inteiro... Tenho esse pressentimento.

Natan olhou-o chocado e frustrado. Mauro encarou-o firme, não aceitando o sentimento.

– Sem água, comida, bichos à solta... Vamos, Natan, analisar isso é fácil, já o vi estudando coisas piores.

– Eles falaram de um tal Phantomas... Que está se movendo... Não entendi isso – falou Natan em voz baixa. O cansaço e desanimo eram nítidos.

– E nem eu.

Mauro dirigiu-se até a porta – ou o buraco dela – e saíram. Seguiram pela calçada da direita, entrando, de propósito, em uma rua apertada, esperando ficarem mais seguros.

– Tem esposa, Natan? Namorada? – perguntou Mauro.

– Namorada... Dois anos já – disse ele de cabeça baixa, esfregando os cabelos, sentindo-os sujos.

– Que bom... Então não pode se dar ao luxo de ficar com essa cara – Mauro deu-lhe um tapa no rosto.

Natan surpreendeu-se, não fora fraco. Mas sorriu satisfeito, de olhos fechados. Definitivamente, era aquilo que estava precisando. Ambos os companheiros de trabalho se conheciam melhor do que imaginavam.

As horas se passaram sem que percebessem. Os dois eram homens de não conversarem sem muita necessidade, a não ser quando estavam em estado de choque como no dia anterior. De manhã as chances de abrirem a boca eram mais remotas ainda. Mesmo com a névoa, o céu parecia mais aberto que no dia anterior. Não avistaram nenhum ser hediondo naquele período, apenas as Luzes que os deixavam com certo receio, embora gostassem de admirá-las.

E, de repente, arrepiando suas nucas, uma voz grossa falou na rua que cruzava perpendicular a deles:

– Não sabia que os fedelhos haviam trazido mais parceiros... Resolveram se separar, é?

Sacaram seus revólveres e apontaram para o possível monstro. Ou vampiro. Não sabiam exatamente o que era. A voz começou a rir, camuflado na névoa. Começaram a escutar os seus passos. Viam uma silhueta aparentemente humana. Era alto. Tinha os ombros largos. Finalmente viram seu rosto. Tinha um bigode pequeno, assim como seu cavanhaque. Vestia uma calça vermelha listrada com branco e um terno listrado das mesmas cores. Era realmente estranho. Seus olhos eram finos e desafiadores.

– Quem é você?! Fale ou eu atiro! – gritou Mauro e ambos se aproximaram, mirando no tronco, não nas pernas. Natan ficou surpreso com o grito dele; mesmo se conseguisse fazer uma cara malvada, não achava que conseguiria dar um grito daqueles.

Carlot aproximou-se mais um pouco, vagarosamente, sem responder nada. Até que parou na frente deles e comentou:

– Sem Arma Sagrada? Que estranho, estou sentindo algo... Jurava ser a Arma... Jurava... – parecia falar consigo mesmo, vez ou outra fitando-os desconfiado.

– Que... Que fedelhos? De quem está falando?! – adiantou-se Mauro.

– Talvez esteja falando daqueles sequestrados no acampamento – murmurou Natan.

– Você sequestrou aquelas crianças? – gritou Mauro. – Eu vou atirar!

– Ahh... Vocês devem estar atrás dos desaparecidos – riu alto. – Achei que tinham vindo com eles. Bom, não vai demorar muito pra vocês morrerem aqui. Sinto muito, me enganei. Aproveitem a paisagem – Carlot deu meia-volta, acenou com dois dedos juntos e começou a caminhar.

Mauro atirou nas costas dele e Carlot parou por um instante.

– ... Não abuse, mortal. A Cidade pode matá-lo, mas se continuar incomodando eu o mato.

Natan fitava-o amedrontado. Mauro com raiva. Estranha raiva. Ele só podia ser um vampiro também. Era isso. Olhou rapidamente para Mauro.

– Saia daqui, vampiro! – bradou Natan. É isso, ele conseguiu gritar.

–Vampiro?! – riu Carlot virando-se um pouco. Em seguida, seu sorriso morreu e ele baixou a cabeça, pensativo.Virou-se novamente para os policiais.

– Não sabia que Flydiblo estava dando crias por aí – seu olhar continuou sério e seu sorriso malicioso morrera há tempos. Passou a mão no pescoço, tendo lembranças ruins. Os policiais ameaçaram-no outra vez, mas ele não escutou. Tão rápido quanto veio a seriedade, voltou o sorriso convencido.

Natan notou que ele também não tinha presas. Será que eles controlavam o tamanho? Crescia apenas quando iam comer? E por que não queria o sangue deles?!

Mauro aproximou-se. Não sabia se atirava nele ou não. Pelo que pôde ver era um desperdício.

– Queremos apenas saber onde estamos e como saímos. Não interessa o resto – falou Mauro, parecendo mais calmo. – Apenas fale, fale conosco. Foi você quem os sequestrou?... Não, não... Apenas queremos sair.

Carlot riu de novo e observou-os um instante. Em seguida disse:

– Incrível o que o medo faz com uma pessoa. Faça um favor a si mesmo e aperte o gatilho em sua boca, não vai gostar do jeito que tratam carne fresca aqui.

Mauro atirou na barriga dele. Percebeu a irritação de Carlot pelo ataque repentino. Ele acariciou a barriga com um sorriso tão falso que dava medo.

– Se tem tempo pra falar bobagem, comece explicando! – gritou o comissário.

– Só porque não morro, não quer dizer que não dói – num rápido gesto, aproximou-se com uma rapidez anormal, e arrancou a arma da mão de Mauro. Jogou-a longe e deu um soco nele. O comissário cambaleou para trás, cuspindo saliva.

Natan mantinha-o apenas na mira. Quase atirou, porém seria apenas bala jogada fora. Mauro esfregou a bochecha, impressionado com a velocidade e força. A mão parecia feita de pedra!

– Não vai nos dizer nada? – indagou Natan.

– Por que eu diria? – estavam a três passos de distância um do outro.

–Você é Phantomas? – indagou o policial.

O rosto de Carlot mudou completamente a expressão. Ficou sério, uma sombra pareceu cair sobre ele. Deu um passo na direção de Natan.

– Como sabe esse nome? – perguntou-lhe Carlot.

– Ah, agora você está fazendo perguntas... – sorriu Natan.

Carlot correu até ele e deu-lhe um tapa na barriga, fazendo uma explosão avermelhada jogar-lhe longe, cambaleando. Natan atirou em vão enquanto estava no ar. Mauro correu até Carlot. Se balas não funcionavam, só restava a força. E nisso era ainda melhor do que com revólver. Jogou seu punho no rosto dele, mas Carlot chutou-lhe com força a barriga, derrubando-o violentamente. Era um impacto sobrenatural, estavam sendo arremessados com muita facilidade.

Carlot correu até Natan e agarrou-lhe o pescoço, ainda no chão. O policial apontou a arma para cabeça dele.

– Diga onde ouviu o nome! – ordenou Carlot e apertou-lhe a garganta.

Natan bateu no rosto dele com a coronha. Pareceu não adiantar, e Carlot apertou seu pescoço ainda mais, fazendo-o colocar as duas mãos na dele.

– Você! – Carlot chamou Mauro. – Diga o que sabem sobre Phantomas ou acabo com ele!

Mauro já estava de pé, ofegante.

– Não pode nos matar já que somos sua única fonte de informação.

– Mortal... – Carlot encarou-o com extrema raiva, cerrando os dentes. Nunca fora tão humilhado por seres humanos comuns. Rafael Dambros não contava, pois tinha Magnum em mãos.

– Não, pare! Eu conto! – disse Mauro de repente. Fitava-o assustado. Algo em Carlot havia lhe intimidado. Os olhos... – Solte-o, agora.

– Conte, agora! – gritou novamente.

– Dois bichos estranhos... mencionaram esse nome. Apenas isso. Disseram que o admiravam muito e falaram sobre um tal Centro de... de Trevas... Mas não entendemos nada. Falaram também de umas armas sagradas, que você comentou há pouco.

Carlot soltou o mortal e levantou-se depressa, aproximando-se de Mauro. Encarou-o nos olhos, calado, e logo indagou:

– Isso é tudo? Realmente tudo?

– Agora que tal nos contar como saímos daqui – disse Mauro, sentindo a respiração dele em seu rosto.

Carlot passou por ele, dando-lhes as costas. Natan tossia no chão e o comissário aproximou-se dele.

– Tudo bem?

Natan balançou a cabeça, fazendo gestos com a mão.

– Disseram que admiravam Phantomas... – murmurou Natan com um sorriso. Poderiam usar a informação verdadeira, de que o tal Phantomas estava se mexendo, mais tarde.

– Qual o problema em falar, conte! – gritou Mauro para a Arma Maligna novamente.

– Armas Sagradas... – o passo dele estava rápido e a voz diminuindo, Mauro fez sinal para Natan segui-lo. Correram até o homem misterioso. – Precisam delas para saírem daqui.

– Ótimo... Ótimo, é um começo! Não foi difícil, hã, desgraçado – disse Natan.

– Agora que sabem como, sumam daqui – disse Carlot. – Queriam brincar, nós já brincamos.

– Tá, mas e onde conseguimos as Armas? – quis saber Mauro.

– Muitos desta Cidade fariam de tudo para obterem essa informação – riu Carlot. – ... Já outros fariam de tudo para fugirem delas.

– Sabe ou não sabe?

– ... Não.

– Mentira!

Ele não respondeu. Continuaram insistindo na conversa, mas Carlot calou-se totalmente. Mauro e Natan trocaram olhares e diminuíram o passo.

– Ele deve saber algo, sim – disse Natan.

– Claro que sim. Vamos segui-lo. Vai ter que nos tirar à força... Tem algo de diferente nele...

Aproximaram-se de novo e Carlot pareceu incomodado.

– Embora não queira falar nada, não pode nos impedir de te seguir. Se você não nos fez mal, acho que continuará não fazendo – falou Mauro.

Carlot balançou a cabeça negativamente e diminuiu a velocidade. Desde que os humanos ficassem quietos não haveria maiores problemas.

– Só porque estão comigo, não esperem que eu os ajude caso alguma coisa aconteça – disse seco, aumentando o passo.

– Estamos em três. E eu vi seus poderes... O que pode acontecer? – falou Natan.

Todos se calaram pensativos.

CAPÍTULO 13

ENCONTRO INESPERADO

Um breve momento de dor, aguda e agonizante. Intensa e sofrida, muito pior que a derrota que tivera com Flydiblo. Ganiu. As lágrimas escorriam. Sentiu a chama dos olhos se apagar. A escuridão voltou. Sentiu o corpo pesado e logo depois leve. Um baque surdo no chão. A cabeça dolorida. O coração perfurado. Os pulmões não inflavam mais. A barriga parara de arder em fome. Não sentia mais nada. Era o fim.

Momentaneamente. Um frio gélido dançou por seu corpo. Abriu os olhos. Estremeceu. Aos poucos começava a sentir o corpo ressurgir. Não sentia a barriga doer, passando a mão no tronco não encontrou nenhum corte. As costas estavam molhadas de sangue. Levantou o tronco. Devia estar morto. Tebaldi o matara, a seu pedido. Lembrou-se da mitologia. Vampiros morriam com estacas no peito. O que havia de errado? Será que elas deviam permanecer lá? Bufou. Agachou-se ao redor da pequena quantidade de sangue que havia saído de seu corpo. Estava morno, daria para segurar um pouco com aquilo. A barriga roncou de repente, implorando por comida. Os olhos voltaram a ficar vermelhos. Sentia-se regenerado quase que por completo. Terminou de beber o próprio sangue perdido. Não fazia sentido ter ressurgido se estava morrendo de fome. Gritou. Bem alto. Socou o chão com toda força, rachando-o. Ficou surpreso consigo mesmo. Assustado. Não queria aceitar seu destino. Nunca lutaria ao lado de Flydiblo. De Armorte?! De jeito nenhum!

Não sabia o que fazer. Estava perdido. O ódio em seu coração congelado aumentava. Sua mente tornava-se cada vez mais sombria. Agora não tinha mais a proteção de Magnum. Não tinha mais amigos, nem parceiros. Não tinha mais nada.

Só queria ter morrido. Ter ido a algum lugar tranquilo e longe daquela luta sem fim. Talvez até junto de Tina. Oh, Tina. Queria ter certeza de que nunca faria nada contra Tebaldi e Jordana. Sim, ele agora cuidava dela. Um cuidaria do outro, sem dúvidas. E talvez com menos gente os laços entre eles aumentariam. Esperava que sim. Riu de seu pensamento, sem saber que aquilo era vergonha. Estavam terminando de reunir as Armas Sagradas. Aquelas que sonharam por tanto tempo, todos juntos. Quantas pessoas morreram para lhes dar aqueles objetos... E ele agora bebia sangue e ficava raivoso com facilidade. Estava completamente apavorado, com medo de sucumbir ao lado das trevas.

Levantou-se e respirou fundo. Não era mais preciso ar para os seus pulmões. Nunca mais. Sequer lembrou-se de sua família – além de Tina. Estavam todos distantes, extremamente distantes. Não saberia dizer como era a sensação de estar em casa, mal distinguia as vozes deles em pensamentos. Se tivesse percebido isso, talvez tivesse chorado. Talvez. Ouviu um resmungar atrás dele. Virou-se depressa, assustado. Um dos seres terríveis daquela Cidade aproximava-se. Parecia um camaleão gigante, com a cabeça um pouco mais arredondada e chifruda. Fitava-o com olhos cansados e desinteressados. Rafael Dambros ficou imóvel, encarando o bicho. Ele aproximou-se balançando sua cauda estranhamente forte. Olhava para Dambros o tempo todo, mas começara a desviar dele. Parecia espirrar e tossir. Balançou a cabeça e desviou seu olhar, caminhando para trás dele, lentamente. Rafael teve que desviar de sua cauda. O monstro não lhe atacara. Vira-o e fora embora! Recusara sua carne fresca! Notou que estava com a mão no cinto. Magnum fazia falta e iria continuar fazendo.

Será que não lhe atacara... Por causa de sua nova natureza? Porque era um vampiro? Um novo ser da Cidade das Trevas? Pode ser. Se não houvesse mais sangue fresco em seu corpo não atrairia os seres daquela Cidade. Talvez até sentissem o cheiro de Flydiblo impregnado nele. Estremeceu de nojo só de pensar. O camaleão desapareceu rapidamente na escuridão. Seus olhos piscavam de vez em quando, mas ainda não sentia dominá-los por completo. A névoa atrapalhava quando estava descansando. Ele não tinha forças para invocar os olhos o tempo todo. Iria treinando no caminho. No caminho... Para onde? O que faria agora? O plano era ficar ali, jogado, morto. Iria atrás dos amigos de novo? Seria uma boa ideia? Tinha medo de machucá-los. Pobre Jordana, ficara apavorada. Voltou a lembrar-se do olhar dela... Suplicante... Medroso... Doce de tão apavorado... Balançou a cabeça expulsando qualquer pensamento repulsivo e maligno que seu novo cérebro poderia criar.

Voltou a andar. Sem companheiros ao lado, sem a sensação pura das Armas Sagradas, e com uma nova doença no corpo. E o que poderia fazer, senão isso? Ficar sentado?

Havia algo de diferente na paisagem. Não apenas por seu olhar piscar avermelhado de vez em quando, revelando-lhe casas vezes belas, vezes destroços horríveis, era algo que ele apenas sentia. Caminhava no meio da rua, mais distraído do que jamais esteve naquela Cidade. Se no começo, antes de acharem as Armas, havia uma tensão no ar, agora havia uma... indiferença. Não a sensação pura e tranquila que acostumara com Magnum, era apenas como se estivesse caminhando em Caxias do Sul. Depois que outros dois quadrúpedes saltaram de telhado em telhado sobre sua cabeça, sem fazer-lhe mal, convencera-se facilmente de que nada mais faria. Ou pelo menos por enquanto. As casas não pareciam mais traiçoeiras, e a neblina não parecia um estorvo. Enfrentara a morte e ressuscitara. O que mais poderia temer? E então sorriu. E ficou com aquele sorriso por um bom tempo, completamente distraído em pensamentos. Estava sentindo-se destemido. Metade de sua consciência sabia que aquilo era péssimo. E essa metade estava diminuindo...

Observou as Luzes, intrigado. O que aconteceria se ass tocasse de novo? Continuaria sentindo-as puras e revigorantes? Ou o novo corpo... assimilaria do mesmo jeito que os raios de Carlot? Estremeceu e procurou deixá-las de lado, como sempre fizera. Perguntou-se então que dia era. Afinal, por quanto tempo permanecera dormindo? Ficou com medo só de pensar. Mas não teve jeito, aquilo começou a encher-lhe a cabeça, muito rapidamente. Poderiam ter passado... Dias, semanas... Anos?! Claro que sim, suas lembranças continuariam as mesmas. Mas aí significaria a vitória da Cidade das Trevas. Ele suspirou aliviado. No fundo, sempre torcera pelas Armas. Isso lhe garantiu sua humanidade e ele sorriu, dessa vez doce e satisfeito. A Cidade não poderia vencer. As Armas estavam quase todas reunidas. Talvez não tivesse dormido tanto tempo assim... Talvez. E pensando em dias e semanas, perguntou-se quanto tempo mais aguentariam ali. Ele talvez durasse mais, mas preocupava-se com os dois que deixara para trás. Aguentariam dias? Semanas? Meses? Duvidava muito. Mas afinal, há quantos dias eles estavam ali? Bem, se ele não sabia nem quanto tempo ficara dormindo, responder aquilo era impossível.

Aquele dia estava um pouco mais claro que o normal, segundo suas lembranças. A névoa parecia menos densa e não sabia dizer se era manhã ou tarde. De certa forma, gostou. Aquela marcação de tempo era cansativa. Sempre fora, a vida inteira. Era bom caminhar sem saber quanto faltava para parar. Os rugidos longínquos voltaram. Não sentiu nada demais. Apenas barulho. E, virando para o lado por um momento, avistou um telefone público pela primeira vez. Estava rachado e sujo, nada mais, próximo de uma das sinaleiras acesas. Olhou-o vagamente surpreso e continuou caminhando, colocando as mãos no bolso.

De repente, começou a sentir algo na cabeça, próximo à nuca. Era como se o cutucassem, embora não muito forte. Era apenas um pressentimento. Ficou imaginando o que seria. Aquilo começara a incomodar, mas até que não demorou muitos minutos para esquecer. Distraído em seus conflitos internos, indo para onde a neblina subrenatural o levasse.

Não estava mais ficando cansado. Caminhara como nunca caminhara antes, mesmo com Magnum lhe dando forças extras de vez em quando. Não parara para descansar nenhuma vez. Começou a ouvir vozes longínquas. Eram várias. Estaria ainda sob domínios de Mortual? Aumentou o passo, procurando concentrar-se para ver através da névoa. Conforme ia se aproximando, reconheceu os sons animalescos dos mortos-vivos do cemitério que estivera lutando da última vez. Só podiam ser eles. Mas por mais que corresse, eles continuavam parecendo bem longínquos. Parou então no topo de uma rua que fazia uma descida íngreme de estrada de chão. Forçou o olhar piscando e tudo ficou avermelhado, e a névoa sumiu. Rafael Dambros soltou uma exclamação. A rua descia por vários metros, ficando sem saída sob as margens do Mantus. Lá estava o rio e, embaixo das encostas de concreto, na pequena margem, vários grupos de zumbis. Geralmente em quatro, alguns perdidos, outros caíam no Mantus de forma ridícula. Não estava lotado, mas havia um bom número deles. Dambros respirou fundo, lembrando-se de Jéssica.

Fora então que o Mantus agitou-se, formando ondas que Rafael nem imaginava ser possível naquelas águas. Todos os zumbis agitaram-se mais. Mas, ao contrário de seu estado perdido anterior, todos se viraram para o rio. Aos poucos deixaram de falar e seus corpos ficaram parados, como estátuas. O vento aumentou, trazendo consigo um clima de tempestade. Dambros sentia que algo iria acontecer. Olhou para os dois lados do rio. Não havia nada. Claro que não, ele mesmo ajudou a matar Caronte. Matar... Mas ele mesmo estava ali. Vivo...? De qualquer forma, a Cidade o trouxera de volta...

E finalmente acontecera; uma explosão de água no meio do Mantus. Algo estava emergindo daquelas águas profundas. E, com a visão avermelhada, Rafael enxergou alguns raios cruzando o rio, rapidamente, como serpentes agitadas cuspindo aquilo para fora. E lá estava a canoa do barqueiro cheia de água, com seus rabiscos e estátuas. As águas ficaram mais calmas e o barco parecia mover-se bem devagar rumo à margem. Dambros observava tudo muito curioso. Como o barco seria guiado afinal? E, como se estivesse ouvindo seus pensamentos, a estátua, em uma das pontas do barco, moveu-se com dificuldades e depois mais fluidamente. Era ele. O próprio.

Doravante, chamam-me Caronte.

Colocou o remo na água e dirigiu-se à margem, fazendo os zumbis voltarem a se mexer. Rafael já podia imaginá-lo recitando os versos para aquelas almas penadas. Aqueles uhus. Malditos uhus.

Então era isso. O barqueiro estava de volta. A Cidade precisava de um. E a neblina? Pensavam que havia sido criada pela morte dele. Sua visão apagou-se e ali estava ela. Cobrindo todo o rio abaixo.

De repente ouviu uma explosão ao lado dele. Colocou as mãos próximas à cabeça e abaixou-se, instintivamente. Uma lâmpada de um dos postes havia queimado ao seu lado. E, em seguida, várias outras começaram a apagar. Algumas estouravam e outras simplesmente apagavam. A única sinaleira que avistava dali ficou escura, desaparecendo. No outro lado do rio aconteceu a mesma coisa. Talvez a neblina fosse a próxima a sumir... Gostara de presenciar aquilo no rio. Era mais do que esperava naquela nova vida. Talvez agora ele o deixasse andar em seu barco sem pagar.

O pagamento, um monte.

Ou talvez não.

Não pretendia descobrir. Caronte estaria ocupado por um bom tempo, levando aquelas almas desgraçadas para os confins mais obscuros do mundo, e até do universo. Deu meia-volta e continuou a andar. Pelo menos a visão já estava praticamente dominada. E aquela força toda que sentiu enquanto socava o chão? Teria que testar em algum monstro? Não parecia uma boa ideia agora que eles o estavam ignorando.

Pode ser uma droga de corpo... Mas está sendo bem útil. Talvez seja burrice ficar reclamando dele e rejeitando-o... Será que foi assim que Tebaldi sentiu-se com aquela transformação?... Mesmo que eu queira perguntar isso a ele, não o aguentaria por muito tempo. Nem a tagarela da Jordana. Talvez fosse melhor mesmo... Ficar longe deles, pensou Dambros.

A sensação desconfortável na nuca voltara, dessa vez muito mais forte. Era como se soubesse estar próximo de algo, ou como se estivesse ciente de estar sendo seguido. Era um múltiplo de sensações que se juntavam em um ponto, atrás de sua cabeça. Rafael ficara mais agitado, usando a visão avermelhada mais vezes. Notou algo se movendo no céu, distante. A rua em que estava, cheia de casas pequenas e com canteiros secos sem árvores, sem prédios, lhe proporcionava uma visão um pouco mais ampla do céu. A caminhada longa lhe trouxera de volta ao subúrbio. E, por mais forte que fosse sua nova visão, ela não conseguia atravessar as nuvens do céu.

Mas não precisou pensar muito para relacionar com Flydiblo e ficar ainda mais agitado, aumentando o passo.

De repente, viu um ponto caindo do céu, distante, como um passarinho ferido. Desapareceu em meio aos telhados, e a sensação que estava tendo pareceu piorar. Dambros virou na primeira esquina do lado direito, oposto ao que o pássaro caíra – embora não acreditasse mesmo que fosse um pássaro – e partiu depressa. Começou a correr, percebendo que pela primeira vez, desde que ressuscitara, estava assustado e fugindo de algo. A rua era silenciosa, embora ampla e vulnerável. Sentia que estava descendo, observando morros distantes com um aglomerado de casas vulneráveis à erosão. Pareciam favelas, que só com a sua visão vampírica conseguia ver. Preferiu desviar delas ainda longe, mesmo com os seres aparentemente indiferentes quanto a ele. Virou-se à direita de novo, passando por ruas realmente íngremes e precárias, e o toque em sua nuca começou a falhar, embora nunca sumisse por completo. Não demorou muito para se ver em cima de um morro de frente para as favelas. As casas ali eram um pouquinho melhores, embora havia uma estranha sequência de casas em pé e outras destruídas pela metade. Continuaria naquele morro, seguindo em direção aos prédios que via ao longe.

A pressão que estava sobre ele aumentou. Não sabia como, mas tinha certeza absoluta que algo o seguia. Aquela sensação parou de falhar e aumentou mais do que nunca. Dambros ficou inquieto. *Quem poderia ser, afinal? Ninguém até agora lhe dera atenção e de repente alguém o seguia sem parar?!* Começou a ouvir um barulho de vento distante. Zunia em sua direção. Virou-se e observou a rua com carros capotados às suas costas. A visão ficou avermelhada e finalmente o viu. Os olhos pareceram dar um zoom e viu algo em alta velocidade na estrada, como um raio. A visão voltou ao normal, ele nunca havia dado um zoom como aquele. Talvez em menor escala, observando Caronte... Tudo ficou escuro de novo, e o barulho de vento ficara muito forte. Viu aquele vulto quase voando desviar de quase cinco carros em dois segundos e então chegou até ele. Trombou de frente e Dambros sentiu-se agarrado. Fora girado e lançado contra um carro estacionado com uma facilidade incrível, amassando-o violentamente e queimando-lhe as costas. Caiu de cara no chão, sentindo a coluna destruída. Gemia, mas conseguia ficar de quatro, ofegante. A dor estava indo embora depressa. Céus, o corpo era realmente incrível! O barulho de vento parara por completo. Levantando um pouco o rosto, viu os pés do agressor. Pés! Com tênis velhos e sujos de terra. Levantou-se ainda com dor. Era um garoto! Devia ser dois ou três anos mais novo, pelo tamanho. Seus olhos faiscavam vermelhos. Vampiro?!

– Você também é, não é? – disse o garoto apressado, aproximando-se. – Fale a verdade!

Dambros recuou instintivamente, e olhou brevemente para trás vendo o carro que parecia ter levado uma batida de outro carro.

– Não se aproxime! – disse, ainda ofegante. A roupa do garoto estava cheia de furos, como se tivesse sido metralhada.

– Temos que sair daqui, Flydiblo está próximo! – gritou o garoto. Estava bastante descabelado. Tinha impressão de conhecê-lo...

– ... Flydbiblo?! Co-como...?... Hein, você não é... O guri da festa de aniversário?! – disse Dambros boquiaberto. Estava realmente chocado. – No acampamento... No dia em que viemos pra cá... Você me serviu bolo!

– Não ouviu o que eu disse?! Se é um vampiro também, me acompanhe! – falou Jéferson, agarrando-o e puxando-o pelo braço. Seus passos aumentaram, ficando tão rápidos quanto uma hélice de helicóptero. Dambros começou a ser puxado, com os pés fora do chão. Gritava e gemia, surpreso com o que estava acontecendo. Enfim, pisou com força no chão, fazendo-o rachar e a velocidade diminuir. Jéferson parou e soltou-o. Dambros olhava para seus pés, chocado, e de volta para o vampiro à sua frente. Jéferson parecia impaciente, olhando-o com reprovação.

– Não estou mais sentindo ele... – disse o garoto. – Até que enfim... – bufou.

– O-o quê... O que está fazendo aqui?! – gritou Dambros. Não sabia sequer se era um inimigo. Se fosse, tinha impressão de que aquele vampiro era muito mais habilidoso que ele.

– Vim junto com Tebaldi, ele decidiu voltar aqui por vocês. – explicou Jéferson. Com isso, ganhara toda atenção de Dambros. – Mas Flydiblo me achou antes dele, e sou o mesmo que você. Ele acabou me capturando e me dando de comer.

– Tebaldi te deu?!

– Não, o Mestre, né!... Mas estava tentando me colocar do seu lado... De jeito nenhum! Só quero voltar ao normal... Acho que saindo daqui eu consigo. Flydiblo me contou que transformou um amigo do Rafael em vampiro, e nós podemos sentir um ao outro, já deve ter notado.

Dambros percebeu que não sentia mais pressão alguma. Era como se já tivesse passado do perigo. Ou como se o perigo o tivesse encontrado.

– Tebaldi saiu da Cidade? – indagou Dambros, chocado.

– Sim, saiu.

– Como?!

– E eu lá vou saber... Estava no acampamento... Ah, mas deixa eu continuar, você também pode sentir Flydiblo quando ele estiver por perto. E ele pode senti-lo. Entendeu? – continuou Jéferson. – Esse poder é uma faca de dois gumes, não concorda? Por sorte, consegui escapar e me afastar na corrida.

Rafael ficou parado, fitando o garoto, abismado com tudo que ouvira.

– E você... Por que veio com Tebas pra cá?

– Flydiblo matou meus amigos. Eu sei tudo sobre as Armas Sagradas e o que vocês passaram...Vim ajudá-los a acabar com ele – respondeu Jéferson, sério.

– Nossa... Aquele Tebas trouxe mais um pra forca... Deus do céu – murmurou Dambros.

– Fraco desse jeito e ainda tem coragem de falar assim? – riu Jéferson.

Dambros cerrou os dentes.

– Como posso ter certeza de que não é um inimigo? Hã?! – desafiou-o. – O que tem em sua defesa?

– Quê, não ouviu tudo que eu te contei até agora? – reclamou Jéferson.

– Até Armorte colocou coisas na minha cabeça! – resmungou Dambros.

– Armorte... – murmurou Jéferson pensativo. – Tenho certeza que Rafael falou nele... Mas se eu fosse um inimigo estaria lhe fazendo algo... Não acha? Você mesmo disse que me reconheceu do acampamento!

Dambros respirou forte, fitando-o profundamente. Os dois ficaram em silêncio por um momento. Era como se ambos estivessem olhando para algum projeto de ciências.

– E o que faz longe do grupo? – indagou Jéferson, finalmente – ...Já sei, resolveu sair por vontade própria.

Rafael não respondeu, apenas fitou o chão por alguns instantes.

– É admirável. Foi difícil pra eu decidir abandoná-lo também. Mas aqui estamos, cheios de habilidades sobrenaturais, prontas para serem usadas contra os Mestres.

– Então... Está fugindo de Flydiblo... Mas quer matá-lo? – indagou Dambros.

– Já tentei atacá-lo, mas ele é forte demais. Preciso de ajuda...

Dambros parou um instante, observando o garoto novamente. Ele havia abandonado a família e tudo... Para vir se vingar? Era bastante macabro de sua parte, teria que tomar cuidado naquela Cidade.

– Então aquela sensação... Quer dizer que há um vampiro por perto? – disse Dambros.

– Ou o Mestre. Mas só Flydiblo – completou Jéferson.

– Se está procurando o grupo das Armas Sagradas pra te ajudar, fique à vontade. Eu não vou voltar pra lá – disse Dambros cruzando os braços.

– Queria não ter que encarar Tebaldi depois de quase tê-lo atacado.. – falou Jéferson com um sorriso torto, pensativo. – Por isso segui o sinal daquele que poderia ser o amigo de Rafael, transformado também em vampiro. Se estava longe de Flydiblo devia ter algo contra ele também, não? Podemos nos juntar.

Dambros começara a digerir a ideia devagar. Podia ser o garoto do acampamento, mas... se for da Cidade poderia ser perigoso... Ou talvez não. Tinha os mesmos poderes que ele e um bom motivo para estar contra os Mestres. E tê-lo por perto ajudaria-o a desenvolver seus poderes. E seria um saco ficar com aquela sensação na nuca toda vez que chegasse a alguns metros de distância dele.

– Não podemos caçar Flydiblo ainda... Preciso me desenvolver mais – disse Dambros.

– Então está aceitando?! – disse Jéferson sorrindo.

– É isso aí. Somos uma dupla de bastardos, não somos? Não tem nada de prejudicial em nos juntarmos... Eu acho... – respondeu Dambros, sem fitá-lo nos olhos.

– Muito bem! Uma dupla já me deixa bem mais confiante! – Jéferson aproximou-se e colocou a mão no ombro dele. – Vamos treinar este corpinho agora então.

– Há quanto tempo esteve com Tebaldi? – indagou Dambros.

– ... Ontem. Por quê?

Dambros sorriu. Então ficara desacordado por apenas... Uma noite. *Que alívio!*

– Nada, nada... Qual seu nome?

– Jéferson. E você deve ser o xará do Rafael, né?

– Dambros. Rafael Dambros.

– Prazer. Agora tente me pegar, se puder. Concentre-se nas pernas, apenas isso. Vamos nos afastar daqui, fugimos de Flydiblo e treinamos ao mesmo tempo – Jéferson deu alguns passos de costas, virou-se e começou a correr. Não muito, mas como alguém correria normalmente.

Dambros correu atrás. Suas pernas eram maiores que as do garoto. Quando chegou perto, o mais novo vampiro começou a aumentar o ritmo. Dambros colocou força nas pernas, e começou a sentir-se leve, vendo os carros passarem em alta velocidade ao lado dele. Jéferson continuava sempre metros à frente dele, mas sua visão ajudava a acompanhá-lo. A corrida continuou por vários quilômetros e, pelo menos daquela vez, Dambros não foi capaz de alcançar Jéferson.

CAPÍTULO 14

ALIANÇA DE RENEGADOS

– Atravesse logo.

– Mas só com um...?

– Podia começar a ter um pouquinho de fé!

– Fé... Nesta Cidade é ótimo... – resmungou Dambros.

– Tá com medo de machucar a mão, é isso?

– Porra, não me dê ordens! – exaltou-se, por mais que tentara se controlar com o mais novo parceiro. Notou sua expressão surpresa, mesmo com o canto do olho. Jéferson ainda não conhecia inteiramente a personalidade dele. Rafael pegou impulso com o braço e lançou-o com força na parede de tijolos. Enterrou o punho nela, levantando uma leve nuvem de poeira. A dor não fora tão forte assim. Ambos sopraram a poeira e bufaram.

– Se fosse com dois golpes eu conseguiria! – reclamou Dambros. O soco não atravessara completamente. Havia um leve buraquinho que os permitia ver do outro lado.

Jéferson socou a parede com uma velocidade incrível, e pedaços enormes de tijolos caíram no chão. Soprou a nuvem de poeira e ambos viram que havia um buraco maior em que podiam ver do outro lado perfeitamente.

– É assim que devia fazer – sorriu Jéferson.

– Filho da mãe... – Rafael deu a volta e saiu do beco, chutando um latão de lixo enorme, fazendo-o voar para o meio da rua. Jéferson aproximou-se rápido e continuaram a caminhada.

– Não pode ficar bravo comigo por causa disso... Estou tentando te ajudar. Não era isso que queria? – disse Jéferson.

– Tenho que ficar feliz por ser inferior, é isso?! – reclamou Dambros.

Céus, por que as pessoas têm essa necessidade de querer melhorar o humor das outras?! A vida toda isso só piorou pra mim...! Acaba ficando sempre mais e mais claro que tenho motivos pra ficar com o humor de antes...

– Calma, poxa, estamos treinando devagar... – Jéferson colocou o braço ao redor do pescoço dele. – Continue socando os carros pelo caminho, notei uma boa melhora de uns minutos pra cá – deu dois tapinhas em seu ombro.

– Legal, arrumei outra Jordana... – resmungou Dambros, afastando-se dele.

E assim continuaram caminhando pela calçada, enquanto Rafael batia em todos os carros que cruzava, amassando-os violentamente.

Já estavam caminhando há três horas juntos, sem descansar. Rafael já havia dominado por completo a visão vampírica e caminhava com ela o tempo todo. De vez em quando se irritava e enjoava do tom avermelhado, mas descansava por breves segundos. Jéferson não descansava nunca.

– Como Flydiblo te achou? Ele que fez... esses furos na sua roupa? – indagou Dambros de repente.

Jéferson ficou surpreso com a pergunta, mas disse:

– Tentei atacar Tebaldi, mas consegui correr antes que o fizesse. No caminho, o Mestre me achou. Me colocou nas costas e me levou para comer. Depois de comer me senti muito melhor e com alguns socos consegui ganhar uma boa distância dele. Aí comecei a te sentir...

– Uns socos? Fugiu dele com isso? Daquele bichão enorme? – Dambros ainda desconfiava dele, e a história dos furos ainda não fora resolvida. Podia ser um pouco faceiro demais às vezes, mas sua mudança de humor era surpreendente. Quando ficava sério, caminhando ou batendo em algo, parecia realmente ameaçador e uma sombra caía sobre ele.

– Ele pode ser forte, mas não tem velocidade. E se ele é maior do que eu... bem, quer dizer que eu tenho mais espaço pra bater do que ele, não? – disse Jéferson com um sorrisinho. – ... Ainda me investigando, é?

Dambros respirou fundo, no entanto não disse nada. Continuou acertando com força os carros que alcançava.

– Tá bom, fique com sua desconfiança... Desde que não faça nenhuma bobagem... – falou Jéferson. – ... Tebaldi me contou algumas.

Dambros segurou o soco que estava prestes a dar em uma caminhonete. Quase falou algo, porém pensou duas vezes e enfiou a mão no veículo com toda força. Este voou longe, capotando três vezes. Jéferson deu um assobio longo, enquanto Dambros olhava para seu punho, chocado.

– Divertido, hã? Lembro quando fiz algo assim pela primeira vez... Tenho vários desses socos guardados pra cara daquele Mestre maldito...

Dambros olhou ao redor, esperando ver algum bicho aproximando-se. Viu olhos no telhado de um prédio baixo, fitando-os, mas logo sumiram.

– Ei, tem algo ali na frente – disse Jéferson, e correu para a rua.

Dambros seguiu-o. Estavam chegando a uma parte alagada. Mas não parecia água... Nem sangue...

– Isso é lava! – falou Jéferson sorrindo surpreso.

– Caralho, e é mesmo... – murmurou Dambros observando a fumaça dali e o leve calor que seu corpo assimilava. A lava percorria uma boa parte daquela rua e da que cruzava com ela, parecendo uma enchente. Postes e lixeiras flutuavam, derretendo aos poucos. – Que diabos faz aqui?!

– Eu sei lá... – falou Jéferson, com seu sorriso murchando.

– Magma... – murmurou Rafael. Jéferson fitou-o interessado. – Sim, me lembro... Estava atrás de nós na Arena das Armadilhas. Só pode ser...

– Arena das Armadilhas... Tebaldi me falou também – comentou Jéferson.

– Magnum teria umas coisinhas pra dizer agora... Acho melhor mudarmos de direção – disse Dambros. – Estou me fortalecendo pra bater naquele couro grosso, não em algo... feito de lava!

– Beleza.

Continuaram olhando para o líquido, algo que nunca tinham visto. A Cidade vivia lhes proporcionando visões como aquela... Deram meia-volta e afastaram-se apressados. Iriam contornar todo aquele quarteirão e então continuar indo reto. Sempre reto.

– E como está sendo? – indagou Dambros, sem jeito. – Uma Cidade monstruosa destas... Virou vampiro da noite para o dia... Como lida com isso?

Jéferson deu um breve sorriso e seus olhos caíram para a calçada, pensativo. Ele gesticulou a cabeça várias vezes, estranhamente, até que, por fim, falou algo:

– Acredito que vamos sair... E que essa doença vampírica não é pra sempre. Então é só seguir com fé.

Dambros aproveitou que o garoto estava de cabeça baixa e riu virando-se levemente para o outro lado. Teve que controlar-se para não gargalhar. E pensou: *Uau, está melhor que eu... Que bom, muito bom. Aproveite o otimismo enquanto pode.*

– Sabe, não acho... – Jéferson iria continuar, mas ambos ouviram o que parecia um rugido muito próximo deles, e um barulho de vento, como uma rajada forte. Os dois pararam subitamente, mas não viam nada ao longe mesmo com a visão vermelha; os carros atrapalhavam muito e a rua parecia virar.

– Rafael! – gritou Jéferson apontando para cima.

Dambros olhou para o céu e avistou um imenso objeto caindo na direção deles. Parecia um avião enorme, caindo como um cometa. Ouviu Jéferson invocar sua velocidade vampírica para o lado e fez o mesmo, para o outro. O que parecia ser um avião se espatifou no meio da rua, no lugar em que estavam anteriormente, e ambos caíram no chão com a tremedeira. Os vidros da calçada explodiram na hora. Ouviram e sentiram o avião capotar várias vezes ao longo da estrada, se despedaçando em mil partes. O estrondo foi como de milhares de trovões ao mesmo tempo. Carros e postes viraram e janelas foram feitas em migalhas. A rua ficara mais bagunçada ainda, algo que duvidavam ser possível.

Jéferson voltou a ficar de pé, sem palavras, ouvindo os últimos vidros caírem e os gritos e chiados próximos, agitados.

Dambros estava boquiaberto, olhando o objeto ao longe na rua, espatifado contra um prédio que aparentava ter sido comercial. Não era um avião, era um foguete! Estava sem as asas de trás, foram arrancadas antes de cair, percebera quando olhou para cima. Nunca vira um foguete e agora assistira um quase caindo em cima dele. *Vou morrer aqui e não vou ver tudo...*, pensou ele.

Ouviram então outro barulho e mais uma silhueta no céu. Viraram-se para cima rapidamente, preparando-se para correrem de novo. Dessa vez sim eram dois aviões. Um deles faltava uma asa, e vinham dando piruetas no ar, como se tivessem sido arremessados à mão. Mas não estavam caindo próximos a eles; um bateu no topo de um prédio daquela rua, bem mais adiante de onde eles estavam; o outro caiu na rua de trás, levantando escombros e um barulho muito alto. Os vidros se quebravam fazendo barulho como um enxame de insetos. A Cidade inteira parecia desmoronar ao redor deles.

Os dois aproximaram-se, voltando ao meio da rua. Os maiores barulhos pararam, e eles continuavam olhando adiante, esperando mais objetos voadores. Após segundos de silêncio, em vez de objetos, começaram a ver seres pulando sobre os carros ao longe. Vários, indo na direção deles. Eram ágeis e pareciam bastante selvagens.

– Uau... – Jéferson assobiou.

Rafael tinha certeza de que já os vira antes. Ao aproximarem-se mais, teve mais certeza ainda; eram idênticos aos primeiros monstros que encontraram no subterrâneo. Aqueles que trancaram Guilherme. Tinham o corpo em carne viva, cabeça arredondada e grandes garras em trio. Corriam de quatro, formando um pequeno exército, gritando e chiando, com seus braços e pernas finos.

– Vamos ficar parados? – indagou Jéferson.

– E pergunta pra mim? – disse Dambros, fitando-o levemente preocupado. – ...Vamos ficar onde estamos. Na pior das hipóteses teremos com quem treinar um pouco.

Os monstros então chegaram até eles, espalhando-se ao lado dos vampiros, diminuindo a velocidade. Gritavam para eles, ficavam sobre duas patas, mas não ousavam chegar muito próximo. Eram realmente nojentos. Perceberam que alguns traziam consigo membros humanos em suas bocas e braços, e mastigavam pacientemente uma perna inteira. Dambros estremeceu. O que aqueles bichos estavam fazendo? Por que não os ignoravam como os outros? Eles que jogaram os aviões?! Eram pequenos demais...

E, como se lesse os pensamentos de ambos, de trás de um prédio de porte médio, ao lado deles, uma sombra enorme pulou para o bando. Caiu na frente deles, atrás dos monstros, fazendo o chão tremer. Os vampiros deram passos para trás e perceberam haver bichos cercando-os. Aquele na frente... Era muito maior!

O monstro que pulara para o meio da rua tinha cerca de oito metros de altura, tendo a fisionomia basicamente igual à dos menores. Contudo, havia chifres curvados em sua cabeça feita de carne viva, e seus olhos eram muito maiores e penetrantes, embora escuros como os de Alex. Os braços eram mais longos e grossos, com cinco garras em vez de três. Suas pernas andavam curvadas também, e, esticadas, ele poderia alcançar até dez metros. Sangue escorria de seus músculos expostos, era nojento mesmo. O cheiro era extremamente forte para suas narinas superdesenvolvidas. Entretanto, para os vampiros, não era um odor saboroso como o sangue de um humano seria. Sentiam algo mais... Algo ácido impregnado junto... Definitivamente não iriam provar.

– Conhece? – balbuciou Jéferson.

– Eu não... Bem, os filhotes sim, mas... – murmurou Dambros, ainda de queixo caído e olhos arregalados.

O gigante então rugiu com força para eles, fazendo-os cerrar os olhos. E, quando Dambros deu por si, o monstro o estava atacando. Uma pata cobriu seu corpo e ele fora prensado no chão. As garras cravaram no concreto e sua cabeça era a única coisa visível entre os dedos daquele inimigo. Dambros gritou de dor e raiva. Invocou toda sua nova força, e não sentiu a mão mexer-se nem um pouco. Nem um pouco!

– Solta-o! – gritou Jéferson. – Malditos desta Cidade...

– Cale-se, sombra de Flydiblo! – rugiu o monstro que segurava Dambros. Sua voz era impregnada de sangue, que cuspia muito ao falar. – Está perante Lantro, Mestre do individualismo e ciúmes! Sei tudo sobre vocês relacionado a essas características...

– L-lantro... – murmurou Jéferson, dando outro passo para trás.

– Mestre?! – gemeu Dambros. – Jéferson, corre de uma vez, desgraçado! Usei toda força e não mexi esta mão nem um centímetro! Suma daqui! Suma!

Jéferson fitou-o por um momento, ainda preocupado, mas em seguida sorriu nervoso e disse:

– Gentil da sua parte, mas esqueceu que estou aqui só pra me vingar? Vamos começar... Quanto maior, mais espaço pra bater...

– Se der mais um passo ou falar mais uma palavra eu esmago seu amigo e dou para os meus filhotes – falou Lantro, agachando-se mais um pouco. – Eles não irão gostar, mas poderão brincar um pouco...

Jéferson calou-se e ficou imóvel. Dambros continuava gemendo apertado embaixo daquela mão gigantesca.

– Sinto o fedor do Espírito do Bem impregnado em você... – disse Lantro, e cuspiu com força para longe. – Me pegaram brincando com alguns objetos que achei por aí... Os grandões são os que mais gosto... Mas, então, os filhos de Flydiblo não irão se separar? Hein? Corra, vampiro, corra. – agora falava com Jéferson. – Fuja sozinho, este mortal preso aqui nunca ficaria por você. Está escrito entalhado no seu coração de pedra. Faça o mesmo... Ande, maldito!

As pernas de Jéferson tremiam, e ele fez os olhos faiscarem para o Mestre mais uma vez. Dambros não notou, pois continuava fazendo força, no entanto o Mestre fez uma cara de surpreso e afrouxou um pouco a pressão. Mestre e vampiro encararam-se por mais alguns segundos e então Dambros foi solto. As garras desprenderam-se do chão e Dambros sentiu uma perna quebrada regenerando-se. Gemeu de dor e continuou deitado, ouvindo os rosnados dos filhotes.

– Entendo... – sussurrou o Mestre. – Mas se cruzar com vocês novamente... Precisarão do seu pai aqui para me impedir de brincar com as sanguessugas...

Imediatamente os vários filhotes viraram-se e saíram correndo em disparada. Jéferson avistou-os subindo em cima do foguete, arranhando-o e cheirando-o. Lantro passou por cima deles e afastou-se, pulando em cima de um prédio de cinco andares.

Dambros levantou-se tossindo e esfregando a roupa, que ficara úmida e gosmenta. Aproximou-se de Jéferson.

– O que cê fez? – indagou Dambros, observando atentamente eles sumirem de vista.

– Eu sei lá... Cara de bravo? – riu ele. – O Mestre não pode fazer nada, agora somos parte disso. Somos criação de Flydiblo. Lantro teria que se acertar com ele depois. Não podem perder tempo com isso se o Espírito do Bem está caminhando livremente por aí.

Rafael fitou-o por um momento e respondeu:

– Falou e disse, garoto... Vamos continuar atrás do nosso pai então.

– É cada situação que a gente passa, né... – suspirou Jéferson, colocando as mãos no bolso.

Dambros já se curara completamente. Observou Jéferson com o canto do olho e calou-se pensativo, por muito tempo.

Eu não entendi o que Lantro disse no final, mas eu usei toda minha força e não senti a mão dele mexer bosta nenhuma... Como esse Jéferson pode dizer que se livrou de Flydiblo com alguns socos?!

A névoa começara a ficar menos densa, Dambros notou isso apenas com o entardecer. Como ficava muito tempo com a visão vampírica, acabava confundindo-se com detalhes como esse. Rafael julgou que o nevoeiro se dispersaria totalmente até o final do dia seguinte.

De repente, os dois vampiros pararam, com os olhos arregalados. Um sabia exatamente o que o outro estava sentindo. Acontecera em instantes, como se uma rajada de vento os pegasse desprevenidos. Aquela sensação incômoda e constante. A nuca lhes incomodando.

– O quê...? – a voz de Dambros morreu ali, olhando em todas as direções rapidamente.

Jéferson permanecia parado, incrédulo e confuso. Dambros percebeu.

– Flydiblo está próximo? É isso?! – indagou ele, ríspido.

O garoto meneou a boca e então disse:

– Chegou a hora...

– Então é assim... Puta merda, minha força não funcionou em Lantro, como funcionará em Flydiblo? – resmungou Dambros por entre os dentes.

– Pare de reclamar – disse Jéferson, para a surpresa do companheiro. – Lantro é bem maior que Flydiblo, não percebeu?

Dambros parou e refletiu um instante, com a sensação na nuca ficando mais forte. Seja lá quem estivesse por perto, devia estar sentindo a mesma coisa.

– Mas Flydiblo não lança ataques... Todo seu poder concentra-se na força física – retrucou Rafael, achando ainda mais estranho a história de Jéferson.

O garoto não respondeu. Voltou a caminhar e Rafael seguiu-o. Dessa vez, os dois andavam mais depressa e olhando para os lados. Quando Dambros sentiu-o pela primeira vez, ele estava bastante longe. Não iriam achar o Mestre logo de cara. Olhavam para o céu procurando por vultos negros dentro das nuvens, esperando ouvirem um grito próximo e raivoso. Tudo ficara estranhamente silencioso, embora achassem que talvez estivesse assim antes.

– Comece pesado... E não o deixe agarrá-lo como Lantro fez – falou Jéferson, e sua voz realmente ficara mais séria. Ele estava muito perturbado. Dambros desconfiava demais.

Preciso parar de pensar assim... Pare, Rafael! A Cidade está destruindo os laços entre vocês... O garoto veio até aqui para se vingar do morcegão, é claro que está tenso. E você vai ajudá-lo com prazer.

Aumentaram os passos sem perceber, o corpo já se acostumara. O toque na nuca ficara muito mais forte. Não ousavam mais falar um com o outro, dando passos extremamente leves. Havia vários destroços espalhados pela rua; madeira, ferro, gesso, tinham que cuidar para não chutá-los. E, ao longe, viam uma esquina à esquerda. Tinham certeza de que Flydiblo estava vindo por terra. Ainda estavam caminhando em ruas largas, com espaço suficiente para suas asas, tinham quase certeza de que não ouviriam o barulho de seus pés pesados. Trocaram olhares e começaram a correr. Virariam a esquina e pulariam no primeiro vulto alado que seus olhos vermelhos enxergassem.

Dobraram a esquina e dois feixes de luz amarelados foram apontados para seus olhos. Ambos pararam colocando a mão na frente. Dambros esperava o impacto do raio de alguma Arma Sagrada. Mas nada aconteceu. Ele então viu algo que definitivamente não imaginava ser possível, ficando de queixo caído. E lá estava ele. Com os olhos brilhando, vermelhos como os dele, em posição de ataque, tão surpreso quanto todos. O terno impecável, como se lembrava. O cavanhaque e os cabelos negros para o lado. Carlot.

De imediato, sua expressão de surpresa deu lugar a um sorriso fino e malicioso. Ele apontou o Anel para Dambros, fazendo o feixe disparar em sua direção. Dambros conseguiu ir para o lado em um pulo. Eram mesmo incríveis aqueles reflexos. E pulou em direção a Carlot, desferindo-lhe um soco no rosto, jogando-o para o chão com violência. Mesmo não assimilando como Carlot pudera aparecer ali, ou se era realmente o próprio, o prazer em acertá-lo fora único.

– Parado! – vozes gritaram vindas da rua, de trás de Carlot, das luzes amareladas. Eram... Policiais? E seguravam lanternas... E o mais impressionante: vivos?!

Dambros ouviu os disparos e caiu gritando. Sua perna queimava, em uma dor agonizante.

– Você também, vampiro de merda! – gritaram para Jéferson. Ele ergueu as mãos e soltou um suspiro de alívio. Então não era o Mestre Flydiblo...

– Carlot, tudo certo? Inteiro? – indagou o loiro, mais jovem, enquanto aquele de terno cafona se levantava sem maiores dores.

Dambros gemeu mais um pouco, até conseguir ficar de joelhos e levantar a cabeça.

– Rafael! Como é que tá? – indagou Jéferson.

– Dói pra caralho... Mas tá passando...

– Quero os dois de joelhos com as mãos para cima, agora! Não vou pedir de novo! – gritou o outro de cabelos castanhos e mais alto.

– Humanos aqui... – murmurou Jéferson. – Mas aquele era vampiro... – referia-se a Carlot.

– Ora, ora, ora... Rafael Dambros, portador da Arma Sagrada do Bastão de Magnum, rebaixado a filhote de Flydiblo – disse Carlot, cruzando os braços. Em seguida, deu uma alta e divertida gargalhada. Dambros levantou-se rápido, com as pernas trêmulas, cerrando os punhos.

– Se conhecem? – murmurou Mauro, ainda com a pistola apontada.

– Mauro! – disse Natan, olhando espantado de Jéferson para Dambros. – E-esses... Não são os garotos desaparecidos?! Olhe, aquele ali foi o último! – apontou para Jéferson.

Ambos os policiais ficaram de queixos caídos olhando para os dois, e ainda mais confusos do que já estavam. Eram eles mesmo! Eram sim!

– Garotos desaparecidos... Estavam nos procurando?! – indagou Dambros extremamente surpreso, sentindo as últimas dores nas pernas irem embora.

– Olha só... Uma reunião de conhecidos... Então o que eu sentia desde o começo eram porcarias vampíricas... – disse Carlot meneando a cabeça. – Aquele Mestre realmente me estragou.

– Você virou um também... – falou Rafael, sorrindo aos poucos. – Eu vi seus olhos.

– Uma Arma Sagrada não pode virar... – disse Carlot, sério.

– Claro que não. Nosso encontro foi totalmente por acaso... – disse Dambros sarcástico. – Oh, Cidade pequena...

– Você... Eu lembro de você! – gritou Natan olhando para Jéferson. – É o vampiro do bosque! Olhe, Mauro! Santo Deus, é sim!

Jéferson olhou-os arregalado, e deu um passo para trás.

– Ei, eu não lembro de vocês...

– Você! – disse Mauro aproximando-se. – É, sim! Filho da puta! Olhe essas marcas de tiro! Fuzilamos você e você voltou!

– Os sobreviventes, claro... – balbuciou Jéferson, com um sorriso torto. Percebeu Dambros fitando-o e explicou. – Agora os furos estão explicados, viu?... Lembra que Flydiblo foi me alimentar? Ele me deu um grupo de policiais... Pelo visto era o grupo deles.

Mauro deu um tiro no peito de Jéferson, fazendo-o rugir e cair de joelhos. Teve que se controlar muito para não dar outro. Já dera vários, inutilmente, mas precisara daquilo. De pelo menos mais um.

– Porra, como teve coragem...?! – Mauro guardou a arma e correu até ele. Iria enchê-lo de porrada. Carlot faria algo para lhe ajudar, caso alguém tentasse impedir, confiava nisso. Aproximou-se do vampiro que se levantava aos poucos e deu um soco em seu rosto. Ele não caiu nem nada, apenas virou a face.

– Isso não vai adiantar – disse Jéferson contorcendo o nariz. Mauro, parado em sua frente, observando o garoto quase uma cabeça menor do que ele, encheu-se de fúria novamente.

– Você matou todos os meus homens! – gritou Mauro dando-lhe outro soco na barriga. Jéferson mal curvou-se. Desferiu-lhe vários nessa sequência, e o garoto continuou de pé, e nenhum sangue saiu de sua boca ou nariz. Nada, nem um corte sequer.

– Já chega – disse Jéferson seriamente. Deu um tapa no peito do comissário e este voou até os pés de Natan, cambaleando duas vezes. Natan cerrava os punhos com força, guardando a pistola. Não iria gastar bala à toa. Carlot não se ferira com o soco daquele vampiro. Só podiam contar com ele agora. Ele os vingaria.

– Matou todos mesmo? – indagou Dambros, com cara de nojo para o companheiro.

– Olhe para eles – respondeu Jéferson estalando o pescoço. – Sinta o cheiro deles. Ouça o seu próprio estômago faminto. Quanto tempo acha que essa conversa vai durar até que você os ataque, Rafael?

Dambros desviou os olhos e ficou calado. Virou-se para Carlot, que o observava o tempo todo.

– Todos realmente se conhecem... Que bonito – zombou Carlot. – Pelo visto o episódio em Mortual não foi vergonhoso apenas para mim... É um alívio. Mas queria ter acabado com você com minhas próprias mãos.

– Temos todo o tempo do mundo agora – disse Dambros fazendo os olhos faiscarem. – Chega de procurar Armas.

– Sem Magnum em mãos perde metade da graça... – bufou Carlot. – Fica na sua, mortal tolo. Aliás, não é mais mortal, né? Tanto faz.

Dambros bufou por entre os dentes cerrados e, com um grande esforço, os olhos se apagaram. Observou o policial levantar-se com a ajuda do mais novo. *Então eles vieram de Caxias do Sul... Sabiam sobre os desaparecimentos do Raiz Forte...! Tinha tantas perguntas para eles...*

– Você é mesmo um dos desaparecidos? – indagou Mauro, notando o interesse de Rafael sobre eles. O campista, por sua vez, acordou de seu transe em observação e antes que pudesse pensar nas palavras certas para responder, a Arma Maligna o interrompeu:

– Parem com isso. Já tiveram a cena de vocês, agora é comigo. Aonde estão indo vocês dois?

Jéferson e Dambros trocaram olhares, e depois com os policiais que não gostaram da atitude do companheiro.

– Não sei – respondeu Rafael relutante. – Estávamos querendo acertar nossas contas com Flydiblo... E você, oh terninho "meia-boca"?

– Isso não pode ser verdade, é infantiloide demais – disse Carlot balançando a cabeça, com cara de desprezo.

– Você arrumou dois amiguinhos mortais e nós somos os infantis? – zombou Dambros. Neste momento, o Anel de Carlot reluziu, espelhando sua fúria interna. Dambros estava pronto para desviar, mas nada aconteceu.

– E vocês? Indo dar uma volta na pracinha? – indagou Jéferson.

– Estão caminhando rumo à destruição – disse Carlot. – Se há dois lados inimigos, e um deles é piedoso, vá por esse caminho. Magnum não vai fazer nada se eu também não fizer.

– Está indo pedir ajuda pra ele? – riu Dambros.

Carlot ficou sério por um momento e então disse:

– O que vou tratar com Magnum não é da sua conta.

– Magnum? Quem é? – indagou Natan a Carlot.

– Responda – reforçou Mauro.

– Achei que sobreviver nesta Cidade, sozinho, seria um desafio, mas aturar vocês está superando qualquer expectativa... – resmungou ele, lançando-lhes um olhar raivoso, sob um sorriso fino e largo.

– Magnum... Faz parte das Armas, não? – indagou Jéferson. – E este de terno deve ser o traidor...

– Armas! É isso?! – disse Natan, sorrindo.

– Vejam só, não tem o que fazer e fica tagarelando com o amigo... – disse Carlot, cruzando os braços e aproximando-se.

– Não fui eu quem contou pra ele. Foi outro do grupo – disse Dambros. Ainda estava pensando em todos os "comos" e "porquês" que trariam Tebaldi de volta.

Mauro e Natan aproximavam-se muito mais receosos. Carlot parou ao lado de Rafael, com o ombro quase encostado no dele, e sem virar-se para ele falou:

– Vou continuar o meu passeio até a pracinha, fique com esses dois de presente. Continuem indo para a boca do leão... – e deu uma risadinha contida e afastou-se.

Mauro e Natan pararam perto de Dambros, olhando com desprezo e raiva para o vampiro ao seu lado.

– Vão vir conosco? – indagou Jéferson.

– Vá para o inferno – o comissário e seu parceiro apressaram o passo, passando pelos dois vampiros e voltando a andar no encalço de Carlot. As lanternas tremiam em suas mãos fracas e assustadas.

– Droga, quero voltar pra casa logo... – ouviram Natan resmungar. – Minha namorada...

– Pelo menos estavam falando das Armas... Todos devem querê-las para sair daqui – disse o outro.

– Ei! – chamou Dambros. Ambos viraram-se, desconfiados. – Vieram do Raiz Forte?

– Sim, estávamos procurando... Você e seus amigos – respondeu Mauro.

– E como estão todos lá? E nossas famílias? – indagou Dambros sem conseguir conter-se, surpreendendo Jéferson, que nunca o vira falando muito depressa. – Alex está por lá?

Mauro e Natan ficaram parados, observando-o. Carlot afastava--se devagar, não precisavam se preocupar. Natan foi responder, mas o comissário o interrompeu com a mão. Sorriu e falou:

– Temos tantas perguntas quanto você, rapaz. Por que não vem com a gente e trocamos informações?

Rafael e Jéferson se entreolharam e então ouviram Natan gritar:

– Ele fica!

– Se não contar quebro seus ossos um por um – disse Jéferson. – Que tal assim?

Ele e o comissário bufaram frustrados e com raiva, e deram a volta. Dambros sorriu para o garoto. Enfim achava que ele estava aprendendo algo. Por influência dele ou da Cidade...? Rafael e Jéferson aproximaram-se dos policiais, seguindo Carlot de perto.

A pedido dos policiais, eles pararam para descansar. Já era noite e tudo ficava muito mais horripilante sem os postes e sinaleiras, embora cruzassem com algumas Luzes. Entraram no que parecia uma farmácia, segundo algumas poucas embalagens jogadas por ali ao redor de prateleiras e balcões. Não havia nenhuma placa, e as marcas de garras no chão eram enormes e profundas. Esconderam-se atrás do balcão principal. Carlot dera uma olhada em tudo, insatisfeito. Não concordara com a pausa, mas depois admitiu que precisava refletir um pouco. Sentaram em círculo, menos Carlot que ficara escorado em uma prateleira mais ao fundo da loja. Ficava sentado, sem se mexer muito, imerso em pensamentos. Rafael nunca imaginara vê-lo assim. Os policiais colocaram suas lanternas deitadas, viradas para o fundo da loja. Já era de alguma ajuda.

A história de Dambros aos policiais demorou um bocado. Ele definitivamente nunca havia contado uma tão longa, e várias vezes teve de voltar atrás para completar algo que passara em branco. Jéferson prestava atenção, vez ou outra fazendo menções das palavras de Tebaldi. O ex-líder não soubera explicar direito com surgira a Cidade das Trevas, mas contara tudo que presenciaram ali, sem dúvida. Mauro e Natan pareciam não acreditar, e muitas vezes ficavam imóveis e pensativos, e outras enchendo-o de perguntas. Mas a história enfim terminara, e chegara a vez dos policiais cumprirem a sua parte. Contaram sobre o massacre que viram no acampamento. E, quando Jéferson disse que viu Tebaldi fazendo tudo aquilo, os policiais ficaram ainda mais irados. Mauro chegou a pegar sua pistola, mas a guardou. Dambros ficara extremamente impressionado com os feitos de Tebaldi. Não esperava aquilo dele. Mas o chocante mesmo, claro, era o fato de ele ter conseguido sair da Cidade. Céus! Podia ter ido pra casa! Mas voltara... Será que ele teria feito o mesmo?

– Então era isso... Rafael Tebaldi... O fedelho das impressões digitais... Filho da mãe... Não era armação coisa nenhuma... Aliás, nunca houve sequestradores! – murmurou Mauro relembrando de tudo.

– Há quantos dias estamos desaparecidos? – indagou Rafael, de repente. – Acho que contei os primeiros, mas não faço mais ideia...

– Isso estava com Grégori... – disse o comissário. – Tenho quase certeza de que foram sete dias... Creio eu que este seja o oitavo.

– Sim, foi uma semana – confirmou Jéferson.

– Só oito? – surpreendeu-se Rafael. – Nossa... Sinto que estou aqui há uma eternidade...

– Oito?! – disse Carlot, surpreendendo a todos. – Os Mestres deixaram vocês viverem isso tudo? Com míseras duas ou três Armas? Estão com sorte, hein...

Ninguém respondeu, apenas ficaram sérios. Mas as histórias continuaram e os policiais contaram que não tiveram contato com os pais deles. Isso ficara a cargo da equipe do falecido delegado. Disseram que o monitor-chefe estava desaparecido, e que os funcionários haviam se suicidado, em sua maioria. Agora todos sabiam que Alex era um Mestre da Cidade e ninguém sabia o que dizer. Jéferson parecia bastante chocado também, com seu olhar sério prevalecendo – que ainda gerava sérias suspeitas em Dambros.

Rafael fitava Carlot seguidamente, desconfiado. Ele continuava parecendo bastante distraído, sentado, com os braços apoiados nos joelhos dobrados. Dois dias atrás estava lutando contra ele em Mortual. Socando-lhe com toda força. Lembrou-se do ataque com os Buracos Negros e encheu-se de ódio por um momento. Entretanto, ali estavam partilhando do mesmo grupo. Era incrível, mas era a verdade. Todos ali, de alguma forma haviam sido excluídos. Era um pensamento melancólico que fez Dambros fitar todos bem devagar, enquanto estes não conseguiam olhar uns para os outros. *Formavam um estranho grupo de bastardos renegados.* Ele acabou rindo do próprio pensamento. Acabou até lembrando-se de Júlio, imaginando-o sentado em um canto, talvez próximo a Carlot, com seus largos fones de ouvido e sua voz sonolenta; embora achasse que ele ficaria calado.

O estômago de Rafael roncou e queimou, fazendo os olhos dele se acenderem. Ele virou o rosto para que ninguém notasse. A fome aumentava. Não bebera nada além de seu próprio sangue no início daquele dia. E de lá para cá havia corrido, treinado e usado toda sua força contra Lantro. Seu corpo precisava de remédio. Algo que nem aquela farmácia novinha em folha teria... Afastou os policiais de sua mente. Poderia aguentar mais um pouco...

– Carlot – chamou Dambros. Ele demorou para se virar, totalmente desinteressado. – Encontramos um Mestre das Trevas, mais ou menos uma hora antes de vocês – agora Carlot parecera interessado. – O nome dele era Lantro. Nos deixou escapar porque somos... Filhos do morcegão lá.

– Sobreviveram a um e ainda estão indo para o próximo... Vocês estão realmente ansiosos pra morrer, hein?! – disse Carlot balançando a cabeça.

– Tenho certeza de que está se reunindo com os outros Mestres.

Agora Carlot ficara sério, assim como os outros. Rafael teve que se controlar para não sorrir vendo a expressão interessada dele.

– Encontramos vestígios de Magma também. Lava no meio da rua, muita lava – continuou. – Não sentimos mais Flydiblo também... Algo que você deve saber... É só juntar as peças. Tudo indica que estão se agrupando longe daqui. Devem estar planejando alguma coisa.

– Carlot disse que Phantomas é um desses Mestres... – balbuciou Mauro. – Ouvimos uns bichos estranhos dizer que Phantomas estava se movendo... Não sei o quão relevante isso pode ser...

– Se mexendo?! – Carlot quase gritou. – Vocês não contaram isso!

– E você nos contou muita coisa... – retrucou Mauro sarcástico.

– Phantomas... Acho que já ouvi Magnum falando dele... – disse Dambros.

– É o líder dos Chefões... Anime-se com essa notícia – falou Carlot levantando-se e colocando as mãos no rosto vagarosamente, bufando.

– O líder?! – exaltou-se Jéferson. – O Mestre dos Mestres?

– Então estão mesmo... – murmurou Dambros. – Os Mestres estão se reunindo. E se vão para algum lugar, será onde possam achar as Armas Sagradas.

– E por que fez tanta questão em me falar isso? – disse Carlot, andando de um lado para o outro, tentando conter ao máximo a euforia da notícia.

– Você disse que vai atrás de Magnum, não sei pra quê... Mas quero que os alerte – falou Dambros.

– Por que não alerta você mesmo, criança? – resmungou Carlot.

– Você pode senti-los, não pode? Claro que pode, ainda faz parte das Armas Sagradas... – disse Dambros. – Não vou com você, para alegria de nós dois. Não tenho mais nada a tratar com Magnum e os outros dois.

– Não vai? – indagou Mauro. – Garoto, eu realmente acho que eles vão entender se você voltar...

– Não me enche – retrucou Dambros. – Aqui o seu distintivo não vale nada. Siga o caminho que você achar melhor e me deixa em paz.

– Olhe os modos, guri! – disse Natan. – Viemos aqui por sua causa. Para salvá-lo!

– É mesmo... Caso não notou, chegaram tarde – resmungou Dambros fazendo os olhos brilharem.

– Maldição... Lantro, Flydiblo, Magma e Phantomas... E é certo que Mirabóli e Armorte estarão com eles... – falou Carlot.

– Nós destruímos Armorte, lembra? – disse Dambros.

– Tá bom... E Flydiblo me destruiu também... – zombou Carlot.

Rafael enrubesceu, calando-se. Seria possível? Armorte voltaria?! Depois de todo aquele trabalho para matá-lo?!

Caronte voltou...

–Vou sair daqui... Seus burros, escondem as coisas mais importantes... – resmungava Carlot por entre os dentes. Aproximou-se, desviando da roda deles.

– Não esqueça de dar a mensagem! – disse Rafael.

– Ei, nós vamos também! – disse Mauro. Estava com sono, mas sabia que pedir para esperar até o dia seguinte era inútil. – Precisamos das tais Armas!

Carlot parou imediatamente. A atenção de todos concentrou-se naquela parada brusca e calada. Ele se virou erguendo o punho fechado em direção aos policiais, que já haviam levantado.

– Definitivamente não vou mais discutir com nenhum de vocês – e uma expansão de luz avermelhada surgiu de seu Anel, como uma única e forte rajada de vento, atirando Mauro e Natan para o final do balcão, cambaleando. Os dois caíram violentamente batendo pernas e cabeça no balcão e na parede do final. Carlot lançou um último sorriso malicioso para os dois vampiros sentados, fez um gesto de adeus com a mão e saiu da farmácia. Rafael Dambros, de alguma forma, teve uma vaga impressão de que nunca mais iria vê-lo. Ou simplesmente torcia para que não.

– Realmente é a Arma Traidora... – assobiou Jéferson, olhando os policiais inconscientes. – Que agressividade.

Rafael Dambros começou a escutar ruídos nas ruas. Algo ali devia ter sentido a energia de Carlot. Entretanto, para afetar os policiais não podia ser pura... A mistura de forças dentro dele ainda não fazia sentido para Dambros, que preferiu ignorá-lo de uma vez por todas. Acreditava que ele contaria a Magnum sobre os Mestres... Teria que ganhar a confiança das Armas de novo, mesmo que brevemente, para seja lá o que ele quisesse conversar com elas.

Jéferson levantou-se de repente, caminhando até os dois adormecidos. Rafael levantou-se e seguiu-o. O corredor já ficava mais escuro lá, onde a luz das lanternas não alcançava, portanto acenderam os olhos vampíricos.

– Que nojo... – resmungo Jéferson. Havia um braço amputado ao lado dos policiais, parcialmente escondido sob algumas caixas de remédio e prateleiras quebradas. O sangue estava coagulado e o osso dos dedos estava aparecendo. Parecia até apontar para os policiais. Dambros notou isso. Era como se aquele dedo esquelético branco lhe dissesse "Ali, ali está o sangue que precisa". Adormecidos, não precisara nem lutar ou ouvi-los reclamando. Poderá dizer que foi Carlot quem os transformou em vampiro... Vamos!

– Jéferson... – disse Dambros, sem perceber o quanto sussurrava ou o quanto olhava fixo para seus corpos. – Amanhã vamos dizer que Carlot fez isso com eles... Eu preciso... Preciso... – ele caiu de joelhos na frente dos dois.

Se estivesse de pé, talvez tivesse visto o sorriso macabro de Jéferson.

Curvando-se sobre Mauro, fazendo as presas crescerem com dificuldades, começou a recitar em voz baixa e falhada:

A escuridão me rodeia, me seduz
As trevas fizeram a cidade
Da cidade nascem trevas
A sombra me conduz
Para além
Para onde não há luz
Para a minha destruição
Rumo à escuridão
Que me rodeia, me seduz.

Ouvira das Armas uma vez e não sabia como, mas havia decorado instantaneamente. E, então, cravou os dentes no mortal. Jéferson curvou-se sobre Natan e disse:

– Não se preocupe, vou deixar mais pra você que ainda não comeu – e afundou os dentes do pescoço do jovem policial.

E assim eles permaneceram, sob as sombras da farmácia, com o som de suas salivas e da neblina lá de fora. Rafael sentia o corpo voltar à vida, como se estivesse segurando o Bastão de Magnum pela primeira vez.

Jéferson parou e levantou-se, com a boca totalmente ensanguentada. Rafael continuou mais um pouco e passou para Natan, faminto. Pensou ter ouvido uma risadinha vinda de Jéferson, mas fora imediatamente ignorada.

Céus, como eu pude sobreviver sem isso?! É um verdadeiro elixir!

– Até que enfim nos livramos daquele inconveniente... – murmurou Jéferson. Dambros pensou ter balançado a cabeça, mas não o fez. – E de brinde ele ainda deixou os outros dois inconsciente! Haha... Assim o meu trabalho fica fácil demais.

Dambros pensou em parar de beber e perguntar "Que trabalho?", mas antes que pudesse se decidir, sentiu uma forte pancada na cabeça, como se ela fosse explodir. Seus dentes largaram a pele do mortal e, antes que sentisse a cabeça bater no chão, ele já estava inconsciente.

CAPÍTULO 15

O CERCO DOS MESTRES

Ao acordarem, Jordana pensou em fazer túmulos em homenagem aos amigos mortos, mas Tebaldi achou que naquele lugar isso só traria má sorte, e poderia atrair seus fantasmas amaldiçoados. Ela ficou triste por causa disso, mas prometeu, junto com o amigo, que quando saíssem dali fariam um para cada um dos falecidos.

E assim seguiram mais uma viagem, silenciosa e cada vez mais deprimente. Com o próprio líder abatido os dois sentiam-se perdidos e receosos seguindo a opinião das Armas. Achavam que, de certa forma, era um pensamento cruel, mas era o que sentiam no fundo de seus corações. Ter alguém da idade deles, que estava ali com o mesmo propósito e com uma determinação e liderança invejável, era realmente confortante. Percebiam agora que a arrogância de Dambros era fundamental, e os fazia amadurecer, mesmo que na marra, e parar de choramingar – no caso de Jordana, literalmente; no caso de Tebaldi, internamente. Tebas não sabia de onde tiraria uma força como aquela, tinha medo de ficar possuído pela Cidade, e carregar o Bastão de Magnum em seu cinto no lugar de Dambros era melancólico. Por sua vez, Jordana, mesmo parecendo estar com o corpo decadente, estava bastante séria e rígida. Sua mudança de humor era drástica, mas tentando expressar bom humor sempre que falava com Tebaldi. Ele não gostava mais daquilo, não conseguia mais achar que eram sorrisos naturais. Tudo começara a ficar mais falso.

Enquanto Tebaldi mergulhava em pensamentos e ficava distraído com as sombras traiçoeiras da névoa, Jordana acabara ficando alguns passos para trás. Começou a arrastar os pés e então parou, respirando fundo, embora vagarosamente.

– Rafael – chamou Rapislash. Tebaldi parou perguntando "O quê..." e então notou que a amiga havia ficado para trás. Virando-se, viu o que parecia um pequeno poste da Cidade das Trevas, baixa e magra, embora "cheia" com aquele colete à prova de balas. As Luzes das Armas Sagradas em suas mãos e pescoço davam um aspecto sinistro de alguma árvore natalina esquecida no meio daquele nevoeiro. Aproximou-se dela, preocupado e ela apoiou-se em um carro. Tebaldi notou rapidamente que a rua estava lotada deles, formando longas fileiras dos dois lados.

– Jordana, tudo certo? – indagou.

– Estou cansada – disse ela baixinho, colocando as franjas para trás da orelha.

Tebaldi calou-se esperando algo mais, mas ela apenas olhava para o chão com certa indiferença. Parecia que não queria continuar. Ele aproximou-se dela e colocou a mão em seu ombro.

– É que nós só caminhamos, sabe – disse ela passando a mão na maçaneta do carro. – É meio chatinho, né, Tebas – sorriu para ele. – Minhas pernas doem. As Armas deviam ter me curado...

– Estamos curando, Jordana – falou Maucor. – Juro que estamos. Deve ser apenas um estresse. Continue.

Jordana e Tebaldi já haviam notado a objetividade com que Maucor falava e agia, não gostando muito.

– Talvez seja mesmo... Mas eu realmente sinto minhas pernas cansadas – ela bufou e olhou para o céu, para o manto escuro. – Será que é realmente dia?... O que acha, Tebas-kun?

Tebaldi abriu um sorriso fino, gostando de ouvir o velho apelido proferido pela voz da amiga.

– Acho que se as Armas dizem, temos que confiar...

E ambos ficaram olhando para o céu, de braços cruzados, ignorando o vento gelado daquela manhã.

De repente, Tebaldi deixou Jordana observando o céu, sozinha, e apoiou as mãos na traseira de um carro antigo, subindo e ficando em pé. Ao ouvir o barulho, Jordana virou-se e fitou-o surpresa e intrigada, vendo que ele exibia um largo sorriso em cima daquele carro.

– O que está fazendo, Tebas? – indagou interessada. Ela observava nele olheiras profundas, mais salientadas pelo poste de luz próximo à sua cabeça. Seu rosto estava sujo e ela tinha certeza de que estava no mesmo estado.

Rafael sorriu ainda mais vendo o interesse dela, ignorando totalmente o olhar caído que ela exibia segundos atrás.

– Olhe esta fileira de carros, Jordana! – disse ele abrindo os braços. Perceberam então o quão alto ele falava, como se estivesse fazendo uma apresentação. Contudo, não estava gritando, apenas haviam se acostumado a falar baixinho nas ruas daquela Cidade. – Olhe quantos! Nunca quis subir em um? Vem cá, vem.

Ele esticou a mão e ela deu um sorriso meio torto, achando que aquilo poderia ser mera perda de tempo. Mas segurou a mão dele, e subiu no carro em um pulo.

– Bem... Estou em cima de um carro. A visão não melhora muito... – disse ela, olhando para ele com seu sorriso frouxo.

Tebaldi ainda sorrindo continuou falando:

– Nunca quis correr sobre os carros? Duvido, Jordana-chan!

– ... Correr?! – surpreendeu-se. E então começou a rir, e Tebaldi a acompanhou. – Acha... Que não tem perigo?

– Tebas... – começou Rapislash, parecendo pensativo.

– Estamos presos numa cidade! – disse Tebaldi subindo no teto do carro e abrindo os braços de novo. Uma rajada de vento sacudiu seus cabelos e roupas imediatamente. – Não temos comida nos supermercados para brincar nem nada... Então temos que nos virar com o que tem!

Ele virou-se e pisou com força no capô, pulando em seguida para o próximo, não muito rapidamente. Jordana sorriu e fitou-o com carinho. De fato, ele estava certo. Concordava que reclamar e resmungar não funcionaria. Já haviam pensado naquilo, mas a Cidade era traiçoeira e fazia as coisas ruins voltarem. Jordana subiu no teto do carro e quase escorregou. Deixou escapar um gritinho agudo e avistou Tebaldi rindo dela, parado no mesmo carro. Ele imediatamente virou-se e subiu no teto, descendo para o capô e pulando no próximo. Gritavam e riam, mesmo que não tivessem muita vontade. Jordana seguiu-o, tendo ajuda das mãos mais seguidamente. Muitas vezes, um chamava o outro, mas nunca falavam nada. Tebaldi começara a pular do teto para traseira dos outros carros. Jordana acabou quebrando o sinal de táxi do teto de um deles. E assim continuaram, passando por Luzes, vez ou outra ouvindo rosnados próximos. Entretanto, sem comentar nem nada, ambos tinham certeza absoluta de que precisavam daquilo. De que correr por sobre os carros, mesmo gritando e fazendo barulho, era a coisa mais segura a fazerem por si mesmos. Deixava-os feliz. Era saudável. E tomariam o remédio até o fim.

Rafael, ao tentar subir no teto de uma caminhonete, seu pé escorregou com a aragem úmida e ele caiu de bunda na traseira e em seguida no chão. Jordana começou a rir muito, e correu para ajudá-lo, aos poucos ficando preocupada. Mas assim que pulou para o asfalto também, conseguiu distinguir a risada dele, intercalada de gemidos de dor. Aproximou-se e o viu levantar, esfregando as nádegas e o braço esquerdo. Ambos estavam agora com calor. Sorriram um para o outro e riram mais um pouco, olhando as fileiras de carros. O remédio havia sido tomado, e seu efeito estava se espalhando depressa. E torciam do fundo de seus corações para que continuassem assim. E, claro, as Armas Sagradas ajudariam a mantê-los daquela forma.

Tebaldi sentiu uma fisgada na perna ao cair, arranhando-a de leve. Olhou para o chão casualmente, em busca, talvez, da pedra que fizera isso. Mas encontrara algo menor. Mas melhor, e mais importante. Juntou o pequeno objeto que caíra de seu bolso. O anel de Dambros. Prateado. O líder havia confiado a ele. Jordana olhou o anel surpresa. Tinha certeza que Dambros carregava um parecido.

– É de Dambros – falou Tebaldi. – Quase me esqueci...

– Ele te deu, é? – disse Jordana. – Puxa, deve ter sido realmente importante pra ele... – lembrou-se então das poucas conversas que tivera com ele. Ele parecia realmente ser uma pessoa preocupada quando queria. Lembrava-se também da reação dele quando perguntara se já houvera alguma menina no coração dele, e ele não respondera. Jordana abriu um pouco mais o seu sorriso, mas os olhos se fecharam alguns milímetros, com uma leve tristeza.

Tebaldi segurou a mão da amiga, que o fitou surpresa, erguendo-a.

– Ele pediu pra te dar isso – falou, rindo com o mesmo ar nostálgico de Jordana. E nenhum dos dois se encarava, apenas o anel. – Acho que só agora que chegou o momento me dei conta de que... Ele deve ter tido alguém especial que lhe dera isso. Duvido que mandou te entregar só porque ficaria mais bonito em você.

– Penso a mesma coisa... – murmurou Jordana.

Tebaldi iria colocar no dedo indicador, mas Jordana o interrompeu:

– Ei, isso pode ser considerado uma aliança! Coloque no dedo certo, Tebas-kun! – ele fitou-a surpreso, e os dois riram baixinho. Rafael pegou então o dedo anelar dela, achando-o fino demais para o anel. Ficou envergonhado com a brincadeira, mas seguiu em frente, achando que não daria. Contudo, por cima da Luva, ajustou-se perfeitamente.

– Há, perfeito – Jordana fitou sua mão erguida por alguns momentos. – E com esta aliança... Você promete que não haverá mais divisões no grupo. Ficaremos unidos até o final...

Tebaldi fitou-a e o riso de ambos murchou devagar, ficando em um sorriso fraco, mas sincero.

Sincero! Sinto que ela está sorrindo com sinceridade de novo!, pensou Tebas.

Os olhos firmes, e compreensivos dos dois, entendendo a mensagem. Era bonita, mas ao mesmo tempo melancólica.

– ... Até que a morte nos separe – completou ele.

Dito isso, os dois voltaram a caminhar; Tebas colocando o braço sobre os ombros da amiga, e Jordana pouco acima da cintura dele. O sorriso continuou em seus lábios por no mínimo quinze minutos, sem que eles notassem.

Tebaldi achava que poderia ser um bom começo como líder. O grupo estava mais feliz, disposto e unido. E não precisara nem usar o famoso Bastão.

Viu só, Dambros... Vou dar ao grupo um líder digno do antecessor. Mas não significa que precise ser igual...

Rafael e Jordana começaram a ouvir ganidos distantes, uivos ou gemidos esganiçados e sofridos. Pareciam conversar entre si, agitados e de todos os lados. E cada vez achavam que havia mais e mais vultos na névoa. Isso os deixou agitados, pois estava perdurando por tempo demais.

– Flydiblo foi derrotado momentaneamente, isso pode ter despertado a atenção de outros Mestres – disse Maucor.

– Se são Mestres, ainda não está claro – falou Magnum, mantendo a voz menos preocupada que ele. – Podem ser Demônios também. De qualquer modo, há muitas forças agindo para distinguirmos agora.

– Então até os próprios monstros daqui ficam assustados quando encontram um mais forte... – murmurou Tebaldi.

– Acho que assustados não seria a palavra mais correta... – disse Rapislash. – Talvez... simplesmente... Agitados, ansiosos.

Os uivos e rugidos não pararam, tinham impressão de estarem se aproximando e se afastando a toda hora. E isso os fazia concluir, assustados, que eram verdadeiras manadas, ferozes, provavelmente pulando de telhado em telhado. E assim, de repente, as luzes dos postes começaram a se apagar, uma por uma. As sinaleiras piscaram e murcharam, engolidas pela aragem. Ambos pararam instintivamente. Olharam-se e esperaram o comando das Armas.

– Fiquem calmos, podemos prosseguir. Virem na próxima esquina e sigam reto até eu mandar – continuou Magnum, com o mesmo tom de antes, mas baixo.

– E eu achando que os gritos eram como quaisquer outros... – murmurou Jordana. Mergulhados em trevas, vendo pouquíssimas Luzes, todas agitadas, eles andavam muitas vezes encostando o ombro um no outro.

Naquela noite, acabaram dormindo em um trailer, por recomendação de Magnum. Os campistas protestaram, achando que as ruas estariam muito agitadas, mas a Arma disse que o último lugar que o inimigo esperaria que se escondessem era no meio da rua. Estava bagunçado, fedido, tinha alguns furos no chão e manchas de sangue na parte da cozinha. Mas de certa forma acabou sendo mais confortável que dormir na sala de alguma casa cheia de corredores obscuros e porões profundos. E assim dormiram, depois de muito tempo, em camas razoavelmente confortáveis, embora rasgadas. Sentiam muita falta daquilo.

Rafael acordou no meio da noite, achando ter ouvido algo. Jordana estava em uma pequena cama ao seu lado, encostada na outra parede. Estava encolhida, com frio, pois não havia cobertores por ali. O Bastão e a Faca brilhavam fracos, escorados ao pé de sua cama, na mesma intensidade que o Colar e as Luvas ainda vestidos na amiga.

Tebaldi começara a ouvir sons animalescos. Muito próximos. Sentou na cama e então começou a ouvir os passos, vários, uma verdadeira manada na rua.

– Rapis... – antes que terminasse a frase, algo bateu com muita força na parede em que estava sua cama, fazendo o trailer tremer e Rafael quase pular de pé.

Jordana remexeu um pouco, mas continuava dormindo. Ouvia poucos gritos, tinha certeza de que estavam caminhando naquela rua, seja lá o que fossem. E estavam com pressa, ganindo e chiando. Reclamando, resmungando e praguejando. Achava até ter ouvido algumas palavras. Mais batidas vinham da cozinha, sala, longe do quarto. Ouvia objetos caindo no chão e pensou em chamar Magnum, mas houve mais três batidas, do outro lado do trailer, fazendo-o balançar um bocado.

Jordana despertou em um pulo. Esfregou o rosto ligeiro e indagou:

– Estamos sendo atacados?!

Houve mais barulhos, ao lado de Rafael. Ele se levantou agarrando as Armas e sentando ao lado da amiga.

– Nem esquenta, eles n... – a batida agora amassou o trailer do lado em que Rafael estava sentado anteriormente, em um estrondo enorme, fazendo Jordana gritar. Colocou a mão na boca, rápido, e houve muitos outros. Começaram a ouvir batidas no teto, passos. O vidro da janela estava embaçado e manchado de sangue, embora conseguissem distinguir algumas silhuetas. Jordana pensou ter visto pelos esvoaçantes.

As batidas continuaram e sentiram o trailer mover-se e chacoalhar para o lado. Jordana segurou o braço do amigo, que empunhava a Faca e o Bastão. E então o trailer pareceu que iria virar de lado, tamanho os empurrões.

– Não termina n-nunca? – resmungou Jordana. Rafael não ouviu.

Os estrondos violentos continuaram e os gritos dos seres do lado de fora aumentaram. O trailer, definitivamente, estava andando aos poucos, conforme as batidas mais fortes. Escutavam também alguns carros sendo amassados por perto, vidros quebrando, provavelmente capotados. E então ambos caíram para trás, batendo a cabeça na parede, sentindo o trailer inclinar. E mais algumas batidas embaixo dele e o trailer caiu de lado, fazendo Tebaldi quase dar uma cambalhota para trás. Sua cama se virou, caindo ao lado deles com força. A de Jordana apenas virou. Móveis caíram, objetos e tudo que estava solto, em um estrondo terrível. Acharam que iriam amassar o trailer com os dois ali dentro. Agora os passos ao lado do trailer continuaram, mas pareciam menos violentos. Da janela agora podiam ver passos vistos de baixo. Eram patas enormes, com garras não tão grandes quanto supunham. O vidro rachou, fazendo Jordana gemer mais um pouco e prender a respiração. Tebaldi aproximou-se dela, talvez estivesse machucada. Pensou em perguntar, mas nenhum som saiu de sua boca. As batidas na lataria pararam e os passos e gritos foram se distanciando aos poucos. Ouviram mais alguns barulhos de vidro a distância e concluíram que a manada estava chegando no final da fila.

Os dois estavam ofegantes, esperando que tudo terminasse logo. Algo acontecera na Cidade das Trevas na tarde anterior. Sabiam disso pelos ruídos que ouviram enquanto caminhavam, os postes se apagando, e agora aquelas migrações noturnas. Tudo se encaixava.

O que Dambros faria... Diria?

Tudo estava muito quieto, as Armas pareciam ainda mais apagadas.

– Droga, machuquei o ombro... A cama quase me acertou... – gemeu Jordana, arrumando os cabelos.

– Tudo certo? – indagou Tebaldi, ofegante. Ela meneou a cabeça e os dois procuraram se levantar. – Mais seguro aqui na rua... É, e eu acreditei... – resmungou.

Houve alguns segundos de silêncio, ouvindo os últimos rugidos se perderem com a distância. E então Tebaldi disse:

– Bom, foi só um quebra-molas... Ainda temos colchões macios. Feios, mas macios. Não sei quanto a você, mas estou realmente cansado e a demanda de aberrações já passou. Vamos dormir, Jordana.

Ela sorriu no escuro, e mesmo com o Colar no pescoço Tebaldi não conseguiu ver. *Tebas-kun até que se recupera bem rápido...*, pensou ela.

– Da próxima podiam nos acordar, né... – resmungou ele para a Faca, separando o seu colchão.

– Como acha que despertou tão facilmente depois de um dia todo de caminhada? – disse Rapislash. – Há, não acha que foi mesmo por causa da tremidinha inicial?

Tebaldi balançou a cabeça positivamente, conformando-se, e deitou ao lado do colchão de Jordana. Ela parecia agitada, ainda olhando para a janelinha suja e rachada, de pé. Um minuto depois ela deitou hesitante. Ainda ouviam algumas coisas caindo nos outros cômodos do trailer. Jordana então murmurou:

– Vou arrumar as mochilas amanhã... Não me aguento em pé também...

E ambos adormeceram tão rápido quanto acordaram.

Despertaram devagar, sem pressa alguma, bocejando e esfregando os olhos. Pela primeira vez ficaram deitados olhando para o teto, que na verdade era a parede do trailer virada. O vidro mostrava-lhes uma paisagem turva da névoa lá fora, revelando um dia escuro como os outros. Os dois trocaram olhares amigáveis e continuaram naquela posição, pensando, descansando. Refletindo. Era como um sábado de manhã que não havia compromisso algum. Mas, de fato, havia sim. Faltava uma Arma Sagrada. Apenas uma. E seria deles em breve.

Levantaram-se, e como Jordana prometera arrumou as mochilas. Estava tudo uma bagunça, atirado e quebrado no chão.

– Essa não... A porta do trailer é do lado em que estamos deitados... – falou Jordana.

Tebaldi pensou um pouco e apontou para a janela sobre suas cabeças.

– Já está até rachada – e usando a Faca, estraçalhou o vidro. – Vamos lá, Jô, depois tu me puxa.

Tebaldi ajudou-a a subir, e ela assim o fez, com receio que algo lhe atacasse, mas nada aconteceu. Sentiu apenas um arrepio pelas primeiras brisas gélidas daquele novo dia. Ajudou o amigo e ambos estavam em pé no trailer caído. Estava completamente amassado, cheio de arranhões imensos e bifurcações profundas em alguns pontos. Desceram e observaram cinco carros adiante capotados e bastante abatidos. Era como se um tornado tivesse dado uma passada naquela rua.

– E, então, a Luz de qual Arma vai nos guiar hoje? – disse Tebaldi, fitando os objetos.

E, naquele exato momento, ouviram uma voz atrás deles, familiar apenas para Jordana:

– Pelo visto essa foi uma noite bem agitada.

Viraram-se em um pulo. Jordana ficou de queixo caído e Tebaldi completamente intrigado.

– Também... Quem mandou dormir na rua?... Você, Magnum?

Rafael fitou-o, suas roupas, o bigode... Era exatamente como Dambros havia descrito no dia em que reviu seu pai... E também aquele que Jordana disse terem encontrado no tal cemitério... A Arma Traidora!

– Carlot! É ele, Rafa, Carlot! – disse Jordana, cerrando os punhos.

– Carlot... – repetiu ele. Retirou a Faca e o Bastão do cinto e agarrou-os firme.

– Ora essa, a cada encontro tenho a honra de conhecer mais uma marionete do Espírito do Bem... Rafa? De Rafael? Mais um, é?

– Carlot estava escorado em um fusca, na outra extremidade da rua. Desescorou-se e aproximou-se.

Tebaldi ficou imóvel um momento, ainda surpreso, e depois disse:

– Já ouvi falar algumas coisas a seu respeito.

– Pois fico feliz em não ouvir nada sobre você – retrucou ele, com o sorriso costumeiro. – Estavam mais perto do que pensei... Só levei uma madrugada e a manhã... Ficaram se enrolando, é?

– Carlot... O próprio... – falou Maucor, no pescoço de Jordana. – Por fora parece até que você está bem.

– Maucor... Quem diria... – Carlot fez uma pequena reverência. – Já faz alguns séculos.

– O que veio fazer aqui? – indagou Jordana, ríspida. Vira-o dar trabalho para o ex-líder, não era oponente de se ignorar.

Carlot fitou-a por um momento e voltou para as Armas na mão de Rafael, parando poucos metros deles.

– Magnum, Rapislash, Mirik... É sempre uma honra. – fez outra breve reverência. – Nossas reuniões estão ficando cada vez mais parecidas com antigamente, vejam só! Só falta Criopus... – parou um momento e continuou fitando apenas as Armas. – Estou surpreso que ainda estejam por aqui... Tive um trabalhão para achá-los sem ser percebido pelos...

– O que faz aqui? – indagou Rapislash, rapidamente.

– Como só sentimos a presença dele agora? – murmurou Mirik.

– Como sobreviveu ao ataque do Mestre? – indagou Magnum. – Deve ter virado um deles também...

Uma sombra pareceu cair no rosto sorridente de Carlot, mas ela logo passou:

– Não diga bobagens, Magnum... Minha resistência é tão grande quanto a sua... E você está aí, não? Por que comigo seria diferente? Vocês realmente se têm na mais alta estima, hein...

– Claro que deve ter lhe afetado... Caso contrário teríamos lhe sentido... – falou Maucor.

– ... Até agora não comentou a ausência do outro Rafael... – disse Magnum pensativo, para a surpresa de todos.

– Há, sim, a criança com delírios de grandeza... Sei, sei... Sou tão previsível assim? – disse Carlot sempre mantendo a cara sarcástica e convencida. – Ele está se virando com outros mortais da sua laia... Agora que não carrega mais uma Arma, não tenho interesse nenhum nele.

– O quê? – murmurou Tebaldi de queixo caído.

– Como é que é?! – indagou Jordana com os joelhos fraquejando. Não conseguiam acreditar no que ele dizia.

– Que foi?... Ah, sim, ele chegou a comentar a historinha sobre ter se sacrificado... Um monte de bobagem, na minha opinião... Mas não acharam mesmo que ele ficaria parado pra sempre caso você retirasse a Faca, não é? – Carlot observou a expressão chocada no rosto deles e começou a gargalhar.

– Dambros... Está vivo? – Jordana começou a sorrir e colocou a mão na boca. Tebaldi esfregou os cabelos negros, sem fôlego, ainda desconfiado da Arma, mas não tinha por que Carlot inventar aquilo... Os olhos de Jordana começaram a lacrimejar, com ela tentando se controlar.

– Céus, e o que houve com ele? Onde ele está? – Jordana não sabia se gritava de raiva ou felicidade.

– Ora, minha cara dama, depois de ser ferido por Flydiblo, o que você acha? – continuou Carlot. – Soube que você sentiu o terror dos filhos de Flydiblo quase que na própria pele – seu sorriso alargou-se. – Havia uma outra cria de morcego com ele, e dois humanos irritantes que me seguiram por um tempo...

– Isso é sério, Carlot? – indagou Magnum. – Estava mesmo com Dambros? Por que ele não veio junto?

– Estava, Magnum, estava... E dessa vez sou obrigado a admirá-lo, caro rival, pois me controlei como nunca pra não sair lançando raios em cima dele... – disse Carlot, bufando. – Alguém poderia notar... – ficou olhando fixo para as casas ao lado por alguns instantes, parecendo hipnotizado. – Ele não veio por vergonha, ora, sabe como são esses humanos, ainda mais os jovens. Ele e a outra cria estavam tentando encontrar Flydiblo... Acertar as contas com ele, se bem me lembro.

– O quê? – ouviram Maucor murmurar.

Ficaram em silêncio por um momento, de certa forma, sentindo-se culpados.

– Outra cria... – murmurou Tebaldi de repente, percebendo que seus olhos lacrimejavam como os de Jordana. Só perdiam amigos... Agora que ganharam um de volta, era difícil respirar e se conformar. Como era bom! – Jéferson! Seu nome não era Jéferson?

– Isso, isso... Deve ser... – disse Carlot, balançando a cabeça, olhando para o chão, parecendo irritado. – Porra, que papo mais chato. Não vim aqui pra distribuir notícias...

– Mas ele está bem? – disse Jordana. – Conte logo, não enrole! – gritou.

– Eu já disse! – gritou a Arma de terno, até ser interrompido por Maucor:

– Carlot, somos quatro Armas Sagradas, podemos forçá-lo a qualquer coisa.

Carlot parou um instante, fitando o Colar com um olhar extremamente frio. Aos poucos, voltou a sorrir de forma maliciosa e disse:

– Claro que não. Não aqui, não agora. Está bancando o bobo só porque... Ainda não contou aos fedelhos... Claro, claro... – e então gargalhou.

Tebaldi fitou Magnum um instante e pensou em perguntar algo, mas morreu em sua garganta. A notícia do líder vivo era forte demais.

– Ele está bem, sim ou não? – disse Magnum, seriamente.

– Ele se alimenta de sangue agora... O que espera que eu diga? – rosnou Carlot.

A chama de felicidade que se acendeu no peito dos dois campistas pareceu diminuir ao mesmo tempo. Carlot estava certo. Realmente estava. Ambos trocaram olhares preocupados. Tebaldi passou a mão no ombro dela. Pobre líder, mas pelo menos estava vivo e acompanhado.

– Quem eram os outros mortais que você comentou? – indagou Rapislash.

– Disseram que vieram de fora da Cidade... – disse Carlot, de má vontade. – De um tal acampamento ou algo assim... Policiais, isso.

– Mas e o q... – antes que Jordana pudesse começar a pedir várias outras explicações, Carlot gritou:

– Por que não conta para eles por que ainda estão cercados de Mestres?! Diga, Magnum!

Todos se calaram por um instante. Era informação demais para assimilarem. Descobertas demais, surpresas chocantes demais. Notaram que o vento estava diminuindo, dando lugar a uma brisa... mais quente, talvez.

– Cercado de Mestres? – indagou Rafael em voz baixa, erguendo o Bastão.

– Rafael, entenda que nós estávamos tentando achar um caminho menos perigoso – falou Magnum. – É o que sempre tentamos fazer. Primeiro sentimos Flydiblo, mas estava longe e parecia mover-se com rapidez, ou seja, ocupado. Os outros apareceram muito rapidamente, não havia por que assustá-los e preocupá-los. Não mudaria nada, a não ser pra pior.

Jordana quem estava preocupadíssima agora, e indagou ríspida:

– "Os outros"? Que outros?!

– Não sei bem... Juntos a energia deles torna-se homogênea demais... – disse Magnum.

– Flydiblo, Lantro, Magma e até Armorte – completou Carlot, cruzando os braços, sem perder a pose.

Os campistas olhavam atônitos da Arma humana para as Armas objetos.

– Armorte?! – indagou Rafael. – Nós o destruímos!

– Teoricamente... De certa forma... Todos aqui já foram destruídos, Tebas – disse Rapislash.

– Co-como...? – a voz de Jordana minguou, confusa com seus próprios pensamentos.

– O Centro das Trevas pode trazê-los de volta depois de um tempo – explicou Mirik. – É a triste verdade.

– Como pode saber disso, Carlot? – indagou Magnum.

– O fedelho que lhe carregava disse ter se encontrado com Lantro e restos de Magma.

Jordana e Tebas soltaram exclamações engasgadas, mas não comentaram nada a princípio.

– Já tiveram um breve contato com Magma... Saindo da Arena das Armadilhas, lembram? – disse Magnum. Ambos lembravam. Fora um dia bastante corrido, quando acharam a Faca de Rapislash. – E Lantro... As criações dele passaram por vocês na primeira vez que estiveram no túnel.

Vieram em mente lembranças terríveis, para ambos os campistas, e apenas menearam de leve a cabeça.

– M-Mas... Rafael encontrou um Mestre das Trevas?! – surpreendeu-se Tebaldi. – ... Ele nunca sobreviveria!

– Um humano normal até passaria mal só de ficar perto... Mas ele está longe disso – falou Carlot. – Os Mestres não podem se meter com as criações de Flydiblo. E Armorte é fácil de perceber... Os arrepios que tenho nas brisas desta Cidade me fazem sentir toda frieza daquela alma maldita.

– São Mestres demais... – murmurou Jordana. – Estão aqui perto?

– Sim, para nossa infelicidade. Mas estamos com você, não fique assustada, por favor – disse Mirik.

– Damos conta de todos? – indagou Rafael.

Ninguém respondeu, e até Carlot parecia interessado na resposta. De repente houve um breve tremor no chão, e puderam ouvir alguns sons longínquos movendo-se. Passos, talvez. O que parecia um leve terremoto parou em dois segundos. Todos ficaram agitados e olhando ao redor, procurando olhos vermelhos na névoa. Contudo, Carlot continuou falando:

– E soube também... Pelos outros mortais que vieram de fora... Que eles ouviram algumas aberrações dizerem algo sobre Phantomas estar se movendo...

Nesse momento, Jordana teve impressão de ver a chama de todas as Armas diminuir, e uma sombra tomar conta delas. Phantomas... Já ouvira esse nome...

– Phantomas é o líder dos Mestres das Trevas – disse Rapislash. – Esse maldito vai ser osso duro...

– Mestre dos Mestres? – as pernas de Tebaldi tremiam. O encontro com Armorte já tinha sido horrível suficiente. E a história de Jordana sobre Flydiblo não tinha sido nada agradável.

– Será que está mesmo aqui? – indagou Mirik, pensativo. Era raro ver as Armas confusas, fazendo perguntas em voz alta. Tinham certeza de que toda e qualquer pergunta só faziam mentalmente, umas com as outras. Pelo visto aquela notícia mexera mesmo com eles.

– Não creio nisso... – disse Magnum. – A energia é forte, fortíssima, mas Phantomas mudaria o quadro por completo. Duvido que esteja realmente por perto. Mirabóli também não foi mencionado.

– Alex... – murmurou Tebaldi, apertando a Faca. Há muito queria encontrá-lo e acertar as contas... Queria mesmo. O monitor-chefe que os colocara ali e desaparecera completamente. Mas não seria para sempre...

– E o que faremos se ele estiver? – indagou Jordana.

– É exatamente isso! – disse Carlot apontando para ela. – Até que enfim chegamos à questão: O que fazer? Qual era o plano genial de vocês, Armas? Estavam tentando sair de fininho? Hum?

E, naquele momento, houve um tremor maior do que o anterior, e uma ventania de ar quente se abateu sobre eles. Todos olharam ao redor. Não havia Luzes por perto, nenhuma. Ouviam objetos a distância caindo e quebrando. Quando parou, todos ficaram em silêncio. Tanto Carlot quanto os campistas esperavam que Magnum dissesse alguma coisa.

– Já que estava tanto querendo chegar nessa parte... – enfim o Bastão continuou. – E teve o trabalho de vir até aqui... Suponho que saiba como nos tirar dessa... Eu só não entendo o porquê...

– Parecem-me preocupados demais em reunir o clube de antigamente... – continuou Carlot, seriamente. – Isso me soa ridículo nas atuais circunstâncias. Eu sei a história tanto quanto vocês. Magnum, vocês precisam da parte do Espírito do Bem que ficou aprisionada na Cidade! Aquela que não faz parte de vocês... Aquela que dizem estar no Centro das Trevas. Será que não é por isso que Phantomas não está por perto?

Rafael e Jordana achavam que se lembravam da história. Então não eram só as Armas Sagradas?

– Veio até aqui... Nos lembrar disso? – indagou Rapislash, como se não acreditasse.

– Sejamos honestos, Rapislash, meu amigo... – o sorriso voltou a brotar embaixo de seu bigode. – Uma Arma para cada Mestre não vai funcionar. Não na Cidade das Trevas. E ainda falta uma... Precisam não somente dela, mas de uma chance em que não tenha uma reunião de Mestres. Uma chance em que possam pegá-los sozinhos, como fizeram com Armorte.

– Claro que damos conta! Diz isso porque nos rebaixa – retrucou Tebaldi. – É óbvio que é assim que pensa.

– Cale-se, infeliz, não me dirija essas palavras sem fundamento – resmungou Carlot, rangendo os dentes.

– Vejamos as coisas do seu jeito, então, Carlot... – disse Magnum. – E o que acontece? E agora que o cerco está formado você vem nos falar isso?

– Não me subestime tanto assim, caro rival, é um insulto – disse Carlot. – Eu vim porque tenho um plano. E esse plano será com o objetivo de lhes dar essa chance, ou seja, tirá-los dessa armadilha.

Ao longe, ouviram algo desabar, parecendo um trovão distante. Acreditavam ser algum prédio alto ou algumas casas. De qualquer modo, estava bastante longe... Por enquanto.

– Por que quer nos ajudar agora? – indagou Jordana. – O que ganha com isso?

– O que eu ganho...? – Carlot fitou-a fixamente por alguns segundos, como se tentasse a todo custo entender a pergunta. – ... Magnum... Ou Mirik não lhe contaram? Flydiblo me nocauteou em Mortual, eles descobriram minhas verdadeiras intenções. Então o que eu ganho? Quero mais é vê-los transformados em nada! – seus olhos faiscaram, e logo em seguida acrescentou diminuindo o tom de voz: – Assim que vocês acabarem com o lado deles... Eu assumo.

O silêncio voltou a cair sobre o grupo, todos sérios e pensativos. A tensão entre eles voltou, a imagem da velha Arma Maligna viera à tona.

– Não se preocupe, mortal, creio que nessa fase do jogo vocês já estarão fora daqui... Ou mortos, provavelmente – continuou Carlot, esfregando o terno. – Bem, pelo menos foi o que esses objetos prometeram?

– Não me obrigue a discutir, Carlot – disse Maucor. – Vamos lá, qual é o seu plano? Não quero saber dos seus próprios delírios de grandeza, conte como planeja reverter a situação atual.

– Vocês não me sentiram se aproximar, lembra? – falou Carlot, colocando as mãos no bolso. – Pude senti-los e chegar até aqui, porque a energia de vocês é unicamente pura e, é claro, por causa dessa nossa ligação infeliz... Mas com a descarga que recebi da mordida de Flydiblo, mais a Semente Maligna... Meus poderes acabaram ficando confusos... Não sei como aquele infeliz pode me afetar, mas... Mas eu tirei uma vantagem disso. Posso controlar o meu lado do Bem e do Mal à risca. E colocando para fora toda energia do Mal, eu me camuflei com a Cidade e vocês não sentiram nada. A nossa... ligaçãozinha foi completamente cortada de acordo com a minha vontade.

O retumbar distante continuava, ora fraco, ora mais intenso. Parecia alguma marcha.

– ... Explicado – disse Mirik. – Só faltou explicar onde isso se encaixa no seu plano – e outra brisa quente, até desconfortável, se abateu sobre eles, por mais tempo.

– Kuso, que vento chato... – resmungou Jordana.

– Humm... Seria bom se ainda tivesse os Buracos Negros comigo... – resmungou Carlot. – Perdi tudo pra Flydiblo. Mas acho...

– Não – disse Jordana de repente. Ela colocou a mão no bolso comprido de sua calça e retirou os Cubos dali, como pequenos dados pretos. Carlot ficou boquiaberto em segundos. – Quando eu bati nele, ele deixou cair... Consegui quatro.

– E estava guardando-os no bolso?! – surpreendeu-se Carlot, aproximando-se. – Qual o seu problema?

– Nem mais um passo, oh, bigodinho – ameaçou Rafael lançando um rápido olhar bravo para ele. Em seguida, virou-se para Jordana e os Cubos. – Você não tinha me contado... Nunca vi um desses...

– Dambros me contou que era em formato de cubos... Nunca vi você usar, mas ele me explicou o suficiente... – disse Jordana. – O que quer com eles?

Carlot ainda fitava-a com reprovação, inconformado com o lugar em que ela os guardara.

– Vou atrair os Mestres com a minha energia do Bem... Eles não estão exatamente juntos, não vão vir todos ao mesmo tempo... Aparecerão com alguns minutos de diferença. Os Mestres mais distantes sabem que cedo ou tarde sentirão o choque de energia pura e maligna. E quando sentirem seguirão para essa direção. E é isso que farei, eu serei essa energia – disse Carlot. – Enquanto isso vocês fugirão usando um Buraco Negro. É o único meio de ficarem bem longe daqui.

Os mortais pensaram um pouco, revisando o plano, procurando falhas e segundas opções. Jordana foi a primeira a comentar:

– Os Buracos são perigosos... Não podemos entrar neles!

– Quer comparar uma voltinha em um Buraco Negro com uma voltinha no estômago de um Mestre das Trevas? – bufou Carlot. – Mas que desgraça, tenho que explicar tudo... – resmungou.

– Talvez possam sim... Se estiverem protegidos por nós... Não creio que chegarão a morrer – disse Magnum pensativo.

– Era pra consolar? – murmurou Tebaldi.

– O plano parece bom... – comentou Mirik.

– E como você pretende se livrar dos Mestres quando a hora chegar? – indagou Rapislash. – Pelo que você está falando... Quer atrair todos para o seu lado enquanto escapamos.

– É só me darem um Cubo – respondeu.

– Antes de saber que tínhamos os Cubos você veio até aqui... Deve ter um outro plano – disse Maucor. – Conte.

– O outro plano é visando a minha sobrevivência, não vejo por que contar – respondeu Carlot. – Mas creio que um Buraco seja melhor, mais garantido...

– Ele vai usar contra nós – disse Rafael.

– Entregue, Jordana – disse Magnum. Rafael fitou-o intrigado. – Não tem chance de um Buraco Negro funcionar contra todos nós.

– Vocês disseram que ele tinha um segundo plano, por que não? – indagou Tebaldi, mas desistiu no meio. Aceitaria sem maiores reclamações.

Houve mais tremores longínquos, e dessa vez um grito monstruoso, ecoante e feroz.

– Ora, ora... Não é Magma, esse? Já temos o primeiro colocado... – disse Carlot esfregando o cavanhaque. – Não vou ajudá-los se não me entregarem pelo menos um Cubo. É melhor se apressarem...

Jordana aproximou-se e Tebaldi ergueu as duas Armas. Carlot estendeu a mão e Jordana colocou o Cubo nela, sem olhar para o seu rosto. A Arma fez uma breve reverência com a cabeça e o sorriso fino aumentou. Jordana fitou-o de baixo para cima friamente, e então deu meia-volta em direção ao amigo.

– Acho melhor correrem... – disse Carlot fitando o Cubo. – Espero que aproveitem a viagem no Buraco. A primeira vez é a pior... E pode não haver uma segunda.

A névoa começou a agitar-se, movendo-se rápida, mas sem vento suficiente para isso. Outra coisa a estava empurrando...

– Carlot, vai mesmo fazer isso? – indagou Magnum. – Como você disse... Precisamos de todos... Todos juntos vai dar certo, você vai ver.

– Não me faça sentir pena de vocês, Magnum, por favor – disse Carlot. – E, sim, eu já disse que farei... Caso encontrem Flydiblo por aí antes que eu use a minha energia, façam-no ter uma nova definição do que é terror.

Tebaldi observava-o confuso. Ouvira coisas muito desagradáveis dele, mas agora que se encontravam pela primeira vez, parecia bastante justo e prestativo... Claro que mantinha os ideais iniciais, mas... Ainda sim era mais do que esperava. *Mas é só ele sair da linha... E tenho certeza de que não vai demorar.*

– Corram de uma vez – disse Carlot, dando-lhes as costas e afastando-se. – Eles os encontrarão em breve, eu vou estar por aqui separando minha energia positiva para expandi-la toda junta.

– Pode ir, Rafael – murmurou Rapislash. Ele e Jordana deram alguns passos curtos de costas, ainda observando Carlot se afastar. E então Magnum disse em voz alta:

– O que está fazendo é realmente bom, Carlot, velho amigo. Tem todas as chances de voltar atrás, sabe disso.

– Magnum, assim vai me obrigar a brigar com você... – disse ele, e segundos depois ergueu a mão balançando-a em um gesto rápido, como um até logo.

Esperaram ele se afastar, mergulhando na escuridão e então trocaram olhares. Ambos estavam pensativos e seus olhos expressavam sentimentos demais.

– Vamos, Jordana – Tebaldi deu meia-volta e começou a caminhar depressa. Ela surpreendeu-se, mas seguiu no mesmo ritmo. Desviaram dos carros capotados em frente e viraram à esquerda, em outra rua igualmente larga e cheia de automóveis.

– Tá certo que ficamos deitados um tempão minutos atrás... – disse Jordana, colocando os cabelos atrás da orelha. – Mas depois daquela noite... Bem que esta manhã podia ser mais calminha, né...

Rafael meneou a cabeça e disse:

– Deve ser pra compensar aquele dia tranquilo que foi ontem... – em seguida, pensando um pouco, acrescentou: – Então confia nele, Magnum?

– Confio... Não só pelas palavras... Mas como ele mesmo mencionou algumas vezes, temos essa ligação entre nós – falou o Bastão. – Eu senti algo, uma convicção...

– Alegrem-se – disse Rapislash. – Dambros e Jéferson estão juntos. Cuidarão um do outro.

Ambos abriram um sorriso, contentes em lembrarem-se da melhor notícia do dia. Trocaram olhares felizes, que logo se apagaram e voltaram a observar a rua escura, desconfiados. Os dois vampiros estavam indo atrás do Mestre Flydiblo... E Flydiblo atrás das Armas... Talvez voltassem a se encontrar. Só daquela forma, porque nem Dambros e nem eles tinham meios de sentirem uns aos outros.

O ar ficara quente e as brisas gélidas sumiram completamente. Ouviam mais e mais gritos longínquos e tremores e retumbares. Tebaldi e Jordana já estavam correndo, olhando para trás atônitos, embora soubessem que o ataque poderia vir de qualquer lado.

– Rapislash! – chamou Tebaldi, ofegante. – Eles estão próximos?

– Magma já está aqui... Preparem-se – disse a Faca seriamente. – Carlot precisa de mais tempo... Eu só espero que não muito.

De repente, ouviram uma explosão na rua de trás, e ambos encolheram-se, esperando que fosse o primeiro ataque. Contudo, nada os atingiu. Olharam para trás e, por entre a névoa agitada, podiam ver um jato de fumaça saindo do chão e subindo até desaparecer na neblina. Ouviram mais algumas explosões e desmoronamentos e puderam distinguir mais alguns chiados de fumaça saindo com força do chão. Um dos jatos explodiu a poucos metros nas costas deles, levantando asfalto e poeira. Parecia ter muita pressão... E era quente... Vapor?

– Tebas-kun... Tô ficando nervosa... – disse Jordana, tentando acompanhar o ritmo dele. E antes que ela pudesse acrescentar mais alguma coisa, ouviram a explosão que abriria portas ao encontro fatídico daquele dia.

Uma das casas à direita deles, com algumas árvores secas na frente, fora completamente engolida por uma gigantesca onda vermelha. A casa desmoronou em uma explosão que fora abafada pelo som da lava agitada e fumegante, avançando em ondas sinistras para o meio da rua. Derrubara postes, telefones públicos e lixeiras. A névoa foi varrida por completo dali, o que restara era apenas vapor e bafo. Ambos pararam bruscamente e ficaram olhando a cena, apavorados e incrédulos. Era muita, muita lava movendo-se de forma feroz.

– Meu Deus, Tebas... – sussurrou Jordana, mas tanto ela quanto ele sequer assimilaram as palavras.

As ondas flamejantes ficaram maiores e mais furiosas ao alcançarem a rua e fizeram uma curva indo em direção a eles. Parecia estar viva, muito viva. Deram passos para trás, mas em segundos compreenderam que a lava estava veloz demais para escaparem em uma corrida. A onda gigante parou na frente deles, com um som cavernoso, e ergueu-se imponente, majestosa e sinistra, sensação semelhante à da Fortaleza de Armorte. Havia dois grandes olhos pretos na lava, arredondados, mas escorridos para baixo; e uma boca ainda maior, também negra e profunda, exalando vapor e cinzas. Puderam ouvir um grito dali e um bafo quente atingiu-lhes como uma rajada.

– Conheçam Magma – ouviram Magnum falar.

Jordana tinha impressão de estar olhando para o próprio Diabo, e teve uma vontade compulsiva em agarrar seu crucifixo, mas não conseguiu. Era terror demais para o seu coração alegre e despreocupado de outrora. Sentiu um desespero parecido com aquele de quando Jéssica morreu.

O que pareciam duas asas feitas de fogo, saíram do manto de lava escorrida pela rua. Cresceram, escorrendo e pingando, enormes, cobrindo metros e metros de altura. Faíscas faziam árvores secas pegarem fogo. E, então, o corpo com o rosto escuro e as asas mergulhou em cima dos campistas, como um verdadeiro tsunami. Ambos arquearam os joelhos e gritaram instintivamente, erguendo suas Armas Sagradas. A lava explodiu sobre eles, se espatifando para todos os lados, cobrindo carros e plantas e atingindo outras construções. Ambos estavam protegidos por barreiras luminosas, quase invisíveis.

Jordana permanecia com as mãos abertas para cima, e Tebaldi na mesma posição esticando a Faca e o Bastão. Todas as Armas estavam acesas, brilhando sem receio algum. Não havia mais por que esconder sua localização. O Mestre permaneceu em cima deles, cobrindo-os cada vez mais e mais, envolvendo-os com o líquido borbulhante. Podiam ouvi-lo urrando de todos os lados, cobertos de cima a baixo por lava, em seus casulos arredondados.

– Que situação, né... – Tebaldi virou-se para ela e deu um sorriso fraco e rápido. Jordana fitou-o surpresa e até achou graça, mas conseguia apenas mostrar os dentes em uma expressão nervosa. Ambos suavam, de calor e cansaço. As mãos que continham Armas Sagradas começavam a formigar e tremer, tamanho o desgaste que o Mestre das Trevas fazia sobre eles.

O rosto de Magma apareceu de forma pequena em meio ao alaranjado vivo da lava, como se estivesse distante, e aproximou-se da barreira com força, trombando com ela. Gritou muito alto e podiam sentir o calor ali dentro aumentar muito, fazendo-os ofegar bastante. Logo, seus olhos e boca escuros foram cobertos pela lava e começaram a ouvir pancadas na barreira. A cada pancada sentiam as Armas tremerem mais, variando na intensidade. De vez em quando, alguns raios estalavam na barreira, semelhante a faíscas.

– Pode ser apenas um Mestre... – disse Rapislash. – Mas junto com os outros a potência até que muda bastante...

Tebaldi rangia os dentes, e suas mãos já estavam suadas, baixando as Armas aos poucos. Ele sabia que não poderiam ficar naqueles casulos para sempre, só estavam dando tempo para os outros Mestres se aproximarem. Flydiblo... Lantro... Nunca vira tais aberrações e queria muito que continuasse assim.

– Morra, maldito! – gritou ele erguendo Magnum e Rapislash com força. Contudo, sentiu um aperto no coração que o fez arquear os joelhos. Talvez não fosse nem no coração, mas na própria alma. Os braços dobraram tão rápido quanto levantaram. Sentiu a barreira do seu lado diminuindo o brilho, e então viu gotas de lava caindo na sua frente, fazendo um chiado no asfalto. Caindo de alguma abertura mínima feita pela barreira que fraquejara. Mas ele tinha intenção em aumentar o poder! O que estava acontecendo?

– Rafa! – chamou Jordana, preocupada, vendo-o arquear o corpo e a lava pingando.

– Rafael, controle essa ira! – disse Magnum. – Magma é o Mestre do ódio, não vai vencer ninguém dando a ele esse sentimento.

Tebaldi ficou chocado com a notícia e teve de fazer muita força para relaxar as sobrancelhas e respirar fundo. Tentou concentrar-se no frescor que as Armas davam à sua mão, e então os pingos cessaram.

– Jordana, vamos expulsá-lo daqui de uma vez por todas – falou Tebaldi. Ela virou-se e viu que ele estava com os olhos fechados. – Melhor pensar no Raiz Forte... – ela viu outro breve sorriso nele e então olhou para a lava ao redor novamente. Era o verdadeiro Inferno.

As Armas brilharam com força, emitindo um som cristalino e um clarão de Luz formou-se nelas. A princípio os cegou, mas não demorou muito para verem o raio enorme que elas lançavam contra o Mestre do Fogo. Ele fora erguido com muita força, gritando e esbravejando, arremessado contra o céu, muito e muito longe, enquanto gotas de lava se espalhavam por todo o bairro. Era realmente enorme, mas muitos restos ficaram espalhados pela rua, provocando incêndios. Eles respiraram fundo e a barreira aparentemente sumiu.

– Que... – Jordana gesticulava e ofegava, com muito calor. Apoiou as mãos nos joelhos. – Que monstro! Esse foi o pior até hoje!

De repente, um raio saiu do Colar, varrendo a lava que havia no caminho, como um jato. O vapor exalado por ela ainda era sufocante, mas qualquer coisa já lhes aliviava.

– Vamos, depressa agora! – disse Maucor.

Ambos trocaram um rápido olhar e saíram correndo novamente. Rafael havia enfrentado Armorte e Magma, Jordana cuidou de Flydiblo e Magma – embora estivesse na Fortaleza, ela não enfrentara o Mestre do Gelo –, ambos estavam com experiências no mesmo nível.

Viraram a primeira à esquerda, oposto ao lado do ataque do Mestre, querendo se livrar de qualquer vestígio da lava. A névoa ali não estava tão densa e o ar quente ainda predominava. Encontraram alguns buracos no chão, provavelmente dos jatos de vapor. Correram por mais duas quadras e começaram a diminuir a velocidade. Quando deram por si, o ar quente havia sumido por completo. Pela primeira vez depois do encontro com Magma, ouviram um retumbar distante. Como um aviso. Sim, era exatamente isso que parecia. Viraram-se assustados, mas bem devagar, sabiam que Magma não tardaria a voltar.

– Desculpe, mas não poderemos nos mover por enquanto – disse Mirik.

– O quê? Como assim, temos que correr lo... – e antes que Jordana terminasse, uma barreira azulada cresceu à frente deles, e ao lado e às suas costas. Mas não era tão transparente quanto à de suas Armas. Não demorou muito para notarem que era gelo, que logo cobriu suas cabeças e perceberam estarem outra vez em um casulo circular das Armas Sagradas, que os protegiam daqueles cristais. O gelo começou a cristalizar-se mais intensamente, parecendo cada vez mais grosso.

– Essa não... Não, não... – disse Tebaldi, e viu que todas as Armas voltaram a se acender, envolvidas por línguas de fogo com suas respectivas cores.

Os dois olhavam para o gelo em todas as direções. A rua já ficara totalmente disforme. Estavam já de costas um para o outro. Jordana conseguia ver o seu reflexo. Via cinzas em sua roupa, manchas pretas no colete. E, de repente, os olhos vermelhos apareceram. Tal como esperavam ver na névoa, durante todos os seus dias de caminhada. Finos e mortíferos. Tebaldi ouviu um gemido dela e virou-se. Ficou em posição de ataque depressa e manteve-se ao lado dela, ambos apontando suas Armas para o Mestre. Logo, seu corpo esquelético e comprido materializou-se mais azulado que o gelo ao redor. Seus braços compridos, as pernas arqueadas, o tronco reto. Sua expressão facial séria e quase neutra era apavorante por causa dos olhos. Eles exerciam um poder de hipnose muito forte naqueles mortais.

– Ficarão quietinhos aquiii... – Tebaldi teve vários calafrios ao ouvir sua voz arrepiante, como se entrasse em seu ouvido e agitasse toda sua alma. Jordana igualmente, pois no primeiro encontro ele entrara diretamente em sua mente. Céus, como tinha sido horrível aquele dia!

– Estou pensando em construir minha nova Fortaleza aqui em ciiima... – disse o Mestre. – O que farão a respeito?

Se não podemos ir pela rua, vamos por baixo dela.

Ambos receberam essa mensagem da voz das Armas em suas cabeças. Os campistas se entreolharam e menearam a cabeça, um pouco intrigados. Jordana aproximou-se dele e segurou o Bastão e a Faca, um com cada mão. Os dois ficaram de frente um para o outro, de olhos fechados. Todo o casulo em que estavam ficou completamente branco e fosforescente, como uma esfera imensa de luz. Deram uma breve espiada e voltaram a fechar. Ouviram o barulho de gelo trincando e um grito abafado do Mestre, e sentiram o chão sumir de seus pés, embora ainda estivessem retos, como se sustentados por cabos invisíveis.

Sentiram o calor da luz diminuir e abriram os olhos, vendo a esfera ficar transparente até desaparecer. E, então, uma escuridão anormal tomou conta de seus olhos. Estava tudo completamente preto. Demorou um pouco até o efeito da luz passar e perceberem as paredes de pedra ao lado deles, o chão úmido e macio e o teto em forma de arco, com canos furados pingando. E o que mais denunciava que estavam no subterrâneo era o cheiro doentio do sangue. Olharam para cima, e só alguns metros atrás deles distinguiam um buraco no teto, e ouviam vento saindo dali, com rugidos agudos, sofridos.

Tebaldi puxou Jordana pelo ombro e voltaram a correr. Estavam tontos, agitados, assustados e muito cansados. As Armas exigiam força deles. Sabiam disso, sempre que tinham que usá-las, sentiam. Jordana lembrou-se de Guilherme aparecendo à sua frente em segundos. *Trovõõõeess!*

Teve um calafrio.

Rafael lembrava-se de Guilherme fazendo bolhas de sangue pelo vidro da porta amassada, e Jéssica suplicando ajoelhada. Isso lhe deu forças para correr mais rápido.

Aos poucos viam perfurações não muito grandes no teto e no chão, provavelmente feitas pelo vapor de Magma.

– E Carlot...? Droga, quando ele vai agir?! – praguejou Tebaldi. – Jordana, separe o Cubo.

Ela colocou a mão no bolso e puxou um dos pequenos dados, segurando-o com cautela.

Agora o teto tremia, com pancadas bastante fortes. Tebaldi não sentia nenhuma falta daquele lugar. Olhava as paredes arranhadas e manchadas, horrorizado. E, como se não bastasse, começaram a ouvir vários gritos túnel adiante, de frente para eles. No começo, acharam que eram os gemidos dos espíritos que costumavam ouvir quando caminhavam ali, mas logo afastaram essa ideia. Eram selvagens demais. Diminuíram a velocidade aos poucos e pararam. Pareciam realmente vários e estavam se aproximando.

– Essa não... O que é agora, Miriki? – indagou Jordana, levantando as mãos na altura do peito.

– Servos de Lantro. Está na hora de usar, Jordana – disse Mirik, seriamente.

Tebaldi e ela se olharam. Estavam com medo.

– Não se preocupem, neste momento não é bom ter esse tipo de sentimento – disse Magnum. – Confiem na gente. Confiaram até agora, não? É só jogar no ar e entrar nele.

Não me preocupar?! Existe um ser humano que não se preocuparia?

– Rafael, Carlot acabou de expandir sua força – disse Rapislash. – Vamos, temos que sumir agora!

Os gritos estavam próximos demais e já escutavam até os seus passos. Tebaldi fez um sinal positivo a ela com a cabeça. Jordana ficou ao lado dele e segurou sua mão, mesmo com o Bastão. Respirou fundo e então atirou o cubo na parede do canto. Ele picou nela, piscou e se expandiu em segundos, fazendo um barulho imenso. Jordana apertou sua mão. O Buraco ia quase do chão ao teto, escuro, girando com velocidade e com alguns raios saindo dele. Parecia que o túnel inteiro estava agitado e tremendo ao som daquele turbilhão. Ambos estavam simplesmente apavorados olhando aquilo. A ideia de entrar era uma coisa, estar de frente para a boca do tornado era bem diferente.

Tebaldi apertou a mão dela com dois dedos que tinha sobrado, e puxou-a. Jordana correu também e, ambos de olhos fechados, pularam dentro do Buraco Negro.

Carlot parara de forçar a energia para fora. Sabia que os Mestres já tinham rastreado-o. Os velhos parceiros até que tinham tido um bom trabalho enquanto se concentrava. Riu de seu pensamento. Parou de caminhar e sentou-se em uma lata de lixo que estava virada no meio da rua. Podia não apenas ouvir o retumbar, mas sentir os passos deles aproximando-se. O fluxo de energia dos Mestres movendo-se. A sombra deles tomando conta de sua mente, deixando-o agitado. Não gostava disso, mas era natural. O legado que o Espírito do Bem deixara em sua alma maldita.

E o primeiro já havia chegado.

Virando a esquina próxima a ele, chutando uma moto para longe, Lantro movia-se até a Arma, com aparente surpresa. Seus passos faziam toda rua tremer. Carlot permanecia sorrindo de braços cruzados. O Mestre sorriu também, parando à sua frente e encarando-o.

– Eu realmente não acredito... – disse ele, com sua voz embargada de sangue. – Olhe só quem voltou a nos incomodar...

– Como vocês demoram, hein! – disse Carlot. – Imagina só se a Cidade não fosse de vocês... Prometo ser mais ágil quando assumir o trono.

Em seguida, um barulho semelhante à arrebentação da praia chegou aos seus ouvidos. Uma onda de lava saiu de um beco atrás dele e reuniu-se, fumegante, crescendo e formando seu rosto escuro e medonho. Asas cresceram do fogo, monstruosas, escorrendo. Carlot virou-se por um momento, fitando-o com cara de nojo.

Então, ouviu o barulho de vento sobre sua cabeça. E, com a névoa dispersa, fora mais fácil de distinguir suas asas negras. Deu algumas voltas sobre eles e pousou em um prédio baixo ao seu lado. Preto e forte, com olhos vermelhos e asas largas. Ali estava o Mestre dos Vampiros.

– Há! Maldito filhote, dando trabalho ainda! – rugiu ele, parecendo sorrir, esboçando a boca aberta cheia de dentes pontiagudos.

– "Filhote"... Você vai ver... – murmurou Carlot. Em seguida, virou o pescoço para Magma. – Há quanto tempo, Magma. E eu apostei comigo mesmo que você não cairia nesse truque.

Magma rugiu e as asas sacudiram, lançando fagulhas por toda a rua, ao redor dele.

Logo o prédio do outro lado da rua, de frente para Flydiblo, ficou completamente esbranquiçado, cheio de gelo. Em segundos estava cristalizado por inteiro, como uma verdadeira muralha. Um carro da frente sofreu o mesmo processo, assim como os postes e arbustos. E no topo do prédio estava Armorte, fitando tudo com frieza.

Carlot tirou o Cubo do bolso e levantou-se. Aproximou-se de Lantro dando uma olhada em todos os titãs ao seu redor. Até ele ficava impressionado em ver todos juntos. Tivera apenas uma reunião, há muito tempo atrás, quando sua Semente Maligna havia brotado.

– Estava aqui pensando... Não adianta nada jogar este Cubo em vocês, não é? – disse Carlot. Ninguém respondeu, apenas pareceram aproximar-se mais. – Magnum não sabia disso, se eu usar vocês poderão até voltá-lo contra mim – ele largou o cubinho e pisou em cima, transformando-o em pó.

Flydiblo começou a rir roucamente, ficando de quatro e abrindo as asas, pronto para avançar.

– Esse é o seu fim, Arma Maligna – disse Magma às suas costas.

– Vocês realmente demoram, hein... – bufou Carlot.

Os Mestres avançaram todos ao mesmo tempo e Carlot não tentou sequer resistir.

CAPÍTULO 16

PHANTOMAS

Uma dor de cabeça veio à tona, logo que abriu uma fresta dos olhos. Estava tonto. Enjoado. O piso era liso. Talvez frio. Estava de cara para ele. Era uma pedra escura e estranha, às vezes achava que o tom se movia. Talvez pela tontura... Nela havia manchas brancas no meio, como uma nuvem, em cada lajota. Os fatos começaram a voltar. Como um filme passando depressa em sua mente. Jéferson... Tinha certeza de que ele fizera alguma coisa. Sim, só podia ter sido. Iria acabar com aquele traidor. Ou era seu aliado ou seu inimigo. Inimigo. Conforme notou que a pancada na cabeça não estava mais doendo, percebeu o toque na nuca. Aquele toque. Então o maldito estava ali. Esfregou a cabeça para ter certeza, gemendo. Definitivamente o ferimento estava curado. Aquilo que sentia era o alerta. Seria uma queda de braço entre vampiros... Para ele tudo bem. Um bom treino antes de pegar Flydiblo. Mas, afinal, que lugar era aquele?

Ficou de quatro e olhou para o lado, sentindo as forças voltarem aos poucos. Um tapete vermelho estendia-se perto dele. Seguiu-o com os olhos. A extensão era grande, e chegava até um pequeno altar com um trono. Sentou-se e suspirou. Era um trono grande, bonito. Tinha uma almofada vermelha no assento. A madeira era decorada com pedras coloridas e desenhos esculpidos. Nos seus lados havia pilares enfileirados, seguindo toda extensão do salão e do tapete. Eram estranhamente coloridos. Alguns verdes, outros laranjas e azuis, rosa, amarelo e violeta. Na base dos pilares tinham detalhes dourados com inscrições, parecidas com aquelas em Mortual, no pequeno templo de Carlot. Atrás dos pilares havia as paredes, com quadros pendurados. Todos pretos. Não tinha imagem, só moldura.

Entre os quadros, jogos de velas e algumas poucas janelas com vidros coloridos, como existem nas igrejas. As paredes eram igualmente coloridas, vivas. No teto pendiam vários lustres. De vidro, muito bonitos e que iluminavam bastante. O teto era feito da mesma pedra negra do chão, com manchas brancas no centro. Mais à frente, perto do trono, duas estátuas de homens curvados, com a mão na frente de seus rostos, como se estivessem se protegendo de algo. Em cima do trono, pendurados na parede atrás – que parecia ter entradas dos lados para outras salas –, seis pratos. Pratos coloridos. Cada qual com uma cor diferente fazendo um pequeno arco.

Era um lugar muito diferente de tudo que já vira, ou pensara que iria ver, na Cidade das Trevas. Sentia-se em uma caixa de lápis de cor. Logo o enjoo passou. Não podia ser fome... Sentia-se apenas indisposto. Olhou ao redor. Na outra ponta do salão, oposta ao trono, havia uma porta grande, feita de pedra. Tinha imagens esculpidas nela, mas estava muito longe, não conseguiu identificar nenhuma. Em cima da porta uma grande vidraça colorida.

O toque na nuca continuava. Observou tudo ao redor e não viu ninguém, e ficou agitado. Tudo estava silencioso. Alguém o trouxera ali por alguma razão. Deixara-o vivo. Tinha que ter um motivo. Resolveu caminhar. Os passos na pedra ecoavam no salão. Parou, mas escutou um passo depois do seu. Virou-se rapidamente. Só teve tempo de ver alguém agarrando seu pescoço e puxando-o com toda velocidade para frente.

Bateu a cabeça no pilar. Gritou de dor, sendo erguido do chão. O grito foi desaparecendo num gemido raivoso. Doeu mesmo. O regeneramento vampírico iria agir em breve, mas até lá, queimava. O agressor ainda o segurava pelo pescoço, pressionando-o contra o pilar. Rafael levantou a cabeça devagar, dolorida. E encontrou os dois pontos avermelhados, fixos nele, a um palmo de sua face. Jéferson.

– E aí, colega? – disse ele, aproximando as presas, fazendo o bafo chegar às narinas de Dambros. – Sinto que posso quebrar seu pescoço se eu quiser.

Apertou o pescoço ainda mais. Rafael chutou-o com força, mas não sentia aquela potência de quando treinara dando socos nos carros da rua.

– Você está mole como um peixe, seus chutes não me fazem nada. Não neste corpo poderoso – disse ele, emitindo chiados diabólicos no final. Tinha mudado totalmente em relação ao garoto tímido e otimista que conhecera. Ele previra isso e não fez nada...

Rafael continuou chutando-o.

– Só porque não dói, não quer dizer que não incomode – falou Jéferson. Atirou o vampiro com força no chão, com uma facilidade incrível, que deslizou quase até acertar a parede atrás dos pilares. Rafael gritou.

– Um vampiro não deve ser como você. Não pode ser fraco desse jeito! – disse Jéferson. – Sua compaixão é grande demais, principalmente com relação àquelas escórias que vieram com você, mas que só servirão de comida.

– Filho da mãe... – o ombro dele queimava.

Jéferson grunhiu e fez sinal de que ia avançar. Parou subitamente. Olhou para o lado, frustrado. Rafael sabia que ele estava mexendo o rosto, mas não viu. Jéferson caminhou para o lado, até que Rafael o perdeu de vista por entre os pilares.

E então ouviu os passos. Ecoantes, embora mais leve que os seus, do lado oposto ao de Jéferson. Forçou a cabeça, mas os pilares atrapalhavam. Levantou-se. Passos? De quem agora? Carlot? Não... De jeito nenhum... Olhou para o outro lado, dando alguns passos para frente. Jéferson estava parado, afastado, olhando-o. Viu uma silhueta passar entre os pilares grossos do lado. Parou de esfregar o ombro com a surpresa... Tinha visto... Uma mulher?! E ela passou pelo próximo. Não podia ser... Não, só podia ser um engano... Tinha visto Tina?! Ela passou novamente, em um pilar mais próximo. Era ela! Céus, era ela!

Correu em direção ao espaço entre pilares pelo qual Jéferson o arremessou, rumo ao corredor do tapete vermelho, de onde a possível Tina estava vindo. Ela parou à sua frente, esboçando um sorriso doce. Dambros ficara mais alguns instantes boquiaberto, até perceber que não era. Tinha os cabelos longos e escuros, como os da prima. Mas a franja era mais desbastada em cima dos olhos, quase triangular nas pontas. Seu rosto era fino e delicado, como o da prima. A pele era clara, mas não rosada como de Tina... Era mais... *Azeda...*, pensou.

Pálida, talvez. Acinzentada, forçando um pouco. O que chamava mesmo atenção era a roupa. Igual a de Carlot, um terninho justo, embora listrada em violeta e branco, com a calça idêntica. Entretanto, por baixo, Rafael via uma camiseta preta, e não branca como a de Carlot. Não era muito alta, e seu nariz era bastante pequeno, infestado de sardas. Tinha impressão de que era mais velha que ele, mas ainda assim mais baixa e com cara de menina. Nos olhos pairava uma serenidade que há muito não via em uma pessoa. Que há muito não via em sua prima... Era realmente bonita.

A mulher ficou olhando-o, com um sorriso leve e doce, e olhos imensos, como uma criança quando conhece um novo amigo. Contudo, às vezes Rafael tinha a impressão de que ela estava caindo de sono, e então notou leves olheiras perto de suas sardas.

– Quem é você? – disse ele, receoso.

– Olá, Rafael! – ela sorriu fechando os olhos brevemente, ficando com o rosto ainda mais jovem. – Esperei muito tempo para conhecê-lo.

– Eu perguntei...

– Ei, que tal você tentar adivinhar? Hã? Vamos lá, chute – sua voz era mais fina que a de Jordana, lembrava muito a de Tina. E, enquanto falava, gesticulava com as mãos, faceira, bastante articulada.

– Não pode ser... – murmurou Dambros, dando um pequeno passo para trás.

– Há! E aí, me conta, quem sou eu? Me fala, me fala – sua voz, por mais espontânea que fosse, não ficava muito mais alta. Ela bateu palmas duas vezes, curvando os joelhos, com uma expectativa bastante inocente nos olhos. E fitando-a melhor, Dambros notou que era um de cada cor; o da direita vermelho e o da esquerda verde.

– Com essa roupinha cafona... Não é outra das Armas Sagradas...? – indagou Dambros.

A menina à frente parou um instante e olhou-o surpresa, com seus grandes olhos, e em seguida começou a gargalhar. Sua risada era gostosa e ecoava pelo salão. Dambros não parava de lembrar-se de Tina olhando aquele rosto rindo tão despreocupadamente. Ela esfregou os olhos e foi parando de rir aos poucos.

– Você é uma figura, viu?! – disse ela, arrumando o seu terninho, dando ainda alguns risinhos contidos.

Dambros fitava-a intrigado, com a leve sensação de que ela estava rindo da cara dele e não das palavras. Virou-se para Jéferson, que esboçava um sorriso malicioso olhando para ela.

– Então quem é?! – gritou ele, invocando a força vampírica em suas presas e olhos. Apenas os olhos se acenderam. Esperava que ela se assustasse.

– Ah, não estou rindo disso, Rafa... – disse ela dando um passo à frente, colocando os cabelos de um lado para trás da orelha. – É que você disse Armas Sagradas... Me desculpe, devia ter me controlado... – ela olhava-o como uma criança morrendo de vontade de rir, que fica de frente para um pai que grita para não rir; com as bochechas contraídas e um olhar cheio de alegria, mas seriamente forçado.

– O que tem as Armas Sagradas...? – resmungou ele. – Deus, e eu achei que não encontraria ninguém pior que aquela Jordana...

– Rafael... – falou ela, voltando ao sorriso sereno de antes, com as sobrancelhas totalmente relaxadas. – Se são armas... Como podem ser sagradas? Quero dizer... É Magnum, né? Uma arma chamada Magnum... – ela deu alguns risinhos contidos. – Precisa rever seus conceitos, hein!

Dambros observou-a por um instante, mas logo voltou a protestar.

– Quem é esta?! – pediu para Jéferson, dando alguns passos em sua direção. Aquele fedelho encarava-os com o mesmo risinho besta de Carlot, dava nos nervos.

– Sou Phantomas – e ao ouvir isso, ele parou imediatamente.

Virou-se rápido, mas ficara parado no lugar, fitando-a. Ela fazia o mesmo, mas logo o olhou com certa malícia, que não fora difícil distinguir, como se perguntasse: "Tá olhando o quê? Não acredita, é?".

Rafael deu alguns passos em sua direção meneando a boca, pensando em mil e uma maneiras de dizer que não acreditava, mas antes que pudesse dizer uma delas, a mulher começou a cantar. O ritmo era lento, talvez pela voz dela, mas ela cantou de forma espontânea, gesticulando com as mãos, como uma criança em uma peça de teatro.

Mesmo vendo o negro luar
Cruzando as fronteiras do normal
Não importa o quanto andar
Ninguém presenciará nada igual.

Mesmo abaixo, no úmido
Ou sob os telhados tortos
Falamos apenas de um Mestre
E nele depositamos vossos votos
Bem como cantamos esta prece.

Salve, oh, Criador!
Que sua chama negra para sempre perdure
Seu poder a tudo cure
E que o seu longo braço a tudo capture.
Pois sempre acreditamos
E com esta força o consagramos
Salve, oh, Phantomas!

– Alguém deve ter inventado isso... Vermes por aí... – disse ela em seguida, esfregando a cabeça como se quisesse mostrar que estava realmente pensando. – Ou talvez eu mesma... Não me lembro direito – abriu um largo sorriso.

– Não pode ser... – disse Rafael aproximando-se mais um pouco.

– Quê...? Dúvida que eu consiga fazer rimas, é?

– Pare de brincar... Não é isso! – resmungou ele. – É por isso que não pode ser Phantomas...

– Sim, sou eu, Rafa – disse ela. – Pelo visto já ouviu falar de mim. Bem, mas é claro...

– Não acredito em você – falou, mostrando-se sério. Era algum truque. Devia ter vindo junto com Jéferson. Ou até mesmo separado. Mas a roupa... E os olhos... Será que não era outra Arma Traidora?

– Ah, é? – disse ela, fazendo exatamente a expressão indagadora de sua fala. Era como se estivesse em uma peça de teatro amador, parecendo natural apenas quando gesticulava frenética ou ria. – Bem... E o que fazemos a respeito? Alguma ideia?

– Todos os Mestres são bestas e feras – disse Dambros. – Não pode simplesmente ter esse corpo!

– É por que eu sou uma mulher? – falou ela, parecendo ofendida.

– Porque é um humano, porra! – gritou ele.

De repente, ouviu passos atrás dele, se aproximando rapidamente. Jéferson.

– Já chega, Phantomas, não aguento mais. Eu cuido dele – Rafael virou-se surpreso.

– Não, não! – ela correu com passos curtos até o vampiro agressivo, balançando as mãos. – Calminha aí, vampiro.

Ele pegou impulso com o punho e Dambros preparou-se para se esquivar. Quando Jéferson lançou-o, a garota agiu ainda mais rápido; lançara a mão no rosto dele, apertando-o e empurrando-o para trás, fazendo-o cair. Apertou a cabeça dele contra o chão com uma rapidez incrível, fazendo o piso rachar, e Jéferson urrar de dor. O vampiro embaixo dela começou a acertá-la com força, com uma velocidade anormal. Mas observando melhor, os golpes dele sempre paravam alguns centímetros antes dela, como se fossem segurados, impedidos de avançar.

– Já chega, está atrapalhando assim – Dambros ouviu-a murmurar, com uma estranha voz séria.

Os braços de Jéferson, como que puxados por alguma corda, se esticaram no chão com força, assim como as pernas. Parecia preso por amarras invisíveis. Ele urrava e sacudia a cabeça inutilmente, enquanto a garota levantava-se. Ela arrumou o terninho violeta e virou-se de volta para Dambros, sorrindo de olhos cerrados.

– Que coisa, não... – disse ela voltando à posição em que estava, do outro lado. – Eu tinha dito antes que era pra ele permanecer imóvel.

Rafael olhava tudo chocado. Jéferson simplesmente estava colado no chão, e ela caminhava com toda a naturalidade possível.

– Onde estávamos? – esfregava o queixo. – Ah, sim, estava dizendo que eu não posso ser o que sou porque sou uma mulher, né?

Dambros continuou observando-a intrigado, sem perceber que estava com os punhos cerrados. Balançou a cabeça como se acordasse de um transe e disse:

– C-como...?

– Como? Como o quê, Rafael? – disse ela, sorrindo com a mesma expressão de quem está conhecendo um amiguinho novo. – Como eu tenho esta forma? É? – ele encarou-a irritado e balançou a cabeça brevemente. – Por que monstros têm de ser feios daquele jeito, cheios de guampas, com aparências animalescas? – continuou ela, colocando a mão nos bolsos que havia no terno. – Isso está tão certo quanto chamar armas de "sagradas". Se fosse um revólver no lugar de uma luva, será que me entenderia melhor? Ou uma bazuca? Só assim pra você ver o quão ridículo é? – ela deu alguns risos, não tão contidos.

A garota parecia divertir-se imensamente com o rosto incrédulo dele. E ele tinha ciência disso, mas não conseguia mudar a expressão. De repente, viu-a lançando um olhar para algo atrás dele, e ouviu Jéferson bufando de alívio. Virou-se e viu-o que estava solto, esfregando os braços, encolhido.

– É, estive observando vocês um tempinho... Fazer o quê, mas a Cidade é minha, né. Achávamos que Armorte poderia dar conta de vocês, mas, uau, não foi bem assim – disse ela começando a dar alguns passos em círculo, ou no lugar. – Foram os humanos que nos criaram, lembra, Rafael Dambros? Estava nessa aulinha de Magnum, não estava?... Com tudo de ruim que eles têm para oferecer, esses seres humanos... Quem imaginaria, né? – ela parou sorrindo para ele, esperando algum comentário. Ele nada disse e ela continuou, parecendo decepcionada. – Bem, sendo assim, a única coisa estranha é haver mais formas diferentes dos humanos do que iguais a eles. Não concorda comigo? Hã? Já vi humanos fazendo coisas infinitamente piores do que eu... Veja bem, o que você acha que eu fiz de ruim? Matei? Certo, para comer. Humanos fazem isso, fazem sim. Agora só porque encontraram alguém acima da cadeia alimentar estão fazendo todo esse drama... – ela parou de mover-se, cruzando as mãos esticadas na frente do corpo.

– Isso não está certo... – murmurou Dambros, balançando a cabeça, pensativo. – Você devia ser a líder!

– Eu sou a líder, Rafa – disse ela bufando, e sorrindo. – Não ouviu o que eu falei?

– Não sei nem se você é "ele" ou "ela"... Você devia ser forte como eles!

– Ora, mas que atrevimento... Eu nunca recebo muitas visitas, por que eu me preocuparia com isso? – disse ela.

– Já chega...!

Dambros enrijeceu todos os músculos de seu corpo. Percebeu que era possível. Depois da adrenalina com o ataque frustrado de Jéferson, a chama dentro dele se acendera de novo. No seu coração de pedra, talvez. As presas cresceram e ele partiu para cima dela. Estava farto daquela conversa. Carlot não ficaria nervoso por causa daquela idiota risonha; então o verdadeiro devia ser outro Phantomas. Lançou o punho no rosto dela, que explodiu no ar. Parecia ter batido em alguma barreira invisível. A explosão fizera vento no rosto dela, descabelando sua franja negra.

– Os filhos de Flydiblo não eram assim uma vez... – disse ela, pensativa. Em seguida, deu um riso de criança ameaçadora. – Huhuhu, posso até me prezar em conversar com lixos como você, mas não sou muito fã de ser tocada.

Rafael sentiu algo prendendo seu braço, como alguma corda invisível que tivesse amarrado todo ele. Ou simplesmente como se tivesse petrificado no ar.

– Rafa-kun... – disse ela, balançando a cabeça, voltando a fitá-lo com inocência. – Sabia que o ar desta Cidade também é o mesmo de séculos atrás? Eu não sei até que ponto Magnum lhes contou, mas estou fazendo a minha parte... É verdade, o ar, os fungos, poeira, vieram tudo de épocas passadas, que nem as casas e todo o resto.

Dambros puxava o braço com força, sem sucesso. Ela estava a pouquíssimos centímetros do punho dele. Levantou a perna e tentou chutá-la, impedido novamente pela parede invisível que parecia separá-los. Contudo, a perna não ficou presa.

– E eu sou o único Mestre das Trevas que sabe controlá-lo. Não é legal? – disse ela, abrindo os braços levemente, como se apresentasse algo. – Posso tirá-lo de ambientes... Aumentar a pressão... Juntá-lo ao redor de um corpo e distorcê-lo à minha maneira. – ela esticou o rosto e, para sua surpresa, beijou-lhe o punho. Assim que afastou os lábios, Dambros ouviu um estalo nos ossos da mão. Parecia que havia recebido uma pancada extremamente forte, e quebrado-o. Gritou com força, tentando inutilmente puxar o braço de volta. Seus dedos começaram a se quebrar, com a mão ainda fechada. Um por um, estalaram e se partiram. O punho fora torcido cento e oitenta graus, e Dambros suplicava e choramingava, com os olhos apertados saindo lágrimas. A mão começou a ficar menor, conforme seus ossos iam estalando, até ficarem completamente destruídos. O vampiro arqueou as pernas, mas o braço preso no ar não lhe deixava cair. Olhou para o próprio punho com nojo, e viu apenas um naco de pele, carne e migalhas de ossos, retorcido. Enquanto ainda gritava e gemia, sentiu seu corpo levantar no ar, como se cordões o puxassem. E em seguida fora arremessado para a mesma parede que Jéferson quase lhe lançara. Bateu com força nela, rachando-a, com os braços e pernas abertos. Os quadros pretos tremeram, mas nenhum caiu. Dambros urrou de dor, com toda a força de seus pulmões. Ficara preso na parede, do mesmo jeito que Jéferson no chão.

– Não se preocupe, Rafa – ouviu a voz dela fracamente. – Comigo aqui acho que só vai demorar... Cinco minutos para o seu corpo reconstituir a mão. Cara, eu amo ver isso, é sempre tão... Mágico – ela empolgava-se em cada expressão. – E não é nem conforme a vontade de vocês, é mais como um órgão que não os deixa morrer! – começou a rir.

Ainda gemendo e choramingando, Dambros pôde sentir o corpo aliviando a dor aos poucos, e os estalos e ruídos da pele e ossos formando-se novamente no seu corpo. Começara a encher novamente, aquele pequeno pedaço de pele amassada, como um balão murcho que luta para crescer. Rafael gemia, ainda de olhos fechados, pois os ossos nascendo de volta traziam dor também.

– Não consigo acreditar direito que você veio do grupo de Magnum... – disse ela, parando bem à sua frente. – Ou das Armas Sagradas – acrescentou com um riso abafado. – Você tem tudo para ser do nosso time, não do deles. Faz menos sentido do que as suas reclamações sobre a minha aparência.

Os ossos estavam quase todos formados de novo, e a mão virou-se para o lado certo, e a pele pareceu encaixar-se melhor em seus dedos. Em segundos ela voltaria a ser como antes, embora colada naquela parede amarela, entre duas molduras sem imagem.

– Por quê... Por que ainda estou vivo? – gemeu Dambros, levantando a cabeça lentamente. Observou Jéferson bem atrás dela, olhando-o chocado, mas com uma fascinação hipnótica.

– Porque agora você é como eu. Um monstro – sorriu para ele. Rafael sentia-se mal olhando aquela face bonita com desejo de espancá-la até a morte. Todos ficaram em silêncio por um instante. Até que ele bufou e disse:

– Então você é Phantomas, apesar de tudo... Merda. Parece minha prima Tina...

– Olha só, já estamos ficando mais íntimos! Viu só, não foi tão difícil – disse ela, batendo palmas de novo, balançando os cabelos.

Não pra você...

– E você... É um dos novos moradores da Cidade das Trevas! – disse Phantomas apontando-lhe o dedo e piscando o olho. E, antes que ele protestasse, ela continuou: – Aquele que matou a prima sem pensar duas vezes! Aquele que brigou com um dos pouquíssimos amigos que restara no grupo, em sã consciência! Aquele que não consegue conversar com uma pessoa por mais de cinco minutos sem resmungar pragas... Nossa, se me enviassem currículos para aprovar moradores, o seu não precisaria nem ser lido duas vezes! – ela deu algumas risadinhas e observava-o com todo interesse do mundo.

– Eu não a matei! – gritou Dambros, com os olhos voltando a acender-se. – Ela morreu do coração, depois que caiu! – Phantomas fez uma cara surpresa, e pensou profundamente em responder, mas Dambros a interrompeu: – Eu não vou morar nesta bosta de jeito nenhum!

– Era o seu objetivo, não é? – disse ela, balançando a cabeça positivamente, com as sobrancelhas erguidas. – Não morar aqui ou em lugar nenhum... Por isso queria tanto se matar com Jéferson, atrás de Flydiblo... Por isso sempre foi o mais arriscado do grupo. Aliás, você convenceu o seu amigo a te matar! – ela bateu em sua própria coxa e riu. – Uau, seus amigos até que são fortes pra isso... Estava tão desesperado pra sair desse sofrimento... Não consegue parar de pensar em Tina desde que veio pra cá, não é?

– Cale-se, maldita! É esta Cidade que me faz isso... – Dambros virou o rosto, rangendo os dentes. Nunca pensara que ficaria com tanta vontade de espancar uma mulher da forma como ele planejava. Sabia que Jéferson fitava-o com um sorriso no rosto, o que lhe deixava mais nervoso ainda.

– Tudo que você queria era morrer nas mãos de um Mestre... Lutando, claro, bravamente! – ela fazia gestos com os braços e enchia as bochechas. – Estava até disposto a levar aquele pobre garoto junto, aproveitando-se do desejo de vingança dele... – ela deu alguns risinhos, mas ainda fitava-o com uma curiosidade que o tirava do sério.

Dambros continuou com o rosto virado para o outro lado, sem dizer nada. Apenas bravo.

– Quando você não encontra palavras certas, parte pra violência, não é assim? – continuou, voltando a dar voltas, dessa vez, maiores. – Claro que sim, o seu mundo funciona assim. Pelo menos aqui no meu... Aliás, agora nosso, não há nada disso. Diferente do seu ex-mundo, aqui todos temem a todos declaradamente, por isso funciona. Até os melhores amigos, em momentos de raiva, têm receio uns dos outros, não é, Rafael? É assim que uma amizade de verdade funciona, e dizer o contrário seria simplesmente idealizá-la falsamente – e pela primeira vez, Dambros notara um olhar realmente provocativo, e não aquela face infantil. – Mas coisas que vocês chamam de bondade impedem uns aos outros, por isso qualquer exaltação é um choque. Eu só não entendo ainda por quê...

–Você fala demais, Tina... – bufou Dambros.

– Se eu o deixasse sair da Cidade das Trevas, você sairia? – indagou Phantomas. Rafael voltou a olhar para ela, vendo o rosto doce e costumeiro. – Claro que não! Está estampado no seu rosto, Rafa-kun. Haha, quem diria que seu desejo de vingança seria tão grande...

– Matou meus amigos e ainda quer dar lição de moral, é?! Monstro! – gritou ele.

– ... Amigos? – ela pareceu realmente surpresa. – Nossa, Rafa Dambros, acho até que nem eles sabiam. Se você repetir eu posso transmitir isso em todas as televisões da Cidade, duvido que eles não irão escutar! Que tal?

– Não se atreva! – rosnou ele.

– Que menino mais energético, hein... – disse Phantomas colocando os cabelos atrás da orelha outra vez. – E será que eu vou ter de repetir? Somos monstros só porque estamos um nível acima de vocês na cadeia alimentar?

Rafael não sabia bem o que dizer. Fazia força. Era a única maneira de descontar sua raiva e frustração.

–Vou acabar com vocês porque são maus, é isso e ponto final. Há! – Phantomas agora cruzara as mãos nas costas e parara bem na frente dele, balançando a cabeça, olhando para o chão, parecendo que discutia sozinha, rindo e contendo-se. – Maus... – disse ela, enfiando a mão nos bolsos. Deu um sopro para cima levantando algumas franjas. – Veja só, o Bem nunca existiria se não houvesse coisas como ódio, tristeza, rancor, malícia... O Bem existe graças a nós! E graças a eles... é que existem esse lado... ruim.

Dambros fitava-a com frieza.

– Esses lados que vocês têm mania de falar, não passam de meros pontos de vista... – disse Phantomas. – Aquele Espírito do Bem já destruiu vários parceiros meus... Vários irmãos... E acha que eu fiquei... feliz com isso?

– Não, porque você... é a parte má! – rugiu ele.

Phantomas gargalhou por algum tempo e coçou os olhos para parar, voltando a ficar com a expressão calma em segundos.

– O Espírito do Bem não fez nenhum bem tirando aquilo que era bom para mim... Ele só sabe nos trazer desgraça... Só isso, maldito seja. Não consegue notar a agressividade e a frieza com que ele nos caça? Desviou de seu caminho só para ir destruir Carlot em Mortual! – continuou ela, naturalmente expressiva. – Não faço a menor ideia do porquê ele tem um nome desses. Mas eu não sei nem quem escreveu aqueles versinhos de antes, né! Hahaha!

Ela encarou-o por mais alguns instantes, assobiou e disse gesticulando novamente:

– Gostou da minha roupa? Sei que ficou meio parecido com aquele maldito traidor... Mas eu achei que poderia combinar com a surpresa.

Rafael voltara a usar toda sua força para soltar-se do truque do Mestre. Fora em vão. Tão em vão quanto tentar se soltar das garras de Lantro.

– Não me incomode com essas coisas... Seu demônio – disse ele. – Onde estão os policiais? Jéferson!

– Ora, você quem os mordeu primeiro – disse o garoto, cruzando os braços. – Não iria trazê-los juntos. São filhotes dos filhotes... Você já é terrível, imagina eles...

– Espera até eu sair daqui...

– Há! – disse Phantomas apontando para ele, com um grande sorriso. – Então já sabe como vai sair daí? Me conte, Dambros, vamos lá!

– Você me manteve vivo não apenas para me observar, sua cadela! – disse ofegante, fazendo força de novo. – Diga logo o que você quer! Quer que eu julgue qual de vocês é o melhor lado, hein?!

– Qual é, Rafael, pelo menos aqui ninguém vai ficar pegando no seu pé – falou Phantomas.

– Não, de jeito nenhum! – bufou ele, sarcástico. – De uns tempos pra cá... Todos estão gostando de esfregar na minha cara o quanto eu não presto...

– Aqui mostraremos apenas o quanto pode melhorar em cima disso – disse ela sorrindo com os olhos fechados. – Não pode ficar do jeito que está. Você é um filho de Mestre! Merece ser tratado como tal! Como um príncipe! Só que do jeito que está é ridículo... Até uma Arma Sagrada lhe venceria... – riu. – ... E no grupo dos bons... Eles iriam dizer que está tudo bem, que você é o melhor, e o que importa é que vão morrer de mãozinhas dadas, com orgulho e bláblá... Bem, é mais ou menos assim, não?

– Que ladainha... – murmurou ele.

– Mas aos poucos começa a entender que é verdade... – murmurou ela. Ele fitou-a. Estava sorrindo, com um olhar insinuante. –Vamos lá, Rafael, não há por que abrir mão de tudo agora. É obvio que você não tem mais volta para o seu ex-grupo – disse voltando a caminhar em círculos. – Aprenda como Jéferson chegou a esse nível, e eu ainda lhe mostrarei Tina. A própria.

Rafael ergueu a cabeça rapidamente, esticando o pescoço. Ele ouvira direito?

– O que você disse?

– Sabia que iria gostar! – gargalhou ela, batendo em seus joelhos. – Também sei ser boazinha, não? E você parece que não abriu mão totalmente do seu coração, hein...

– Maldita, mostre-me! Quero vê-la! – gritou ele. Começou a menear a boca rapidamente, com os olhos lacrimejando. – C-como ela veio parar aqui? C-co...

– Quer mesmo que eu cite? – indagou Phantomas, pensativa. Ela esperou um momento e continuou. – Bem, acho que ela começou com as drogas, depois os roubos familiares, quase matou o primo mais novo, e...

– Fique quieta! – urrou ele. Voltou a baixar a cabeça, relaxando todos os músculos. – ... Pode mesmo trazê-la aqui? A verdadeira! Eu sei reconhecer! Não um fantoche como Tebaldi disse que fizeram com seu pai!

– Ah, foi uma brincadeirinha minha com ele, oras – disse Phantomas. – No fim deu tudo certo, não deu? Eu tenho a Tina original, alma totalmente dela... Basta eu chamá-la. É sério, Rafa--kun – Phantomas abriu um largo sorriso.

De repente, Dambros foi solto, caindo de joelhos no chão, e conseguiu colocar os braços na frente. As amarras haviam sumido. Ele ficara naquela posição por um tempo, olhando suas mãos. A dor era inesquecível. Ele olhou para Phantomas, observando-a em todos os detalhes.

– Viu só, este é o medo que precisa aprender a exercer nos outros – falou Phantomas aproximando-se mais. – O medo que faz o adversário pensar duas vezes... Faz ele desistir sem nem tentar... Faz o sangue circular mais rápido, o coração bater mais forte!... Não que você tenha um... Hahaha!

Rafael levantou-se. Era quase uma cabeça maior do que ela. Apenas encarava-a.

– Pode não ter percebido, mas nós só lutamos para tomar o controle de volta – continuou o Mestre. – Assim como o Espírito do Bem.

– Por que você mesma não dá um jeito no Espírito do Bem? – indagou ele. – Acho que é muito mais forte do que o truque de segurar pessoas na parede e moer seus ossos...

– Ah, os outros já estão tão ocupados com isso... – respondeu ela abanando a mão, como se estivesse com nojo. – Não estão aqui, notou? Nem o seu papai morcego.

– Estão atacando Magnum agora? – disse Dambros, surpreso.

– Isso, não é legal? – disse ela, voltando a rir de ponta a ponta. – Que bom que você não está com eles, né? Posso até te mostrar depois se quiser, mas no seu próximo encontro com eles, se alguém ainda estiver vivo... Vai precisar de comida, né...

– Que tal falar explicitamente... Que serei obrigado a atacá-los! – bufou Dambros, cerrando os punhos.

– Ora, você quer ver sua prima... Sua amada, proibida por conceitos preestabelecidos no seu mundo... Precisa de sangue para isso. Mais explicitamente, precisa me dar uma alma em troca... – ela sorriu. – Além do mais, sei o quão curioso você está em comparar seus novos poderes com os deles...

Dambros pensou um pouco. Estava mesmo? Começou a refletir a respeito e achou que poderia ser interessante. Magnum não permitira que ele voltasse a caminhar ao lado de Tebaldi e Jordana... Magnum só pensava em destruir tudo relacionado à Cidade... Sim, era como Phantomas tinha dito. Ele até desviara da promessa de tirá-los da Cidade só para destruir o corpo de Carlot...

– Tudo bem... Eu nunca pretendi voltar pra eles mesmo – disse ele, lentamente.

– Exato, o que estamos esperando? – Phantomas abriu os braços e fez um sinal para que ele se aproximasse. – Quero lhe mostrar uma coisa, para começarmos com um bom relacionamento, né. Vem! – Dambros aproximou-se, receoso. Phantomas aproximou-se dele e fez uma concha com as mãos, ao redor da boca, como se fosse contar um segredo. – Estou com um pedaço do Espírito do Bem guardado em uma salinha lá dentro – ela apontou para o lado, na parede atrás do trono. – Aqueles objetos que você chama de Armas... e ainda sagradas, hahaha!

Dambros ficou boquiaberto. Phantomas estava com uma Arma Sagrada? Como?! Como poderia guardar uma?

– O quê?! – deixou escapar. – Quem?

– Ora, vamos, eu mostro, poxa! – disse Phantomas colocando o braço ao redor de seu ombro. – É uma criatura teimosa... Não gosta de falar... Imagina você e ela em um quarto fechado! Até Mortual teria mais diálogo! – gargalhou divertida. – Mas tenho planos para ela...

Dambros estremeceu com o toque do Mestre. Com o canto do olho viu Jéferson aproximar-se e percebeu que o toque na nuca parara.

– Não vão brigar entre si, hein... Quem sabe depois – lançou um sorriso doce para Jéferson.

Phantomas gargalhou, aquela risada gostosa e baixa, cheia de alegria. E os três seguiram sobre o tapete vermelho, rumo às salas escondidas atrás do trono.

Impressão Neo Graf